Die Autorin:

Susanne Fülscher wurde 1961 in Stelle bei Hamburg geboren. Während ihres Germanistik-, Romanistik- und Pädagogikstudiums in Hamburg schrieb sie Ballett- und Theaterrezensionen. Nach dem Studienabschluss besuchte sie die Axel-Springer-Journalistenschule und war anschließend als Kulturjournalistin tätig.
Heute lebt sie als freie Jugendbuch- und Drehbuchautorin in Berlin.

Susanne
Fülscher

Verdammte Eifersucht!

Teil 1:

Muss Liebe schön sein!

ENSSLIN

Ensslin-Anschrift: Harretstraße 6, 72800 Eningen

Covergestaltung: Hummel + Lang
Foto: Bavaria
Gesamtherstellung: Westermann, Braunschweig
Printed in Germany
ISBN 3-401-45022-0

Fußballgroupie

Eines der schwierigsten Dinge im Leben ist, in der Badewanne zu liegen und seinen Bauchnabel zu fotografieren. Man muss sich dabei ziemlich krümmen und aufpassen, dass das Objektiv keinen Badeschaum abbekommt, und wenn der Apparat sowieso nicht eins a ist, kriegt man mit fünfundneunzigprozentiger Sicherheit nur undeutliche Bilder, die ebenso gut auch auf dem Mond geschossen sein könnten. Aber was bleibt einem anderes übrig, wenn man vorhat, als weltbeste Fotografin in die Geschichte einzugehen? Rein ins Wasser, Augen auf und Auslöser drücken! Sich bloß nicht von Leuten irritieren lassen, die meinen, man habe einen Knall.

Mummi hatte sich vor Urzeiten mal ihr Horoskop aus der Zeitung geschnitten und an den Kühlschrank geklebt: »Lassen Sie sich durch ein bisschen Mühe nicht abschrecken! Denken Sie immer nur an Ihr Ziel und streben Sie vorwärts!« Genau das war mein Lebensmotto, auch wenn Mummi sich den Spruch zuerst auf ihre Fahnen geschrieben hatte. Alles in allem war Mummi ganz prima, aber trotzdem rasselten wir ziemlich oft aneinander. Thema Hausarbeit: Während Mummi unser Badezimmer täglich mehrere Stunden zwecks diverser Schönheitsbehandlungen besetzte, war unsere Wohnung immer total unaufgeräumt und überall lagen Staubflusen herum. Wie gerne hätte ich mal einen picobello gewischten Fußboden vorgefunden, von dem man Pizza hätte essen können, wenn man wollte. Ich hätte meine Freundin Helma eingeladen und vielleicht noch ein paar andere aus meiner Klasse.

Anne-Marie zum Beispiel, die wie eine Fleisch fressende Pflanze aussah und wegen ständiger Petzerei hinterher die Krümel hätte vom Boden klauben müssen.

Oder die Makkaroni, ihres Zeichens Englischlehrerin und derart in die italienische Küche vernarrt, dass sie manchmal kalte Pasta mit in die Schule brachte und sich wie eine aufgequollene Nudel durch die Gänge rollte ...

Ach ja, Joscha! Der hätte natürlich ebenfalls bei meinem Fußboden-Pizza-Essen mitmachen dürfen, auch wenn er es vielleicht nicht verdient hatte. Joscha war in diesem Jahr als Sitzenbleiber in unsere Klasse gekommen und benahm sich wie ein Ochse, wenn's donnert. Er war muffig und blöd, und wenn irgendeiner es wagte, »Hallo!« oder »Na, du?« oder »Schönes Wetter, was?« zu sagen, schlug er mit den Hinterbeinen aus oder ging, falls er ganz mies drauf war, gleich mit den Hörnern auf einen los. Trotzdem fand ich ihn süß. Joscha hatte braune Teddybärenaugen, auf dem Kopf ein meliertes Teddybärenfell und aß in jeder Pause Paprikaschoten. Und ob er eine Freundin hatte, wussten nur die Götter.

Ich schoss also ein paar Bauchnabelfotos, stieg dann aus der Wanne und zog mich schnell an. Schließlich hatte ich heute noch viel vor. Wenn man's genau nahm, hatte ich eigentlich immer viel vor. Viel zu viel. Ich wollte nämlich immer alles und am liebsten zur gleichen Zeit. Eine berühmte Fotografin werden und die Welt ergründen, und außerdem wollte ich wissen, warum manche Menschen siebenmal die Woche Makkaroni in sich reinstopften, warum andere bei Vollmond auf dem Fenstersims spazieren gingen und warum die Katzen nicht eines Tages zu sprechen anfingen und den Menschen die Meinung sagten.
Helma fand das sturzlangweilig – abgesehen davon, dass ich sie oft zu Exkursionen mitschleppte, die einen gewissen körperlichen Einsatz verlangten. Um Fotos zu schießen, kletterte ich nämlich auf Zäune und auf Berge, legte mich in Gräben und kroch in Rohre, und es interessierte mich dabei nicht die Bohne, wenn meine Klamotten mal dreckig wurden. Helma begriff einfach nicht, warum ich für ein gutes Foto sozusagen über Leichen ging. Und wenn ich ihr meine Theorie eintrichterte, dass man durch genaue Beobachtung der Menschen und der Dinge automatisch ein besseres Verständnis für die Welt bekommt, sah sie mich nur bleichgesichtig an. Was gehen dich die anderen Leute an?, sagte sie immer und guckte stattdessen mit ihrem Fernglas in den Himmel. So war das nämlich: Wenn Helma nicht gerade schlief, was sie oft und gerne tat, betätigte sie sich als Astronomin und versuchte zu ergründen, was hinter unserem Sonnensystem liegt. Das wiederum fand ich blödsinnig. Denn was nützt es, das Nichts und die Unendlichkeit zu wollen, wenn man das Naheliegende, nämlich die Erde und was darauf vor sich geht, noch nicht kapiert hat.

Und ich kapierte immer noch so einiges nicht. Heute wollte ich zum Beispiel einfach nicht begreifen, warum Mummi sich (ausnahmsweise!) in der Küche betätigte und ein kompliziertes Vollwertsonntagsessen fabrizierte, wenn man doch viel einfacher eine Tiefkühlpizza in den Ofen schieben konnte, die zudem auch noch besser schmeckte. Aber das blieb wohl ewiges Geheimnis aller Menschen, die das Alter meiner Eltern erreicht hatten. Ständig taten sie absolut seltsame Dinge, wie zum Beispiel ihre Kinder in puncto Essen als Resteverwerter zu missbrauchen, mit den Nachbarn freudestrahlend über den Jahrhundertsommer zu palavern und hinterher über dieselben Nachbarn zu lästern: »Total rechts sind die, und eine Putzneurose haben sie auch.« Und dabei hätte ich es so gern gesehen, wenn wenigstens eines meiner Elternteile ein bisschen von dieser Krankheit befallen gewesen wäre! Mit angesäuerter Miene setzte ich mich an den Tisch und spießte lustlos eine ziemlich al dente gekochte Möhre auf die Gabel. Mein ganzer Schluckmechanismus war derart auf Pizza programmiert, dass ich das Gemüse einfach nicht runterbekam.
Ich guckte Mummi und Dad an. Die guckten relativ finster zurück. Anscheinend hatte es keinen großen Sinn, die so genannte Essensverweigerungstaktik zu fahren. Der Sonntagmittag war ihnen eben heilig – der einzige Tag, an dem wir alle zusammen aßen. Dabei hätte es mir nicht das Geringste ausgemacht, mir in meinem Zimmer einen Hamburger reinzuschieben. Genau genommen aß ich am liebsten allein (und möglichst kein Gemüse!), dann hatte ich die nötige Ruhe, um mir neue Fotoserien auszudenken.
Und was konnte ich im Übrigen dafür, dass meine Eltern beide

rund um die Uhr ackerten? Okay, Dad verstand ich noch einigermaßen. Als Geologe kratzte er an merkwürdigem, leblosem Gestein herum. Aber Mummi – die hatte mit ihrer dämlichen Kindermode wirklich nicht mehr alle Tassen im Schrank! Sie kaufte kurze Röcke ein und lange Röcke und im nächsten Jahr mittellange Röcke, und das Gemeine an der Sache war, dass der ganze Krempel an mir (!), Pauline, dem Versuchskaninchen, ausprobiert wurde. Es verging kaum ein Tag, an dem Mummi nicht irgendein neues Mäntelchen, Pullöverchen oder T-Shirtchen anschleppte, wovon mir schon beim bloßen Hinschauen übel wurde. Ganz zu schweigen davon, dass ich mich in diesen Klamotten vor der ganzen Klasse lächerlich machen würde. Ehrlich gesagt trug ich am liebsten Jeans und Kapuzenpullover, und wenn's kälter wurde, kam Paps' abgelegte Lederjacke drüber, was Mummi besonders schrecklich fand. »Du könntest so niedlich aussehen«, kam es dann immer wie das Amen in der Kirche, und ich verdrehte die Augen und nahm das Wort »niedlich« mit in meine geheime Wort-Hass-Liste auf. Wenn ich später vielleicht mal Kultusministerin war, dann würde ich all diese Hasswörter einfach aus dem Wörterbuch verbannen.
Also, die Möhren. Sie schmeckten mit ganz viel Sahnesoße und einem kleinen Stück paniertem Tofu dazu.
»Bist du nachher da?«, fragte Mummi und hatte ihr übelstes Klamotten-Attentat-Gesicht aufgelegt.
Ich schüttelte entschieden den Kopf.
»Helma kann doch auch zu uns kommen. Ich hole uns Kuchen.«
Ich fand es albern, dass Mummi immer noch glaubte, uns mit simplem Kuchen locken zu können, der noch nicht mal selbst gebacken war. Einmal in der Woche machte sie auf Glucke und

Superhausfrau, und alle Welt sollte dann gefälligst mit ihr um den trauten Wohnzimmertisch springen.
»Helma kann nicht«, sagte ich, ohne es für nötig zu halten, eine weitere Erklärung abzugeben.
»Der tut's doch nur gut, wenn sie mal aus ihrem Laden rauskommt«, mischte sich Paps ein.
Blödsinn. Helma lebte in einem klasse »Laden«. Auch wenn sie zwei Väter und keine Mutter hatte.
Also, streng genommen hatte sie natürlich eine Mutter, aber die war vor weiß der Himmel wie viel Jahren abgehauen, als Helmas Vater eines Tages seinen Freund Franz angeschleppt hatte (so geht die Sage), mit dem er plötzlich auf große Liebe machen wollte.
Franz und Tom. Eigentlich konnte man überhaupt nicht sagen, dass Helma mit ihren zwei Daddys benachteiligt wäre, im Gegenteil. Und falls irgendjemand der Meinung war, Väter seien strenger, im Allgemeinen und überhaupt, dann war das der reinste Quatsch. Ich, zum Beispiel, hatte mindestens tausendmal weniger Freiheiten als Helma. Das fing beim frühen Nachhausekommen an und hörte bei der Auswahl meiner Klamotten auf. Außerdem durfte Helma an manchen Tagen zwei Eis essen und hatte immer noch Zähne im Mund, und sie konnte so laut Musik hören, wie sie wollte, und umsonst ins Musical, weil Franz dort als Maskenbildner arbeitete, und mit Gummistiefeln in die Schule gehen und Türklinken mit Schokoküssen einschmieren und bis tief in die Nacht den Mond angucken.
»Tom hilft uns bei Mathe«, log ich und wunderte mich, dass meine Eltern auf so was reinfielen.
Lernen war okay. Wenn man lernte, konnte man nicht auf blöde

Gedanken kommen, und dann spielte es auch keine Rolle, dass Helma von zwei Männern gemanaged wurde. Aber ich wollte Mummi und Dad nicht unterstellen, dass sie grundsätzlich was gegen Franz und Tom hatten, dass sie wie die meisten fanden, zwei Schwule hätten nicht das Recht, ein Kind großzuziehen, weil sie eben zwei schwule Männer seien und nicht ein Mann und eine Frau.

Bevor ich zu Helma rüberging, verschwand ich noch schnell in meiner Dunkelkammer, um den letzten Film mit den Bauchnabelkunstwerken ans Tageslicht zu fördern. Ich konnte mich nicht beschweren – Mummi und Dad waren immerhin so nett gewesen und hatten mir den kleinsten Raum in unserer Wohnung als Arbeitszimmer zur Verfügung gestellt, wo ich jetzt schon seit ungefähr einem halben Jahr völlig ungestört meine Fotos entwickeln konnte.

Ich machte mich an die Arbeit, zog die ersten Bauchnabelfotos aus dem Wasser. Eine irrsinnige Fleischlandschaft waberte in einem schwarz-grau-weiß schattierten Schaummeer von einem Bildrand zum anderen – der Wahnsinn! Ich würde eines der Fotos ausschnittweise als Poster vergrößern und in meinem Zimmer aufhängen. Anschließend kamen die letzten Schulfotos dran. Normalerweise schoss ich jeden Tag in der Schule so genannte Routine-Arbeits-Fotos, das heißt, ich hielt in der Pause die Kamera einfach in die Menge und drückte ab. Später sah ich die Bilder dann in Ruhe durch und fertigte den einen oder anderen Ausschnitt an. Diesmal kam ich aus dem Staunen nicht mehr raus. Ohne dass es mir aufgefallen wäre, hatte ich mit absoluter Treffsicherheit fast immer Joscha mit auf dem Bild. Joscha an der Milchausgabe. Joscha beim Verlassen der

Schule. Joscha in der Raucherecke mit Paprikaschote – ehrlich, ich hatte ihn nicht absichtlich fotografiert!
Ich ging in mein Zimmer, setzte mich an den Schreibtisch und kreiste mit einem Rotstift die Ausschnitte ein, die ich bei entsprechender Gelegenheit vergrößern würde. Es war ein Gefühl, als hätte mir der Himmel oder von mir aus Helmas Universum ein Zeichen geschickt: Ich, Pauline, sollte nicht aufgeben und weiterhin alle Anstrengungen unternehmen, um Joscha zu knacken. So gesehen fing alles mit den komischen Fotos von meinem Bauchnabel an.

Eine Stunde später war ich gefühlsmäßig wieder so weit hergestellt, dass ich zu Helma rübergehen konnte.
Ich sagte Mummi und Dad Bescheid, die auf dem Balkon saßen und lasen. Dann düste ich raus, einmal quer über die Straße und durch den schwülstickigen Sommer, und nachdem ich die vier Treppen in dem Wohnblock gegenüber hochgerannt war, klingelte ich bei Helma. Franz öffnete. Er trug nur Shorts und hatte eine irrsinnig bepelzte Brust. Sicher war er früher mal so dumm gewesen und hatte aus Versehen Haarwuchsmittel draufgeschüttet.
»He, ich hab einen Job für dich. Magst du Babys?«
»Hm«, machte ich nur, weil ich Babys ziemlich mittelmäßig fand und mich im Übrigen fragte, ob Franz wohl seine Haare kitzelten.
»Eine Freundin von Toms Kollegin sucht 'nen Babysitter. Da hab ich gleich an dich und Helma gedacht.«
»Nett von dir.«
Seit ein paar Wochen durfte ich Franz und Tom duzen, was ich

praktisch fand, weil die beiden für mich sowieso eher Klassenkameraden als Väter von Klassenkameraden waren. Trotzdem wusste ich nicht, ob es mir Spaß machen würde, bei irgendwelchen sabbernden und krakeelenden Würmchen Wache zu schieben. Andererseits war ich immer knapp bei Kasse, und da ich schon seit Menschengedenken auf einen neuen Fotoapparat mit Superobjektiv, Lichtempfindlichkeit 2,5, hin sparte und dabei bislang nicht annähernd auf einen grünen Zweig gekommen war, sollte ich mich vielleicht überwinden.
»Kann die mich überhaupt bezahlen?«, fragte ich und knipste Franz' Brusttoupet.
»Schätze schon. Sofern sie mit zwei Händen ausgestattet ist.«
»Hahaha!« Manchmal waren mir Franz' Sprüche wirklich zu blöd. Also sagte ich ihm, ich würde es mir überlegen, und ging zu Helma. Die hockte vor ihrem Minifernseher und sah sich einen alten Doris-Day-Film an. Ich wollte von ihr wissen, was sie von der Sache mit dem Babysitten hielt.
»Ist doch super«, meinte sie. »Ich mach da mit.«
»Und wenn das Baby Gift spuckt oder ihm Mörderzähne wachsen, während du es wickelst?«
»Da tritt die Bond-Abwehr 1345 in Kraft. Augen zu und durch.«
Helma lachte wie blöd und wollte wissen, ob ich morgen Nachmittag nicht die erste Schicht übernehmen könne.
»Wenn's sein muss«, sagte ich gedehnt und schrieb mir brav die Adresse auf.
Dann fragte mich Helma nach meiner Fotografiererei aus. Das war so ein Ritual zwischen uns: Wir erkundigten uns jede bei der anderen, wie sie mit der Arbeit vorankam, und fanden es dabei absolut unbegreiflich, dass die meisten aus unserer Klas-

se nachmittags zum Sport gingen, einfach nur im Schwimmbad rumhingen oder vor der Glotze saßen – eben kein richtiges Ziel im Leben hatten, wofür sie jetzt schon anfingen zu arbeiten. Stolz präsentierte ich Helma meine neuesten Fotos. Bei den Bauchnabelaufnahmen geriet sie völlig aus dem Häuschen. »Die sehen aus wie von einem anderen Stern«, meinte sie, um dann für ein paar Sekunden in ehrfürchtiges Schweigen zu versinken.

Der Wahnsinn! Wenn Helma Komplimente verteilte, konnte man erstens davon ausgehen, dass sie wirklich echt waren, und sich zweitens tausendmal auf die Schulter klopfen.

»Krieg ich auch einen Abzug?«

Ich nickte und merkte, wie meine Wangen zu glühen begannen. Eigentlich hatte ich schon vorher gewusst, dass Helma meine Mondlandschaftsbilder gefallen würden. Sie hatte da nämlich so ihre eigene Theorie. Dass jedes – und sei es noch so ein kleines – Ding seine kosmische Entsprechung hatte. Kein Wunder also, dass ein Bauchnabel, der in Großaufnahme wie die Oberfläche des Mondes aussah, ihren Beifall fand. Dann kamen die Joscha-Fotos an die Reihe. Joscha bei der Milchausgabe. Joscha isst eine rote Paprikaschote. Joscha verlässt allein die Schule. Joscha kauft sich eine Cola. Joscha kaut grüne Paprika ... Alles in allem ziemlich langweiliger Kram für jemanden, der an dem Kerl weniger Interesse als an einer Glühbirne hatte.

Helma legte die Fotos kommentarlos beiseite, alles klar. Trotzdem gehörten sie zu meiner Arbeit dazu, und ich wollte sie ihr nicht vorenthalten.

»Glaubst du, dass er vielleicht eine Freundin hat?«

»Heiliger Strohsack! Bei dem Gesicht, das er ständig zieht? Ich

kenne wirklich niemanden sonst, der immer so beleidigt in der Gegend rumguckt«, meinte Helma.
»Und ich kenne niemanden, der niedlicher aussieht.«
»Und ich kapier absolut nicht, was du an dem findest«, sagte Helma und hatte eine steile Falte zwischen den Brauen.
Schnell drückte ich auf den Auslöser meiner Kamera; schließlich wollte ich für die Nachwelt Helmas bösesten aller bösen Gesichtsausdrücke bewahren.
»Lass das jetzt!«, schrie sie. »Entweder wir reden sachlich darüber oder du ärgerst mich mit deinem Apparat! Beides gleichzeitig geht nicht.«
»Okay, okay.«
Ich verstaute das Ding in meinem Rucksack und fragte Helma, ob sie mit zum Fußball komme.
Sonntags spielte unsere Schulmannschaft immer auf dem Hühnerfeld, das wäre eine klasse Gelegenheit, Joscha zu bespitzeln. Irgendwie musste doch rauszukriegen sein, ob er solo war oder ob irgendein Mädchenklotz an seinem Bein hing.
»Willst du im Ernst auf der Tribüne sitzen und ihn fotografisch anhimmeln? Wie peinlich!«
»Quatsch! Natürlich gehen wir in Deckung.«
»Und was kann interessant daran sein, einen Haufen Jungs anzugucken, die hinter einem rollenden Etwas herrennen, als ob ihr Leben davon abhängt?«
»Das Vorher und das Hinterher.«
»Mensch ...« Mehr sagte Helma nicht dazu. Vielleicht dachte sie ja wirklich, dass ich total am Durchdrehen sei. Oder aber sie glaubte, ich könne meine Arbeit zugunsten eines blödsinnigen Klassenkameraden verraten – was ich niemals tun würde!

Draußen war es noch brütender und stickiger geworden. Ich rannte schnell zu uns rüber und schleppte mein Fahrrad aus dem Keller. Dann radelten wir durch die Gasofenstadt zum Hühnerfeld. Helma fuhr vor mir her. Ihr weißes T-Shirt mit der Aufschrift »La luna e le stelle« blähte sich zu einem Ballon auf. Am Hermannsplatz machten wir Halt. Wir ketteten die Räder an und gingen das letzte Stück zu Fuß.

Natürlich kamen wir viel zu spät, um das »Vorher« beobachten zu können. Die Jungs waren schon längst dabei, nach einem dieser weißschwarzen Dingsbumse zu treten.

Auf allen vieren robbte ich durchs Gebüsch. Hauptsache, wir kamen so nahe wie möglich ans Spielfeld ran. Helma krabbelte ungeschickt hinter mir her, ächzte und stöhnte.

»Pauline Karmann! Du kannst dich wirklich freuen, dass ich so eine Engelsgeduld habe!«, maulte sie.

»Pssst!« Ich stoppte, weil mir der Rucksack mit dem Fotoapparat halb von der Schulter gerutscht war und weil ich außerdem fand, dass wir fürs Erste dicht genug am Fußballfeld waren. Ich starrte mir die Augen aus dem Kopf, keiner sah aus wie Joscha, keiner war Joscha! Helma starrte ebenfalls – oder tat zumindest als ob – und konnte auch keinen Joscha erkennen.

»Dein Schatz macht heute blau.« Helma grinste auf grausame Weise. »Der liegt faul mit seinen Haremsdamen am Pool und lässt sich einen Drink servieren.«

Sehr lustig! Wahrscheinlich hatte sie den Spruch von Franz gehört. Entnervt ließ ich mich ins Gras fallen. Die ganze Aktion war also umsonst gewesen und der Sonntag quasi futsch.

Es war schier zum Wahnsinnigwerden! In ein paar Wochen waren Ferien. Wenn ich bis dahin nichts in Erfahrung gebracht hatte, würde ich die kommenden sechs Wochen in Franz' Pfeife rauchen können! Sechs Wochen ohne Joscha. Keine Bärenaugen, kein Kopfhaarfell, nur blöd verschwommene Fotos mit Joscha-Punkten drauf. Wenn ich wenigstens seine Adresse und Telefonnummer gekannt hätte – ihm zu schreiben, wäre mir vielleicht leichter gefallen –, aber nicht mal das. Mindestens zehnmal hatte ich das Telefonbuch durchgekämmt, aber es gab keinen einzigen Hützl und in unserer Klasse wusste auch niemand, wo er wohnte. Natürlich hätte ich Joscha direkt ansprechen können, aber in diesem Fall war das nicht so einfach. Erstens hatte ich schon die Hosen gestrichen voll, wenn ich auch nur in seine Nähe kam – er, der legendäre Sitzenbleiber mit der Aura des Unnahbaren! –, zweitens, und das war eigentlich der Grund, machte er tatsächlich immer ein mürrisches Gesicht und ließ nicht mal die Jungs aus unserer Klasse dichter als einen Meter an sich ran – es sei denn, man spielte Fußball. Trotz Teddybärenaugen sah Joscha manchmal Furcht einflößend aus, und gerade das machte ihn zu einem Magneten, an den ich ständig ranflog.

»Komm, gehen wir.« Ich stand auf und rannte durch das Gestrüpp zurück, ohne mich darum zu kümmern, dass mir stachelige Gräser die Beine zerkratzten.

»Bist du wahnsinnig?« Helma kam hinter mir hergerast. »Wenn die uns jetzt gesehen haben!«

»Na und?« Einen Moment lang dachte ich darüber nach, ob es nicht doch das Beste wäre, am Sonntagnachmittag mit Mummi und Paps und Helma und frisch abfotografiertem Bauchnabel bei Kaffee und Kuchen zu sitzen und hinterher zu Franz zum Matheüben rüberzugehen.

O Shit! Shit! Shit! Es gab Tage, an denen ich es wirklich vorgezogen hätte, eine Ameise zu sein. Wenigstens kriegten diese Viecher keine Sommerferien und waren auch nicht in Paprika essende Bärenfelljungs verliebt. Sie hatten festgelegte Aufgaben: Hölzchen von A nach B transportieren, Mittagessen besorgen, sich fortpflanzen und so weiter und so fort, und das taten sie dann auch, ohne groß zu murren.

»Es wäre mir echt peinlich, als Fußballgroupie entlarvt zu werden.« Helma kam hinter mir hergepoltert, als hätte sie ein Holzbein. »Schließlich will ich nicht, dass später in meiner Biographie steht, Helma Schütze sei als Vierzehnjährige Jungenbein-Fetischistin gewesen und habe sonntags hinter piksigen Sträuchern gelauert, um den Jungs ihrer Klasse heimlich beim Fußballspielen zuzusehen.«

Das wollte ich auch nicht. Zur Beruhigung lud ich Helma zum Eis bei »Mario« ein, was sie für eine gute Idee hielt.

Also radelten wir hin. Obwohl meine Laune auf dem Tiefpunkt aller erdenklichen Tiefpunkte war. Unseligerweise reichte die Schlange beim Eiscafé auch noch bis auf die Straße. Na prima. Schlimmer konnte es eigentlich nicht werden, und wenn ich Glück hatte, stellte sich gleich meine Egalstimmung ein. Das war dann der Moment, in dem ich alle Gedanken und Gefühle wegsperrte und mich mit irgendetwas zupumpte. Mit ganz viel Musik. Oder ich ließ den Fernseher bis zum Umfallen dudeln, statt bedeutende Fotos zu schießen. Oder ich stopfte mich eben mit Eis voll. Auf jeden Fall redete ich in solchen Momenten nicht mehr, und das fand Helma, glaube ich, ziemlich bescheuert von mir, und ich fand's eigentlich auch bescheuert, aber ich konnte einfach nicht anders. Pech für die Menschheit.

Zweimal drei Kugeln. Erdbeer, Vanille und Zimt, in die andere Tüte Schokolade, Nuss und Tiramisu – die reinste Erlösung, nachdem wir uns mindestens ein Viertel unseres Lebens vor diesem dämlichen Eisstand die Beine in den Bauch gestanden hatten. Helma fing schon gierig an zu schlecken, als wir die Straße überquerten, um uns mit unseren Eistüten gegenüber auf die Steine zu setzen. Da sah ich ihn. In gemütlichem Tempo radelte er vorbei. Und wenn ich auch nicht in allen Lebenslagen geistesgegenwärtig bin – diesmal war ich es, drückte Helma mein Eis in die Hand und saß schon auf meinem Fahrrad.
Mein Herz klopfte irgendwo in den Füßen. Noch nie war ich einem Jungen nachgefahren – viel zu peinlich. Wenn er sich umdreht, ist alles aus, dachte ich, aber erstens tat er es nicht und zweitens hätte ich natürlich auch so hinter ihm herradeln können – rein zufällig. Was machte ich mir eigentlich für Gedanken! Dies war meine Chance! Warum sonst hatte das Schicksal Helma und mich zwanzig Minuten lang bei »Mario« warten lassen? Wozu waren drei Kugeln in einer Waffel gut, wenn nicht, um dem einen Glück noch die Krone aufzusetzen?
Joscha gab plötzlich Gas und bog in eine kleine Straße. Ich hinter ihm her, vergaß ganz mein pochendes Herz. Ich würde rauskriegen, wo er wohnte, das wäre schon die halbe Miete. Ein paar Fotos durchs Fenster geschossen – meine Güte!
Komisch, welche Vielzahl von Gedanken gleichzeitig durch meinen Kopf hetzten, während ich Joscha radrennfahrenderweise an den Fersen klebte. Ich sah Tom vor mir, wie er seine Pfeife anzündete und darin herumprokelte; mir fiel ein, dass Mummi mir schon wieder so ein ausgefallenes Klamottenteil zum Anprobieren hingelegt hatte; ich dachte daran, wie wohl

eisgekühlte Bananen mit Senf auf Schwarzbrot schmecken, und tausend blödsinnige Sachen mehr und wunderte mich, dass ich es dabei schaffte, in diesem Affentempo in die Pedale zu treten und auch noch die Verkehrsregeln zu beachten.
Rote Ampel! Joscha flutschte rüber, mir blieb nichts anderes übrig als anzuhalten, großer heiliger Mist! Ja, hätte ich mich denn etwa überfahren lassen sollen? Joscha war Joscha, aber ich war nur noch zur Hälfte ich, wenn ich mit gebrochenem Bein im Krankenhaus lag. Als die Ampel auf Grün umsprang, fuhr ich pro forma noch weiter, einfach der Nase nach, schaute nach links und rechts in die Seitenstraßen, vielleicht kurvte Joscha dort irgendwo rum. Fehlanzeige!
Helma wartete nasebohrend und mit angesäuertem Gesicht vor der Eisdiele. Obwohl sie dazu nicht den geringsten Grund hatte. Schließlich lag mein Eis jetzt in ihrem Magen.
»Muss Liebe schön sein!«, sagte sie.
»Müssen Ampeln bekloppt sein, dass sie immer im falschen Moment umspringen.«
Helma grinste. »Manche Männer machen sich interessanter, als sie sind.« Wahrscheinlich hatte sie Recht. Vielleicht war Joscha einfach nur ein Phantasiegebilde und nicht im Mindesten wert, dass man ihm nachrannte. Wahrscheinlich gaukelte er ihn auch nur vor, den interessanten Supertypen, und in Wirklichkeit war er blöd und langweilig und hing jeden Abend mit Chipstüte vorm Fernseher, während ihm seine Mami die Festplatte des Computers einrichtete.
Für den Rest des Nachmittags blieb mir also nichts anderes übrig, als über meinen Schatten zu springen und mit Helma, Tom und Franz Aprikosenkuchen zu essen. Irgendwie fand ich's

dann auch gar nicht so verspießert. Zum einen hatte Franz den Kuchen selbst gebacken, zum anderen lief nicht der Fernseher, sondern irgendein Bach-Gedudel, was ziemlich nach Weihnachten klang. Und das bei diesem Wetter!

Tom wollte wissen, ob Helma und ich uns die Sache mit dem Babysitten überlegt hätten. Ich sah Helma an. Die nickte mir aufmunternd zu. Okay, eigentlich hatte sie Recht. Wenn ich in Sachen Joscha nur vom Pech verfolgt war, wollte ich mir wenigstens in absehbarer Zeit einen vernünftigen Fotoapparat zulegen.

Als ich gegen acht mit voll geschlagenem Kuchen- und Eismagen bei Mummi und Dad reinschneite, gab es Gezeter. Sie hätten sich schon Sorgen gemacht. Und ob ich es nicht mehr für nötig halten würde, zum Abendbrot zu erscheinen.

Mensch! Ich war doch kein computergesteuertes Wesen, das Punkt sieben Uhr Hunger auf Vollkornbrot plus Aufschnitt und Tee bekam. Während Dad sich ins Schlafzimmer zurückzog, um in Ruhe einen Sciencefictionroman zu lesen, grummelte Mummi mich noch eine ganze Weile an. Als hätte ich sie persönlich beleidigen wollen. Absolut albern! Wenn die nicht auf Tom und Franz eifersüchtig war, fraß ich unseren Kühlschrank.

Zu allem Überfluss kam Mummi dann noch mit einem Haufen Schreckenskleider an, die ich zu dieser nachtschlafenden Stunde anprobieren sollte.

»Hör mal, ich will den Krimi gucken!«, donnerte ich.

»Ich will die Sachen nur mal kurz angezogen sehen.«

Großer Mist! Hatte man denn als Vierzehnjährige nicht das Recht, einen ruhigen Abend zu verbringen? Grässlich, diese Klamottensession! Aber manchmal war ich einfach zu schwach,

um mich zu wehren. Weil ich keine Lust auf Streit hatte und fand, dass sowieso schon alles egal war.
Also probierte ich die Sachen an, und während Mummi mit tausend »Achs« und »Ohs« an mir rumfummelte und vor Begeisterung schier platzen wollte, versuchte ich krampfhaft, den Anfang der Story mitzukriegen. Irgendein betuchter Rentner war umgebracht worden, woraufhin die Ehefrau – sesshaft in einer Nobelvilla an der Elbe – in hysterische Heulkrämpfe ausbrach und in der nächsten Szene ihrem Liebhaber, einem neunundzwanzigjährigen Discjockey, in seiner versifften WG Bratkartoffeln machte und obszöne Witze riss.
Gerade in dem Moment, als der Inspektor in der Siff-WG klingelte und ich gespannt darauf war, was für ein Gesicht er wohl machen würde, wenn er die trauernde Edeltussi im Hausfrauendress vorm Herd ertappte, zerrte Mummi mir einen ihrer hässlichen Häkel-Lochmuster-Pullis über den Kopf, sodass ich nichts mehr sehen konnte.
Ausgeblendet! Das war doch wirklich der Gipfel! Wenn Mummi mich schon mit ihrem Modekram behelligte, dann konnte sie dabei wenigstens Rücksicht nehmen!
»Mummi, bitte!«, sagte ich einigermaßen beherrscht und weigerte mich dann, den Rest ihrer Kollektion anzuprobieren, zumal ich sowieso nicht einsehen wollte, dass die Töchter irgendwelcher Modevertreterinnen als Models herhalten mussten. Ich schnappte mir unser Handy und verschwand damit in meinem Zimmer.
»Helma? Guckst du zufällig gerade den Krimi?«
Sie guckte, und da ich zu faul war, mich von meinem Bett zu erheben und zu ihr rüberzugehen, ordnete ich an, sie solle den

Fernseher ordentlich laut stellen und mir parallel zu den Dialogen erzählen, was auf dem Bildschirm passierte.
Die gestylte Edelwitwe war mittlerweile beim Abwasch, ihr Lover drehte krumme Dinger auf dem Kiez, und während der Inspektor noch darüber nachgrübelte, wieso die Tussi in irgendwelchen WGs Bratkartoffeln machte, lag ich eigentlich ganz zufrieden unter meinem Federbett, den Hörer zwischen Ohr und Schulter eingeklemmt, und nahm mir vor, mein Ziel Joscha nie und nimmer aus den Augen zu verlieren.

Hummeln im Po

Montage sind einfach widerlich. Weil man die Augen kaum aufkriegt, weil das Pausenbrot beim Auswickeln garantiert in den Matsch fällt und weil die Lehrer einen liebend gerne drannehmen, wenn man gerade gedöst hat.
Okay, das kann natürlich an jedem x-beliebigen Wochentag passieren, im Prinzip schon, aber Montage sind eben prädestiniert für platte Fahrradreifen, Äpfel mit faulen Stellen und menstruierende Lehrerinnen, die ihre schlechte Laune an einem auslassen.
An diesem Montag war es kein bisschen anders. Kaum dass ich saß, meinen Fotoapparat herausgeholt und die Schmierereien auf meinem Pult abfotografiert hatte, schoss die Makkaroni in die Klasse und nahm mir meine Kamera weg.
»He!«, protestierte ich.
Sie: »Die wird jetzt beschlagnahmt.«
Und ich: »Das dürfen Sie gar nicht.«

Sie: »Und ob ich das darf!«
Damit war das Thema für sie erledigt, und während sie nach vorne watschelte, um ihr Hinterteil auf ihren Stuhl sacken zu lassen, stand ich auf und ging raus. Ganz gemächlich. Die konnte mich mal, die Makkaroni! Ich war der felsenfesten Ansicht, dass niemand das Recht hatte, mir mein Arbeitsmaterial, das mich eine Stange Geld gekostet hatte und mit dem ich im Übrigen niemanden belästigte, einfach wegzunehmen. Gut, dass ich vor einiger Zeit versucht hatte, die Hinteransicht der Makkaroni zu fotografieren, war nicht gerade die feine Art gewesen, und wahrscheinlich sah sie jetzt schon rot, wenn ein Fotoapparat auch nur in hundert Metern Entfernung auftauchte.
Ich ging also raus, lief den Gang auf und ab und überlegte, was ich tun sollte. Ohne meinen Apparat war ich aufgeschmissen, ohne Kamera war ich ein Nichts, unbedeutender als eine ausrangierte Zahnbürste.
Großer heiliger Mist!
Wenigstens wollte ich die Zeit sinnvoll nutzen und ging ins Schulsekretariat.
Ich weiß, es war nicht gerade clever. Ich hätte mir vorher genauestens einen Text zurechtlegen sollen. Und als ich dann vor diesem langbeinigen Storch von Schulsekretärin stand, fiel mir nichts anderes ein als ganz direkt zu sagen, ich bräuchte eine bestimmte Adresse, es gehe um eine Einladung zu einem Gartenfest und ob sie mir vielleicht behilflich sein könne.
Der Storch sah mich an, als wäre ich eine warzige Kröte auf zwei Beinen, die sie gleich küssen sollte, gab mir dann zu verstehen, das gehe nicht, sie dürfe nicht einfach so Adressen herausgeben und um wen es sich denn überhaupt handle.

Ach, du Schreck! Ich glaube, ich war schneller draußen, als ein Elektron normalerweise durchs Telefonkabel schießt. Der reinste Horror! Wenn Joscha erfuhr, dass ich extra ins Sekretariat gedackelt war, um seine Adresse rauszukriegen! Da konnte ich mich gleich bis zu meinem Lebensende von dieser unserer Erde beamen oder zumindest Mummi und Dad anbetteln, dass wir nach Afrika auswanderten!
Langsam ging ich zurück zum Klassenraum, wunderte mich, dass Helma mir entgegengehetzt kam.
»He!«, schrie sie und rannte mich fast um.
»Ist die Makkaroni geplatzt?«, fragte ich und fand mich ziemlich komisch.
Helma lachte aber nicht, sondern erklärte mir, dass sie schon die halbe Schule nach mir abgegrast hätte, die Makkaroni wolle meinen Apparat nun doch nicht beschlagnahmen, ich dürfe ihn bloß nicht mehr im Unterricht aus der Tasche rausnehmen.
Na bravo! Hatte sich meine Theorie doch bestätigt! Nudeln hassen es, fotografiert zu werden. Und kaum ist man mal eine Minute aus der Klasse, kriegen sie Panik, weil sie ihre Aufsichtspflicht verletzen. Klar, es könnte mich ja auf dem Weg zum Sekretariat ein siebenköpfiges Ungeheuer verschlingen wollen, nur mal zum Beispiel.
Als wir in die Klasse zurückkamen, gab es Gelächter. Mir egal. Ich tat, als wäre ich die warzige Kröte von vorhin, die einiges an Selbstbewusstsein zugelegt hatte, und setzte mich auf meinen Platz.
Der Fotoapparat lag bereits dick und fett vor mir. Na also! Ich war ja im Grunde ein friedlicher Mensch und wollte keiner Makkaroni dieser Welt auch nur ein Haar krümmen. Also meldete

ich mich sogar zwei-, dreimal im Unterricht, was an der Lehrerfront geradezu helles Entzücken auslöste.
Trotzdem war ich froh, als es an diesem Montagmorgen endlich klingelte. Ich schnappte mir Helma und zog sie zu den Mülltonnen, wo sich Joscha normalerweise auch hinbewegte, um seine Paprika zu knabbern. Heute hatten sich dort sämtliche Jungs unserer Klasse versammelt, nur von Joscha keine Spur.
Langsam ging mir die Sache auf den Keks. Als ob er sich absichtlich verdünnisieren würde – und vielleicht hatte er längst bemerkt, dass ich ihm an den Fersen klebte. Darauf brauchte ich erst mal einen Kakao, den ich beim Hausmeister erstand.
Ich stupste Helma an, die gerade ihr Butterbrot anschaute, als hätte sie sich frisch darin verliebt. »Heute Nachmittag rufst du im Sekretariat an und sagst, du bist Nachhilfelehrerin und brauchst Joschas Adresse.«
Helma tippte sich an die Stirn.
»Bitte! Wenn du mir nicht hilfst …«
»Warum rufst du nicht selbst an?«
»Weil die Tante meine Stimme kennt.«
Entnervt erzählte ich ihr die hundsmiserable Sekretariatsgeschichte, woraufhin Helma mir einen zweiten Vogel zeigte. Ich kniff die Augen zusammen und schoss ihn einfach ab.
Auf dem Nachhauseweg machten wir einen Abstecher zu Helma und erklärten Tom, dass wir bei mir essen würden.
»Das könnt ihr auch hier«, sagte er. »Ich bin gleich fertig.«
Tom hockte gerade am Computer und schrieb einen Artikel für seine Gartenzeitung.
»Nö.« Helma gab ihrem Dad einen Kuss und zog mich raus. Das fand ich so Klasse an Tom und Franz. Sie waren eben nicht die

Sorte Eltern, die einen ständig aufhielten und mit überflüssigen Fragen nervten.
Zu Hause räumte ich erst mal unseren mit Geschirr zugepflasterten Küchentisch frei und wusch zwei Teller ab. Wahrscheinlich würde es meine Familie nie mehr hinkriegen, dass man, wie bei anderen Leuten auch, das saubere Geschirr einfach aus dem Schrank holte. Zwar hatten wir die Küchendienste gerecht unter uns dreien aufgeteilt, aber wenn Mummi und Dad von der Arbeit nach Hause kamen, wurde immer einstimmig behauptet, man sei zu kaputt, man könne sich grad noch schnell ein Brot machen oder mit mir essen gehen. Und wie's der Teufel in Absprache mit meinen Eltern so wollte, kam unsere Haushaltshilfe nur einmal die Woche. Großer Mist!
Es war geradezu peinlich, unvorbereitet jemand Fremdes mit nach Hause zu bringen. Ich finde es einfach ungerecht, wenn Eltern Kinder in die Welt setzen, damit die bei ihnen als Putzfrau anfangen. Aber so war es bei uns: An mir blieb grundsätzlich der ganze Kram hängen: Pauline, bring mal schnell den Müll runter! Schältst du die Waschmaschine ein? Kaffeefilter sind auch nicht mehr im Haus.
Helma fing immer an zu grinsen, wenn sie unsere durch und durch chaotische Küche betrat.
Jedes Mal kam dann die Geschichte, wie Tom beim Anblick unseres Küchenfußbodens mal einen mittelschweren Brechreiz gekriegt hatte.
Aber leider – es war eben nicht zu ändern. Ich holte ein paar belegte Minibaguettes aus der Kühltruhe und schob sie zwecks Helma-Köderung in die Mikrowelle. Gleichzeitig drängte ich sie, sich schon mal einen Text für die Schulsekretärin zu überlegen.

»Wieso gehst du eigentlich so sicher davon aus, dass ich's tun werde?«
»Weiß ich doch, dass du's tust.«
»Eines Tages werde ich bei deinen Aktionen nicht mehr mitspielen und dir die Freundschaft kündigen.«
Ich drückte Helma auf einen Küchenstuhl und besorgte ihr eine Cola aus dem Kühlschrank.
»Du musst dich als Physikstudentin ausgeben«, sagte ich. »Und auf jeden Fall deine Stimme verstellen.«
»Und woher soll ich wissen, dass Joscha Physiknachhilfe braucht, wenn ich nicht mal seine Telefonnummer habe?«
»Du hast seine Nummer eben verlegt.«
Ich pfefferte verklebte Bestecke in die Geschirrspülmaschine und fragte mich, ob das wohl gut gehen konnte. Ich wäre an Stelle der Storch-Sekretärin jedenfalls stutzig geworden, hätten gleich zwei Leute am selben Tag irgendwelche Adressen haben wollen.
Als die Mikrowelle piepte, war ich nur noch ein Nervenbündel, was Helma komischerweise dazu veranlasste, auf einmal die Führung zu übernehmen und lauthals zu verkünden, dass sie die Sache schon in den Griff kriegen werde.
Wir aßen in aller Hektik, dann verfrachtete ich Helma postwendend ans Telefon. Mit meinen verklebten Minibaguettefingern tippte ich hektisch auf den Tasten rum und reichte ihr dann den Hörer.
»Franca Bernstein«, sagte Helma mit tiefer Stimme. Das klang so weit ganz gut. Ziemlich seriös. Geradezu mondän. Absolut weltfrauisch!
Ich hielt meinen Daumen senkrecht in die Luft und hoffte, dass

sie das anspornen würde, auch ihren weiteren Text in dieser Perfektion abzuspulen.
»Es geht um Joscha Hützl«, sagte sie mit ihrer sonoren Damenstimme. »Ich soll ihm in Physik Nachhilfe geben. Leider habe ich seine Adresse verlegt.«
Großartig! Brillant! Meine Herzklappen flatterten bereits vor Freude, als auf einmal eine kleine Pause eintrat. Ich sah, wie Helma rot anlief und im selben Moment den Hörer aufknallte.
»Bist du wahnsinnig!«, schrie ich sie an.
»Die wollte wissen, von welcher Nachhilfeorganisation ich komme.«
»Na und? Warum hast du dir nicht irgendwas ausgedacht? Mein Gott noch mal!«
»Was hättest du denn auf die Schnelle gesagt?«
»Irgendwas eben.«
Ich war wirklich sauer, auch wenn ich selber nicht den Funken einer Ahnung hatte, wie sich Nachhilfeorganisationen nannten. »Intellektus«? Oder »Help the brain«? »Denkanstöße«? »Doof muss nicht doof bleiben«? Okay, es war unfair, Helma einen Vorwurf daraus zu machen. Wir saßen erst eine Weile und muffelten uns an, kümmerten uns dann gemeinsam um die Küche. Während ich mich abmühte, den Dreck von den Tellern zu kratzen, um die Dinger anschließend in die Spülmaschine zu stellen, fegte Helma netterweise aus. – Alles vorbei! Joscha floss gerade samt Essensresten durch den Ausguss.
»Vergiss ihn«, sagte Helma.
»Warum denn?«
»Weil er ein Arsch ist.«
»Und woher willst du das wissen?«

»Jemand, der dich nur mit dem Arsch anguckt, obwohl er jeden Tag mit dir in einem Raum sitzt, ist selbst einer.«

Irgendwie einleuchtend, klar. Aber was, wenn Joscha bloß verklemmt, verschüchtert oder weiß der Himmel was war und einfach nur geknackt werden musste? Diese Variante schien in Helmas Kopf jedoch keinen Platz zu haben.

Als wir gerade fertig waren, klingelte das Telefon. Franz. Er wollte wissen, ob ich den Babysittertermin auch nicht vergessen hätte.

Ach, du Schreck! Natürlich hatte ich diesen kleinen Hosenscheißer vergessen.

»Du hast noch eine halbe Stunde Zeit«, sagte Franz ins Telefon, und ich sagte: »Danke«, knallte auf und ärgerte mich, dass dieser Montag so schrecklich grausam zu mir war.

»Ich würd ja mitkommen«, sagte Helma. Sie ging mit mir raus und legte tröstend den Arm um mich. »Aber ich habe Franz und Tom versprochen, mitzufahren zu Ikea.«

Ich nickte, zog mir die Schuhe an, und als wir draußen waren, fiel mir ein, dass ich meinen Fotoapparat liegen gelassen hatte. Schnell zurück in die Wohnung, es war die absolute Hetze. Zwei Stationen mit dem Bus.

Gerade noch rechtzeitig klingelte ich bei der Martensen. Eine Frau, ungefähr in Mummis Alter, öffnete. Sie hatte eine bemerkenswert rote Nase und ein sympathisches Lächeln, kinnlange blonde Haare. Zu weiten weißen Hosen trug sie einen grünen Eimerpulli, ihre Nägel waren zu einem perfekten Oval gefeilt und schimmerten auch ohne Lack in einem dezenten Rosa. Ich fragte mich, ob ich es hinkriegen könnte, von diesen Nägeln ein paar Nahaufnahmen zu machen.

»Hallo, Pauline! Du bist doch Pauline? Oder Helma?«
»Helma kommt beim nächsten Mal«, sagte ich artig. Fehlte nur noch der Knicks!
»Kasimir erwartet dich schon.«
Kasimir! Wie konnte man ein Kind nur Kasimir nennen! Ich dachte dabei an Clowns mit Knollennasen und viel zu großen Schuhen und fragte mich im Übrigen, wie es ein neun Monate altes Baby intellektuell hinkriegte, auf eine ihm völlig unbekannte Person zu warten.
»Hast du schon mal auf Babys aufgepasst?« Frau Martensens Stimme klang wie mit Lenor weich gespült.
»Ja«, log ich. »Bin sozusagen Weltmeisterin darin. Meine Cousine hat auch ein Baby.«
»Wie alt?«
»Acht Monate.«
Ich fand, dass es das Beste war, ihr die Story vom Pferd zu erzählen. Wer hat schon große Lust auf Windelvorträge?
»Ist ja wunderbar!«
Frau Martensen schwebte vorweg durchs Wohnzimmer, in dem außer einer weißblau gepunkteten Couch, einem Sekretär und einer riesigen Grünpflanze nur gähnende Leere rumstand, und führte mich dann ins Kinderzimmer. Kasimir schlief, eingemummelt in Mickymaus-Decken, in seinem Bettchen.
Von wegen – er hatte auf mich gewartet! Was Erwachsene für einen Blödsinn daherredeten!
Natürlich musste ich dann doch noch einen Vortrag über mich ergehen lassen.
Thema: Was war zu tun, falls Kasimir aufwachte, aber wahrscheinlich würde er gar nicht aufwachen, weil er um diese Zeit

immer wie ein Murmeltier schlief, und wenn doch … In spätestens einer Stunde sei sie wieder da, trotzdem, hier der vorgekochte Tee in der Thermoskanne, da das Fläschchen, die Windeln dort und die Creme, blabla, und falls ich etwas trinken wolle, könne ich mich ruhig am Kühlschrank bedienen, auch zu essen sei genug vorhanden.

»Haben Sie Gummibärchen?«, fragte ich in einem plötzlichen Anfall von Unverschämtheit.

Sie schüttelte den Kopf und lachte, ich könne mir aber gern ein Stück von der Schokolade nehmen, die links oben im Küchenschrank liege.

Als die Martensen endlich draußen war, ließ ich mich auf das gepunktete Sofa fallen und stierte die grüne Pflanze an.

Keine Ahnung, wie ich auf die Sache mit den Gummibärchen gekommen war. Normalerweise aß ich so was nur im äußersten Notfall oder im Kino, nicht aber, wenn ich mich bei fremden Leuten aufhielt.

Ich zog die Beine bis unters Kinn und merkte, wie Angst in mir hochkroch.

Ich hatte nicht die geringste Ahnung, was mit einem Baby zu tun war. Weder war ich ein Genie im Wickeln, noch kannte ich Babytalk oder wusste, wie man diesen kleinen Monstern nach dem Abfüttern ihr Bäuerchen entlockte.

Warum hatte ich mich nur auf diesen Kuhhandel eingelassen! Für ein paar läppische Mark, für die ich mir noch nicht mal eine Packung Filme kaufen konnte!

Großer Obermist!

Ich langweilte mich in dieser Bude zu Tode. Klar, dass ich in der Eile auch noch vergessen hatte, etwas zu lesen mitzunehmen,

und der Fernseher sah baufälliger aus als Mummis altes Trimmrad in unserem Keller.
Eine Stunde lang diese Grünpflanze anstarren – das konnte ja heiter werden!
Ob ich Helma anrufen sollte? Auf leisen Sohlen tapste ich auf den Flur zum Telefon. Es war eins dieser hässlich-komplizierten Modelle, die einen normalerweise schon im Laden zum Wahnsinn treiben. Trotzdem nahm ich den Hörer ab, stand erst mal ziemlich ratlos da. Welcher Knopf um Himmels willen war der richtige? Okay, ich ließ es drauf ankommen. Das Ding unten links machte einen sympathischen Eindruck. Ich drückte drauf; im selben Moment ertönte ein derart schrilles Piepen, dass ich den Hörer schnell auflegte.
Also, Helma nicht anrufen und hoffen, dass Kasimir noch lange ruhig weiterschlief.
Ich blieb eine Weile im Flur stehen und lauschte – alles still. Dann schlich ich in die Küche, um den Kühlschrank zu inspizieren. Leider war gar nichts Nennenswertes drin. Was hatte die Martensen denn groß rumgetönt? Eine lächerliche Cola, ein Glas Nutella, Butter, ein vor sich hin modernder Camembert auf einer Untertasse und ein welker Salatkopf. Klasse! Könnte bei uns zu Hause nicht besser aussehen.
Allem Ekel zum Trotz nahm ich die Colaflasche raus und goss mir ein Glas ein.
Vielleicht sollte ich meiner Arbeit nachgehen, dachte ich und stapfte auf den Flur, um meinen Fotoapparat zu holen. Zuerst kam der Kühlschrankinhalt dran – der gammelnde Camembert würde sich in Großaufnahme gut machen –, dann knipste ich die angebrochene Schokolade im Küchenschrank, das Telefon …

Meine Güte, irgendwie war diese Wohnung alles in allem ziemlich öde.
Und Kasimir? Ich schlich mich in sein Zimmer. Der hatte es gut, schlief tief und fest und sah nicht so aus, als würde er sich in den nächsten zehn Minuten in einen Minigorilla verwandeln.
Ob ich es wagen sollte? Egal. Ich zoomte mir das Affenschnäuzchen heran und drückte ab. Der Blitz zuckte durch das Kinderzimmer und im selben Moment fing Kasimir wie ein Wahnsinniger an zu plärren.
Himmel noch mal! Aber warum nicht die Gunst der Stunde nutzen? Ich interessierte mich nämlich für Gesichter in extremen Situationen, für Menschen, die lachten oder weinten oder wütend waren, und auch wenn ich bisher noch keine Babys auf der Liste gehabt hatte, so waren sie doch immerhin interessant genug, um fotografiert zu werden.
Klick und blitz und klick und blitz, Kasimir schrie sich seine kleine Seele aus dem Leib, und plötzlich stand die Martensen hinter mir und fragte mich, was ich da eigentlich treibe.
Natürlich war das ein Schock für mich, und mir fiel nichts Besseres ein als zu sagen, ich wolle Kasimir nur ein wenig ablenken. Gleichzeitig wurde ich knallrot und hätte mich am liebsten in Nacht und Nebel aufgelöst.
»Seltsame Methoden.« Frau Martensen hob Kasimir aus seinem Bettchen und schaukelte ihn sanft hin und her. Augenblicklich hörte das Geschrei auf.
»Kann es sein, dass du doch keine Weltmeisterin im Babysitten bist?«, fragte sie. Erstaunlicherweise kam dies kein bisschen grantig aus ihr raus. Ich an ihrer Stelle hätte mit Sicherheit Kleinholz aus mir gemacht. Okay, ich streckte die Waffen, ich

nickte kleinlaut, kitzelte Kasimir ein bisschen im Nacken. Seine Haut war tausendmal weicher als die Innenseite meiner Schenkel, was dazu führte, dass mir ein kleiner Glücksseufzer herausrutschte. Kasimir drehte daraufhin sein Köpfchen und lachte mich fast zahnlos an – war doch verdammt süß, das kleine Monster.

»Vielleicht sollten wir uns mal einen Nachmittag zusammensetzen und ich erkläre dir alles.«

»Gerne.« Und dann sagte ich noch: »Danke«, weil ich fand, dass die Martensen doch recht nett war. Ehrlich – ich hätte nach der Szene mit einem glatten Rausschmiss gerechnet.

Wir verabredeten uns für den kommenden Nachmittag um vier Uhr. Ich könne Helma gleich mitbringen, meinte sie, Kasimir solle uns beide ein wenig kennen lernen. Dann verließ ich um zehn Mark reicher die Wohnung.

Unterwegs kaufte ich einen ganzen Berg Paprika in allen möglichen Farben ein. Wahrscheinlich war ich kurz vorm Durchdrehen: Ein Kilo Paprika für eine, die vorhat, als hundertprozentige Nicht-so-gerne-Gemüse-Esserin in die Geschichte einzugehen, ist doch idiotisch. Aber erstens machten sie sich hervorragend als Motiv für eine Fotoserie mit dem Titel »Stillleben. Versuch über Paprika«, zweitens erhoffte ich mir neue Joscha-Erkenntnisse, wenn ich mich überwand und sie hinterher aufaß. Ich rannte also nach Hause in die blitzblanke Küche – Mummi und Dad waren immer noch nicht da –, putzte die Schoten, schnippelte sie in kleine Stücke und hatte nach ungefähr zwanzig Minuten einen bunten Paprikawürfelberg vor mir. Den knipste ich. Dann vermischte ich die Farben, fotografierte wieder. Ein letztes Foto in Großaufnahme.

Jetzt kommt's: Ich schob eine von Dads Jimi-Hendrix-CDs rein, volle Lautstärke, und fing mit geschlossenen Augen an zu essen. So musste es also sein, wenn man Joscha war und das Pech hatte, ein Sitzenbleiber zu sein. Vielleicht ließen Paprika einen verblöden?

Nein, Paprika machten nicht dumm, und Joscha war es garantiert auch nicht, selbst wenn er den Großteil des Unterrichts einfach nur aus dem Fenster starrte. Einmal hatte er nämlich in Deutsch quasi aus Versehen einen derart abgehobenen Beitrag losgelassen, dass mir die Ohren schlackerten. So eben mal die Theorie der drei Einheiten im griechischen Drama aus dem Ärmel geschüttelt. Unsere Deutschlehrerin, die Kaffeekanne, guckte, und auch Helma hatte Joscha ungläubig angestarrt. Danach war er verstummt, in einen tiefen Winterschlaf gefallen, aus dem er bis heute nicht mehr aufgewacht ist.

Ich stopfte mir ein wenig rote Paprika in den Mund, ein bisschen grüne, die gelben Stückchen schmeckten süßlich ... Eigentlich hasste ich Paprika – warum tat ich mir das an? Liebe stellte einem einfach das Gehirn auf den Kopf – das hatte ich schon mehrfach bei meinen Mitschülerinnen feststellen dürfen. Gott sei Dank erlöste mich Mummi, die mit einem bedrohlichen Kleiderhaufen unter dem Arm ankam und mich ansah, als hätte ich mich gerade in ein Gemüsebeet verwandelt.

»Bist du schwanger?«, fragte sie und lachte sich halb tot.

Ich fand das weniger komisch. »Ich muss mit dir reden«, sagte ich wichtigtuerisch und schaufelte gleichzeitig die Paprikareste in eine Plastikschüssel.

»Ja?« Mummi pflückte ihren Kleiderhaufen auseinander. »Wie wär's mit dem?« Sie hielt ein orangefarbenes Häkelmonster-

teil hoch, das mich fast dazu brachte, meinen Mageninhalt in der Toilette zu entsorgen.
»Mummi!«, brüllte ich. »Die Küche ist dermaßen chaotisch, dass die Väter meiner Freundinnen Brechanfälle kriegen, aber euch scheint das kein Stückchen zu interessieren. Und im Übrigen bin ich nicht eure Putzfrau!«
Meine Mutter setzte sich hin und schaute mich wie vor den Kopf geschlagen an. Wahrscheinlich hatte sie gerade begriffen, dass ich kein Gemüsebeet war, sondern ein Orang-Utan, der es gleich zertrampeln würde. Ich wartete auf ein paar Ausreden, von wegen, ich solle froh sein, dass sie nicht putzwütig sei und jeden Krümel, den ich auf dem Küchenboden hinterließ, reklamiere, aber sie sagte nur: »Okay, ich lass mir was einfallen«, und verschonte mich mit ihren Klamotten.
Als ich später im Labor stand und gerade am Entwickeln meiner Kasimir- und Paprikafotos war, kam Mummi rein und verkündete, dass unsere Haushaltshilfe ab sofort verstärkt eingesetzt werde. Sehr aufmerksam, dass man mich als Putzkraft entlasten wollte. Zur Feier des Tages durfte ich auch noch das Restaurant aussuchen, wo wir zu Abend essen würden.
Ach, du meine Herrschaften! Ihr schlechtes Gewissen stank regelrecht zum Himmel!
Normalerweise schleppten sie mich automatisch in einen von Dads Nobelschuppen, wo veralgte Fischbröckchen auf riesigen Designertellern in einem Häufchen Kaviarschaumsoße vor sich hin dümpelten, wobei ihnen nur ein mickriges Stück Karotte nebst einem Blättchen Petersilie Gesellschaft leisteten. Ich saß dann immer da und pickte verzweifelt in dem Sorbetfrikasseeragout von karamelisierter Kaninchenschnecke an Toma-

tengelee herum und wünschte mir einen deftigen Burger mit viel Ketchup in den Magen.

»Pizza! Pizza!«, rief ich und geriet bei der Vorstellung eines Gerichtes, das den Teller in seinem ganzen Durchmesser bedeckte, regelrecht aus dem Häuschen.

Also gingen wir in die Pizzeria um die Ecke. Wir setzten uns an einen Tisch gleich beim Eingang und ich bestellte mir eine Spezialpizza, die größer als ein Autoreifen war und dicker belegt als ein Big Mac. Mummi und Dad nahmen eine mit Meeresfrüchten. Logisch, dass sie wieder mal das Besondere rauspickten.

Alles in allem war es heute in unserer Kleinfamilienkonstellation nett und gemütlich.

Dad erzählte von der Beschaffenheit des Gesteins auf dem Mond, was Helma mit Sicherheit entzückt hätte. Ich fand es auch ganz spannend und stellte mir vor, dass man vielleicht eines Tages mit einem Superspar-Raketentransfer zum Mond fliegen würde, sozusagen als Butterfahrt.

Wahrscheinlich konnte man dort billiges Heilgestein einkaufen. Oder biologisch-dynamische Paprika. Oder Joschas, die freiwillig mit ihrer Telefonnummer rausrückten und einem gleich aus der Hand fraßen ...

Dad erzählte jedenfalls pausenlos, pickte die Shrimps von seiner Pizza und trank Frascati, den er sich in einem Kühler hatte kommen lassen, und ich war gerade dabei, mir ein extra dickes Stück Salami von der Pizza zu angeln, als es passierte: Joscha kam rein. Mit ein paar Typen und Mädchen aus der Neunten.

Auf der Stelle erstarrte ich zu einer Weinbergschnecke, die Dad sicher liebend gern zwischen seinen Zähnen hindurch in den Magen hätte wandern lassen. Ich dachte, ich müsste tausend

Tode sterben! Wenn mir in diesem Moment bloß niemand ansah, wie mein Gehirn in den Magen plumpste und dort unten Karussell fuhr! Wie mir die Hummeln im Po herumtanzten! Aber Mummi und Dad hatten einen Bund fürs Leben mit den Krabbeltieren auf ihrer Pizza geschlossen und interessierten sich nicht die Bohne für mein seelisches Befinden.
Großer heiliger Schreck!
Was hatte der Kerl eigentlich mit seiner Exschulklasse zu schaffen? Aha! Wahrscheinlich waren die reifer, nicht so pubertierende Kids, die Jungs hinterherjagten und Kleinkinder mit Fotoblitzen ärgerten. Und überhaupt die Mädchen! Wahrscheinlich rauchten sie und trugen Miniröcke, und bestimmt hatten sie es gar nicht mehr nötig, Kondomkurse zu belegen.
Irgendwie war ich diesmal ganz froh, dass Joscha mich nicht grüßte. Es gab nichts Furchtbareres als Eltern, die einen nach Jungs ausquetschten, mit denen sowieso nie im Leben was laufen würde.
Wenigstens war ich so platziert, dass ich die Gruppe zwar gut im Blick hatte, Joscha aber nicht permanent in die Augen sehen musste. Er saß im Profil, links neben ihm ein Typ mit einer Gurkennase, rechts von ihm ein hübsches Mädchen mit kurzen dunklen Locken.
Wenn sie es war! Der Deckel zum Topf, die Schaumhaube auf dem Cappuccino, die Bürste zum Klo!
Dad blickte mich erstaunt an und wollte wissen, ob ich etwa schon satt sei.
»Herrje, ich mach nur eine Pause«, sagte ich ungerechterweise nicht gerade freundlich und begann wieder an meinem Pizzateil herumzusäbeln.

Irgendwie hatte ich auf einmal keinen Appetit mehr.
Ich sah nur ihn. Wie er seine Nase in die Karte steckte. Wie er sich durch seine Teddybärenfrisur strich. Wie er Löcher in die Luft starrte.
Es war schon seltsam, aber Joscha saß tatsächlich nur da und sagte kein Wort. Wie in der Schule. Die Dunkelhaarige neben ihm hatte ihm halb den Rücken zugekehrt und redete mit Händen und Füßen auf ihren Tischnachbarn ein – völlig ausgeschlossen, dass sie die Klobürste war. Ein kleiner Hoffnungsschimmer am spitzengardinenbehangenen Pizzeriahorizont!
Jedenfalls brachten Mummi und Dad keine richtige Unterhaltung mehr mit mir zustande. Sie machten noch ein paar Anläufe, fragten, ob sie in der Dunkelkammer eine alte Kommode unterstellen könnten, wollten Neues aus der Schule wissen (zu diesem Thema fielen mir sowieso nur Joscha und die Anekdote im Sekretariat ein), und als ich auch keine Einzelheiten von meinem ersten Tag als Babysitterin zum Besten gab, warfen sie die Flinte ins Korn und widmeten sich ausführlich dem Rest ihrer Weinflasche. Ich stellte derweil meine Ohren auf Superlauschangriff. Leider umsonst. Außer breiigem Gebrabbel war absolut nichts zu verstehen. Meine paar Hummeln im Po vermehrten sich in Windeseile und krabbelten bis in die Beine. Am liebsten wäre ich aufgesprungen, an Joschas Tisch gerannt, hätte gelacht und getobt, ihm den Bärenfellkopf geküsst, und dann wären wir Hand in Hand rausgelaufen.
Stattdessen saß ich angekettet vor einem Rest Pizza und musste mir Mummi und Dad angucken, die sich angeregt über die Toilettenkultur in Italien unterhielten und offensichtlich nicht vorhatten, den Laden in absehbarer Zeit zu verlassen.

Es wurde neun, halb zehn. Ich ruckelte auf meinem Stuhl hin und her, konnte es kaum noch ertragen, so untätig herumzusitzen. Dann stand plötzlich der Kellner am Nebentisch, man zahlte, einer der Jungs rannte direkt an uns vorbei.
»Joscha? Welche Bushaltestelle?«, grölte er.
»Adamsstraße«, kam die prompte Antwort, und: »Bier steht aber nicht kalt.«
Okay, da kam ich doch der ganzen Sache schon etwas näher. Mein Herz flatterte. Der erste Satz, den Joscha heute Abend in voller Länge von sich gegeben hatte! Offensichtlich ging man noch zu meinem Angebeteten, der ebenso offensichtlich irgendwo rund um die Adamsstraße wohnte. Heiliger Bimbam! Hätte ich doch nur aufspringen und einem der Typen nachrennen können!
Ging aber nicht. Mummi und Dad passten in den entscheidenden Momenten des Lebens wie die Schießhunde auf mich auf. Trotzdem hatte der Abend etwas gebracht, und das tollste aller tollen Dinge setzte dem Ganzen noch die Krone auf. Als Joscha rausging, passierte es nämlich, dass sich unsere Blicke für den Bruchteil einer Sekunde verfingen.
»Hallo!«, sagte er, und seine Stimme klang wie ein Regenschauer, der im Sommer unvermutet vom Himmel fällt.
Die Hummeln flogen aus meinem Po und kreisten wie irre um meinen Kopf.

Ich konnte mich nicht erinnern, Helma schon mal so aufgelöst gesehen zu haben.

Sie stand bei den Fahrradständern und hatte eine Ladung roter Flecken im Gesicht, die bis in ihren Halsausschnitt hinunterwanderten.

»He!«, sagte ich und wartete auf eine Erklärung.

Die kam erst mal nicht. Stattdessen fing sie an zu heulen und wütend mit dem Fuß aufzustampfen, und ich fragte mich allen Ernstes ob ihr vielleicht eine heimliche Liebe durch die Lappen gegangen sei.

Erste Stunde schwänzen? Helma war einverstanden. Wir nahmen die Abkürzung durch das Gestrüpp an der Turnhalle vorbei. Es wäre doch etwas peinlich gewesen, wenn wir bei unserem Rückzug dem einen oder anderen Lehrer in die Arme gelaufen wären.

Da um diese Uhrzeit sämtliche Cafés in unserem Kaff noch geschlossen waren, mussten wir auf die Imbissstube beim Bahnhof zurückgreifen. Nicht gerade stilvoll, aber irgendwie hatte es uns immer gefallen, im Dunst von Bratenfett unseren Kaffee zu schlürfen.

Gähnende Leere. Ich holte uns zwei Pappbecher mit Kaffee, während Helma sich am Tresen auf einem der Hocker niederließ.

»Hier«, sagte sie und hielt mir einen Zettel hin.

»Helma und ihre Schwulensäue«, stand in krakeliger Schrift auf dem Papier.

Ich muss zugeben, ich war echt erschüttert und wusste nicht, was ich dazu sagen sollte.

»Der klebte heute Morgen an meinem Fahrrad.«
»Irgendeinen Verdacht?«
Helma schüttelte den Kopf.
»Schweine«, sagte ich.
Und sie: »Nützt mir auch nichts.«
Und ich: »Ich will dir doch nur helfen.«
Danach schwiegen wir uns an und tranken unseren Kaffee, der plötzlich nach Abwaschwasser schmeckte. Ich fragte mich, warum es Helma so viel ausmachte, was irgendwelche Idioten von sich gaben. So einen Zettel zerriss man einfach und warf ihn in den nächsten Papierkorb.
»Hast du etwa selber ein Problem mit deinen Daddys?«, fragte ich, als Helma immer noch beharrlich schwieg.
»Quatsch!« Das klang, als hätte man ein Schnitzel in eine Pfanne mit blubbernd heißem Fett geklatscht.
Irgendwie tat sie mir Leid. Wahrscheinlich war es leicht so daherzureden, wenn man eine Mutter und einen Vater hatte, eben das Übliche, und sich niemand anmaßte, blöde Kommentare abzugeben.
»Hör mal!« Ich schob ihr meine Hand hin und streichelte ihre Finger, die ganz bleich aussahen. »Ist doch völlig egal, was die anderen denken. Ich finde Tom und Franz allererste Klasse.«
Helma lächelte schwach, sie nickte und kippte sich den Rest ihres Kaffees rein. Wenn sie nicht weiter drüber reden wollte – sollte mir recht sein.
Trotzdem machte ich mir meine Gedanken. Warum Helma zum Beispiel ihre Mutter nie mit einem Sterbenswörtchen erwähnte. Dass sie in irgendeiner süddeutschen Kleinstadt lebte, wusste ich, mehr aber auch nicht. Keine Ahnung, seit wann Hel-

ma mit Tom und Franz zusammenwohnte und warum sich ihre Mutter nie blicken ließ. Okay, einmal im Jahr kam zu Helmas Geburtstag ein Päckchen, in dem eigentlich immer der gleiche Zauberponybarbiepuppenschrott drin war, der jedes Jahr postwendend im nächstbesten Mülleimer landete. Immer wenn ich Helma danach fragte, machte sie dicht, wechselte sofort das Thema. Offensichtlich wollte sie absolut nicht, dass ich in ihrer Vergangenheit herumwühlte.

Natürlich passierte es wie das Amen in der Kirche, dass wir der Kaffeekanne, die wir in der Ersten gehabt hätten, in die Arme liefen.

»Und wo wart ihr heute Morgen?«, fragte sie grinsend.

Ohne mit der Wimper zu zucken erzählte ich die haarsträubende Geschichte, dass wir bereits unterwegs gewesen seien, als Helma wie aus heiterem Himmel ihre Regel bekommen habe – Sie wissen schon, Frau Anders, das kann unangenehm werden, besonders wenn man eine weiße Hose anhat, und keine von uns hatte was dabei. Ich habe Helma meine Jacke gegeben, damit sie sich die um die Hüften wickelt. Und dann …

»Soso«, meinte die Anders nur und guckte eine Spur strenger, während Helma knallrot wurde. »Ihr könnt euch freuen, dass ich phantasievolle Menschen zu schätzen weiß.«

Das sagte sie einfach so, klemmte ihre dunkelbraune Aktentasche unter den Arm und rauschte an uns vorbei in Richtung Lehrerzimmer.

Ich wusste, dass Helma eher nervenschwach war, aber dass sie mir gleich eine Szene lieferte, die fast in Tränensturzbächen endete, fand ich doch etwas übertrieben. Ich hätte sie gnadenlos bloßgestellt, meinte sie. Woraufhin ich sagte, sie habe mir den Kram doch schließlich eingebrockt. Da schrie Helma mich regelrecht an und wollte wissen, warum ich mich denn nicht selbst als diejenige mit der Sturzblutung ausgegeben hätte. Gute Frage. Vielleicht hatte Helma Recht und ich war manchmal auf Kosten anderer ein bisschen zu vorlaut.

Nach der Vierten hielt ich die Schule nicht mehr aus und machte einfach blau. Ich erzählte Helma was von Hummeln im Hintern, die in den Kopf geflogen seien, und sie solle mich für die letzte Stunde entschuldigen. In der Hoffnung, dass Mummi mir morgen früh eine Entschuldigung schreiben würde, schulterte ich meinen Rucksack und dampfte ab in Richtung Bushaltestelle. Natürlich konnte das nur auf eins hinauslaufen: Ich fuhr schnurstracks zur Adamsstraße, wo ich hinter einem Auto Stellung bezog. Wie raffiniert ich das wieder eingefädelt hatte! War eine Stunde eher abgehauen, sodass ich Joscha mit fünfundneunzigprozentiger Sicherheit nach der Fünften abpassen würde. Wenn er aus dem Bus stieg – und er nahm meistens den Bus –, brauchte ich ihm bloß das kurze Stück bis nach Hause zu folgen . . . Trotzdem – es ist furchtbar öde, hinter einem Auto zu hocken, ununterbrochen um das Ding herumzulinsen und die Gehirnzellen in ständigem Bereitschaftsdienst zu halten. Es ist verwurmt öde!

Joscha ließ sich nämlich einen ganzen Batzen Zeit, bis er die Güte hatte aufzutauchen. Während mir in der Zwischenzeit zweimal die Beine und fünfmal das Hinterteil eingeschlafen waren, ganz abgesehen davon, dass ich einen verrenkten Hals hatte, musste Joscha unterwegs mindestens acht Colas eingeworfen und zwanzig Mädchen angebaggert haben. Dann stieg er endlich aus dem Bus – der Göttliche!

Er hatte seinen Rucksack über die Schulter geworfen und schlurfte x-beinig über den Zebrastreifen. Jetzt kam mein Einsatz! Schnell setzte ich Mummis alte Sonnenbrille auf – meine Haare hatte ich unter einer Baseballkappe versteckt – und düste ihm nach. Leider war ich derart schnell hochgekommen, dass mir schwindlig wurde wie in einer Achterbahn. Bloß nicht zusammenklappen! Die Ampel sprang auf Rot. Ich rannte schnell noch über die Straße, ging hinter dem nächsten Baum in Deckung. Das Leben meinte es gut mit mir.

Joscha war heute nämlich ein lahmer Trottel, der überhaupt keine Lust hatte, sich nach irgendwelchen hysterischen Klassenkameradinnen umzudrehen, und außerdem wohnte er gleich im ersten Einfamilienhaus an der Straße.

Peng, war er drinnen verschwunden, während ich noch etwas benommen draußen herumstand und überlegte, was zu tun war. Immerhin hatte ich nun erreicht, was mir seit Tagen als das Wichtigste überhaupt erschienen war. Aber was fing ich jetzt mit meinem Wissen an? Klingeln und ihm in die Arme fallen? Einen Kuchen backen und ihm den per Post mit Liebesgrüßen von der weltbesten Fotografin zukommen lassen? Oder gleich bei seiner Mutti um seine Hand anhalten? Ich sah schon, das ging den Bach runter. Na gut, dann würde ich eben erst mal das Haus inspizieren und ein paar Fotos schießen. Nach ersten Aufnahmen aus sicherer Entfernung öffnete ich vorsichtig die Pforte und schlich über den Kiesweg zum Eingang. Zwar hämmerte mein Herz, als hätte man mir aus Versehen einen Herzschrittmacher zu viel eingesetzt, aber wenn ich jetzt nicht weitermachte, sondern nach Hause zu Mummis Rockzipfel rannte, war ich einfach zu blöd.

Einmal ums Haus herum, ich duckte mich, linste vorsichtig ins erste Fenster. Die Küche. Niemand war drin, alles penibel aufgeräumt. Nur ein Glas mit Milchrand stand einsam auf dem Küchentisch herum. Ich schoss schnell ein Foto und schlich zum nächsten Fenster. Gardinen versperrten mir die Sicht, wahrscheinlich handelte es sich um das Schlafzimmer der Joscha-Eltern. Ich zog rasch den Kopf ein, wer weiß, ob nicht jemand drin war, der im selben Moment rausschaute.
Jetzt war ich an der Rückfront des Hauses, zirka einen halben Meter von einer riesigen Terrasse mit angrenzendem Rasen entfernt. Klar, es war riskant, über die Terrasse zu laufen. Wenn Joscha nun im Wohnzimmer hockte und Fernsehen guckte oder seine Mutti gerade auf dem Boden herumkroch und Wollmäuse einsammelte, dann war ich verloren. Trotzdem – ich musste das Risiko eingehen. Wie ein Pfeil schoss ich über die Terrasse, presste mich dann an die Hauswand. Nichts passierte. Ich ging auf alle viere und kroch ein paar Zentimeter vorwärts, sodass ich durch die Glastür spähen konnte.
Himmelgroßer Schreck! So eine verspießerte Einrichtung hatte ich in meinem ganzen Leben nicht gesehen! Vor einer wuchtigen Schrankwand prangten ebenso wuchtige und wild gemusterte Sessel, überall im Zimmer standen Keramikkatzen herum, Porzellandelphine und lebensgroße Hunde. Schnell nahm ich meinen Fotoapparat und drückte ab. Das durfte ich der Nachwelt nicht vorenthalten, das musste die weltbeste Fotografin einfach verewigen! Ich war von meiner Entdeckung derart begeistert, dass ich fast vergaß, weshalb ich hier war.
Meine zwei Herzschrittmacher meldeten sich wieder zu Wort, als ich die letzte Hausfront anvisierte und mir gleichzeitig in

den Sinn kam, dass Joscha sich doch irgendwo in diesem vertrottelten Haus aufhalten musste. Nächste Station war das Klofenster – zum Kuckuck mit diesen Milchglasscheiben! Obwohl es auch nicht das Erhebendste aller Dinge ist, wenn man seinen Angebeteten auf dem Klo überrascht.
Jetzt blieb nur noch ein Fenster. Sein Fenster? Ich verfluchte meine Herzoperateure, ging auf die Knie und krabbelte unter das Fensterbrett. Dann hangelte ich mich im Zeitlupentempo hoch, spähte nach drinnen. Mannomann! Es war sein Zimmer! Und dieser Teddybärenverschnitt von Joscha saß mit mir zugekehrtem Rücken am Schreibtisch und schrieb. Wie langweilig! Wie oberstreberlangweilig!
Ich musste mich kurz setzen und den Fall durchdenken. Sollte ich es wagen, seinen Rücken plus Zimmerdeko zu knipsen? Andererseits war das, was ich gesehen hatte, einschläfernder als Mummis und Dads Edelfutter. Ein spartanisches Bett an der rechten Wandseite, ein Schrank, ein Schreibtisch – aus!
Okay, ich hatte auf die Schnelle nicht alles vor die Linse gekriegt, aber ich konnte mich nicht erinnern, ein vergleichbar tristes Zimmer bei Helma oder irgendwem aus meiner Klasse gesehen zu haben. Trotzdem, wenn ich schon mal hier war ... Meine Herzschrittmacher ließen mich inzwischen auch wieder in Ruhe, ich war voll und ganz die Superprofifrau der Nation. Also fingerte ich die Kamera aus meinem Rucksack. Ich ging in Fotografierposition.
Da passierte es!
Während ich noch versuchte, mit der freien Hand einen lästigen Käfer von meinem Oberschenkel zu entfernen, gellte auf einmal eine Stimme durch den Garten. »He, Sie da! Fräulein!«

Ich flitzte wie der Blitz davon, einmal quer durch den Garten und über die Pforte, ich rannte und rannte und machte erst Halt, als ich im Einkaufszentrum Adamsstraße war und in die Masse flanierender Menschen abtauchen konnte.
War mir elend zumute! Vollprofi – von wegen! Garantiert hatte sich Joscha bei dem Gebrüll der Nachbarin umgedreht, aus dem Fenster geguckt und mich davonhetzen sehen.
Shit! Meine Jeansjacke mit dem Kamerasticker war doch auf tausend Kilometer zu erkennen; ich war die Einzige an unserer Schule, die mit so einem Ding herumlief!
Beim nächsten Eisstand genehmigte ich mir erst mal drei Kugeln. Ich ließ mich auf eine Bank unter einem Baum plumpsen und schaute in den grün beblätterten Himmel. Es war nun mal Tatsache, dass ich sozusagen in flagranti erwischt worden war, und für den Fall, dass Joscha mich irgendwann darauf ansprechen würde, musste ich eine Antwort parat haben. Okay – dann war ich eben Fotografin, die sich auf Tapetenmuster in Einfamilienhäusern spezialisiert hat. Oder ein Detektivbüro hatte mich beauftragt, einen gefährlichen Juwelendieb ausfindig zu machen, der vermutlich in der Adamsstraße Unterschlupf gefunden hatte. Oder ich war auf Motivsuche für einen Film, der in einer spießigen norddeutschen Kleinstadt spielen sollte.
Alles Blödsinn! Joscha war schließlich nicht auf den Kopf gefallen. Er würde mir wahrscheinlich schon an meinem Blick ansehen, was Sache war.
Als ich nach Hause kam, hockte Helma auf meinem Schreibtisch, ließ die Beine baumeln und kaute einen Kaugummi.
»Du alte Schleimschnecke!«, sagte sie. »Seit zehn Minuten sind wir bei Frau Martensen verabredet, falls du dich erinnerst.«

»Nee, echt? Jetzt?« Ich setzte mich zu ihr auf den Schreibtisch und schaute meine dreckverkrusteten Schuhe an.
»Ganz echt. Ich hab ihr gesagt, dass wir erst gegen fünf kommen können.«
»Danke.« Während ich einzelne Dreckbrocken aus den Profilsohlen kratzte und im Papierkorb entsorgte, berichtete ich Helma von der Blamage.
»Meine Güte! Du hast Nerven! Wie peinlich, wenn er dich erwischt hätte!«
»Hat er aber nicht.«
»Muss Liebe schön sein!«
Klar, dass Helma diesen Spruch immer wieder anbrachte. Sie, die es in ganzen vierzehn Jahren gerade mal hingekriegt hatte, sich in ein lächerliches Fernglas zu verlieben.
Danach war Schweigen angesagt, den ganzen Weg bis zur Hosenscheißerwohnung. Entweder lag es noch an heute Morgen – oder ganz allgemein an meinem Joscha-Wahn. Kann sein, dass ihr das auf die Nerven ging. Obwohl ich gar keine großen Worte über ihn verlor. Manchmal knallte ich Helma ein paar flapsige Sätze an den Kopf, das war alles. Richtig über ihn reden wollte ich nicht. Nur ein einziges Mal hatte ich den Versuch unternommen und ihr erklärt, was ich so toll an Joscha fand. Dass er etwas Geheimnisvolles, Unerklärliches an sich hatte wie kein anderer in unserer Klasse. Dass er, seinen Augen nach zu urteilen, garantiert intelligent war, und wenn sie das alles nicht glauben wollte, dann blieb einfach die Tatsache, dass er als süßer Knuddelbär durch die Gegend lief.
Helma hatte daraufhin schief gegrinst und gemeint, ich sei ziemlich oberflächlich, wenn ich die Menschen nur nach Äußer-

lichkeiten beurteile. Klar, in gewisser Weise hatte sie Recht, aber ich fragte mich, was besser war: Jemand Unbekanntes in der Hoffnung anzuhimmeln, dass man ihn eines Tages kennen lernen könnte. Oder niemanden anzuhimmeln, weil es sowieso niemanden gab, in den man so weit reingucken konnte, dass man das Recht hatte ihn anzuhimmeln.
Außerdem stimmte es noch nicht mal, dass ich von Joscha nur die äußere Hülle kannte. Schließlich hatte ich ihn lange genug beobachtet, jeden Tag in der Klasse, auf dem Schulhof – er war kein Draufgänger, und er respektierte Mädchen, auch wenn er ganz gern für sich allein war.
Also, Frau Martensen. Sie öffnete mit Kasimir auf dem Arm und lachte uns so freundlich entgegen, als wäre ich niemals auf die Idee gekommen, ihren Sonnenschein mit einem gemeinen Blitzlichtgewitter zu erschrecken. Helma gab ihr brav die Hand, und nach ein paar Pingpongsätzen wie »Na, geht's gut?«, »Danke, und Ihnen?«, »Auch gut« führte uns Frau Martensen in die Küche, wo sie Kasimir auf dem Fußboden absetzte und drei fertige Milchshakes aus dem Kühlschrank holte. Mensch, die Frau hatte Stil!
Dann wurden die Babysitterformalitäten abgehandelt. Niemals hätte ich vermutet, dass der Kram so kompliziert war! Breichen aufwärmen, füttern, Bäuerchen, Popo sauber machen, Popo mit Puder bestäuben, Popo plus Vorderteil in die Pampers, ins Bettchen legen, wieder hochnehmen …
Herrjemine, wieso schrieb Helma nicht eine zukunftsträchtige Abhandlung über Babypflege, anstatt sich um die Erforschung des Weltraums zu kümmern!
Das Ganze hatte einen positiven Nebeneffekt. Und zwar fand

ich Kasimir, nachdem er mir einmal ins Gesicht gegrinst hatte, zum Fressen süß, was Helma nur bestätigen konnte und uns beiden einen zweiten Milchshake einbrachte.
Überhaupt hielt ich die Martensen nicht nur wegen ihrer eins a Milchshakes für cool. Sie hatte so eine Art, die Dinge in die Hand zu nehmen und nicht bei jedem Pups zimperlich wie Mummi rumzuhühnern.
Ein Beispiel: Während wir rumsaßen und unsere Milchshakes schlürften, ging das Telefon, und nach einem kurzen Gespräch erklärte uns Frau Martensen ohne große Entschuldigungen, sie werde mal eben für zwanzig Minuten woanders gebraucht. Kurzerhand drückte sie das Babymonster auf Helmas Schoß und verschwand.
Helma machte sich gut mit Kasimir auf dem Schoß, ehrlich. Zwischen »eideidei« und »lelele« brachte sie alle erdenklichen Lautkombinationen zustande, was Kasimir unglaublich komisch fand. So verging Minute um Minute, und erst als sich das Monsterchen vor fast zahnlosem Gegrinse nicht mehr einkriegte, kam die Martensen zurück und rückte mit ihren Kasimir-Beruhigungstricks heraus. Das heißt, zunächst stellte sie uns Cola und Erdnussflips hin, die wir angesichts des Schwierigkeitsgrades des Themas auch nötig hatten. An erster Stelle der Manöverliste stand der »Setz-den-Jungen-vor-den-Fernseher-Trick« (Kasimir liebte vor allem die Werbung und das »Glücksrad«, ersatzweise konnte man auch die laufende Waschmaschine nehmen), danach kam der Fotoalbentrick (»Lasst ihn das abgewetzte Lederalbum aus meiner Kindheit ruhig noch weiter zerfleddern und er wird vor Vergnügen glucksen«), und wenn alle Mittel versagten, konnte man auch

die Küchenmaschine anstellen, deren kreischende Lautstärke bei Kasimir angeblich postwendend Glücksgefühle auslöste.
Helma fand ihren neuen Job affenmäßig stark und fragte, ob wir hin und wieder nicht auch gemeinsam babysitten könnten. Das würde unsere Fertigkeiten im Bereich Erziehung sozusagen verdoppeln, was Frau Martensen durchaus einleuchtete. Sie schlug vor, uns an solchen Doppelerziehungstagen zusammen sechzehn Mark pro Stunde zu zahlen. Geht in Ordnung, sagten wir, gemeinsam sind wir stark, und Frau Martensen stand wieder auf, um uns zum krönenden Abschluss eine Eisschokolade zu machen.
»Findest du's okay?«, flüsterte Helma mir zu.
»Klar«, flüsterte ich zurück – ich war heilfroh, dass sie wenigstens ihre Zickereien von heute Morgen eingestellt hatte. Auch wenn wir im Doppelpack weniger verdienen würden – zu zweit machte das Babysitten bestimmt viel mehr Spaß.
Als die Martensen uns schließlich die Gläser reichte, war ich auf dem Höhepunkt meiner guten Laune und fragte, wo denn eigentlich ihr Mann sei. Ihr Gesicht zerfiel von einer Sekunde zur nächsten zu einem Haufen grauer Wollmäuse.
Sehr merkwürdig. Ich war gespannt, was sie jetzt antworten würde, und sah Helma von der Seite an, die ziemlich unbeteiligt in der Gegend rumguckte.
»Wir haben uns nach Kasimirs Geburt getrennt.« Frau Martensens Stimme klang belegt. Wahrscheinlich hatten wir ihren wunden Punkt getroffen; logisch, dass sie nicht mit uns darüber reden wollte.
Los, sag schon, dass es dir Leid tut, so was gefragt zu haben, dachte ich, aber ich schwieg beharrlich und saugte mit dem

Strohhalm auf dem Boden meines Glases herum, als gäbe es nichts Wichtigeres auf der Welt. War mir das unangenehm! Ich brachte kein einziges Wort raus, und auch Helma saß wie ein blödes Huhn da und kriegte die Zähne nicht auseinander. Also hatte Mummi wieder mal Recht. Sie war nämlich der Ansicht, ich sei eine Null im Parlieren mit Fremden. Sie meinte, man müsse in jeder Situation und mit jedermann ein paar unverbindlich-verbindliche Worte wechseln können, das gehöre zum Erwachsenwerden, und die Welt sei heutzutage eben so gestrickt, dass man ohne die Kunst des Smalltalks verloren sei. Ich fand das ehrlich gesagt zum Heulen und wollte in diesem Fall lieber nicht erwachsen werden. Ich hasste es, mit Leuten rumzuquasseln, nur um mit ihnen rumzuquasseln, und zu sagen hatte man sich sowieso nichts. Natürlich hätte es in diesem Fall einiges zu fragen gegeben, aber ich war der Meinung, dass es uns nicht zustand, in Frau Martensens Vergangenheit herumzubuddeln, und Gott sei Dank kam dann auch Kasimir auf die Idee, uns vor weiteren Peinlichkeiten zu retten, indem er – immer noch auf Helmas Schoß – wie am Spieß zu brüllen anfing. Das war für uns das Zeichen zum Abflug. Während Frau Martensen versuchte Kasimir zu beruhigen, tranken wir schnell unsere Eisschokolade aus und standen schon mal auf.

»Morgen um drei?«

Wir nickten und konnten beide nicht fassen, dass die Frau bei diesem Spektakel die Nerven behielt.

Draußen mussten wir uns erst mal im nächsten Supermarkt eine weitere Cola holen, um dem Brei aus Erdnussflips, Milchshakes und Eisschokolade in Sachen Verdauung auf die Sprünge zu helfen. Dann fuhren wir zu Helma.

Franz war schon zu Hause und versuchte auf dem Balkon einen Grill in Gang zu bringen.
»Bleibst du zum Essen?«
»Ich glaube, ich platz gleich«, sagte ich.
»Keine Widerrede! Tom und ich feiern heute doch unser Vierjähriges.«
»Los, Paulchen!« Helma knuffte mich in die Seite.
Ich fand es mehr als grässlich, wenn Helma Paulchen zu mir sagte, obwohl es bedeutete, dass sie gute Laune hatte.
»Okay«, sagte ich widerwillig.
Mir war zwar schon schlecht, aber wenn Tom und Franz Hochzeitstag hatten, durfte man das auf keinen Fall verpassen.
Helmas Zweitvater war nämlich nicht nur ein hervorragender Koch, sondern auch noch ein zweiter David Copperfield, der Hasen verschwinden ließ, Helma durchtrennte und Glasmurmeln an ihrem Geruch auseinander halten konnte.
Ich rief bei uns zu Hause an und sprach aufs Band, dass ich später kommen würde.
»Heute ist Weltpremiere«, sagte Franz grinsend und schob mich mit Helma in die Küche. »Tom wird sich in ein Grillwürstchen verwandeln.«
»Haha!«, machte Helma, und ich sagte, ich fände das Spitze. Wer könne schon von sich behaupten, ein Grillwürstchen als Vater zu haben!
Leider hatte der groß angekündigte Hochzeitszauberabend den Nachteil, dass Helma und ich als Küchenhiwis eingeteilt wurden. Nicht dass ich grundsätzlich etwas dagegen habe, Salatköpfe und anderes Grünzeug zu putzen, aber natürlich fand ich es nicht so lustig, ausgerechnet die Paprikaabteilung über-

nehmen zu müssen. Andererseits war ich im Paprikazerschneiden inzwischen geübt, und als Tom gegen sieben nach Hause kam, hatte ich einen Haufen produziert, der in keine Schüssel mehr passen wollte.

»Was ist denn hier los?«, fragte Tom.

Ich fragte zurück, wieso, er wolle sich doch heute Abend in ein Grillwürstchen verwandeln.

Tom wurde bleich und fasste sich wie im Krimi an den Schädel. Dann sagte er noch: »Oh, mein Gott!«, und ließ sich auf einen der roten Plastikstühle fallen. Franz kam rein und schaute Tom an, als hätte er sich nicht in ein Grillwürstchen, sondern in ein komplettes Brathähnchen verwandelt.

»Vergessen?«

»Total vergessen!« Toms Hand klebte immer noch an seinem Schädel, und als er bekannt gab, dass er gleich noch mal in die Redaktion müsse, pfefferte Franz das Küchenmesser in die Spüle und rannte in sein Zimmer. Herrjemine! Wenn ich mir vorstellte, irgendwann mal mit Joscha solche Szenen zu erleben, grauenhaft! Da blieb ich lieber schön solo, schoss unerlaubterweise Fotos von hübschen deutschen Wohnzimmern und erging mich des Weiteren darin, von Paprikaorgien mit Bärenfelljungs zu träumen.

Jedenfalls war der Abend so ziemlich vermasselt. Tom düste natürlich hinter Franz her und versuchte wohl, irgendwas zu retten – außer Gemurmel bekamen wir nichts davon mit –, kam dann nach einer halben Stunde wieder raus, schoss wortlos an uns vorbei und knallte die Tür hinter sich zu. Puh!

Was fingen wir nun mit dem ganzen Futter an, wo wir eh schon pappsatt waren?

Weitermachen. Helma fabrizierte ein grandioses Tsatsiki, ich machte den Salat an, und dann warfen wir ein paar Würstchen auf den Grill. Vorsichtig fragte ich bei Helma an, ob sie ihrem Vater die Sache mit dem Zettel nicht erzählen wolle.

»Du spinnst wohl!« Sie tippte sich an die Stirn, die wie bei einer Bulldogge gekräuselt war.

»Aber es geht die beiden doch auch an.«

»Das ist absolut nur meine Sache!«, brüllte Helma in einem Ton, dass ich fast vom Küchenstuhl fiel.

Na gut. Dann ließ ich sie eben mit dem Thema in Ruhe. Wer nicht will, der hat schon.

Irgendwann kam Franz aus seinem Zimmer gekrochen. Er hatte total verheulte Augen.

»Wenn einer den Hochzeitstag vergisst, heißt das nicht, dass er einen nicht mehr liebt«, sagte Helma, als hätte sie die Erfahrung schon mehrmals gemacht.

»Ich weiß.« Franz lud sich den Teller mit Paprikastückchen und Tsatsiki voll, worüber wir unglaublich froh waren. Uns hingen die Milchshakes und Eisschokoladen und Erdnussflips und Colas immer noch quer.

Ich erzählte Franz von Mummi und Dad. Denen war das auch schon x-mal passiert.

Das heißt, meistens vergaß Mummi den Termin, und Dad war dann einfach sauer, wenn er ihr einen Diamantring an den Finger steckte und sie ihn nur mit aufgerissenen Kuhaugen fragte, ob er etwa den Jackpot im Lotto geknackt habe.

»Ich versuch euch mal die Grillwürstchennummer vorzuzaubern«, sagte Franz plötzlich um einige Grade fröhlicher. Er stellte sich hinter dem Grill auf, rief in feierlichem Ton: »Ho-

kuspokus Fidibus!«, tauchte dann neben der Kartoffel-kiste unter und wollte sich – während er sich als schrecklich ungeschickter Würstchenbauchredner versuchte – vor Lachen gar nicht mehr einkriegen.
Helma und ich fanden die Aktion zwar nicht ganz so komisch, verzogen aber höflich unsere Mundwinkel. Immerhin waren wir froh, dass das Eis gebrochen war. Tapfer fingen wir wieder an zu mampfen, und Franz erzählte von seinem Grillstützpunkt aus die Geschichte, wie er sich zum ersten Mal in einen Jungen verliebt hatte, der das Pech hatte, überhaupt kein bisschen schwul zu sein.
»Was hast du ihm gesagt?«, fragte Helma.
»Dass ich seine Augen schön finde.« Franz sprach schnell und leise und hatte gar kein Grinsen mehr im Gesicht. »Er hat mich angefaucht und ist dann in einem Tempo weggerannt, als ob ich die Pest hätte.«
»Und wusstest du selbst von Anfang an, dass du schwul bist?«, fragte ich Franz.
»Na klar, seit ich anderthalb war.« Er fing wieder an zu lachen. »Nein, Unsinn, mit dreizehn hatte ich eine Freundin und mit fünfzehn auch, aber dann fand ich plötzlich diesen Jungen toll, ohne mir was dabei zu denken.« Er kaute nachdenklich auf einem etwas zu groß geratenen Stück Paprika herum. »Dass ich mich selbst anzweifelte, kam erst, als besagter Junge mich als ›Tucke‹ beschimpfte.«
Ich bemerkte, dass Helma schon wieder ihr Kreidegesicht bekam – seltsam, dass sie seit der Sache mit dem Zettel derart überreagierte.
»Und dann?«, fragte ich rasch.

Reines Ablenkungsmanöver.
»Irgendwann kam Horst, da war ich schon weit über zwanzig. Ich dachte, ich würde alles für ihn tun, und er tat alles für mich, und eines Tages haben wir uns getrennt, und später hat er geheiratet.«
»Oje!«, entfuhr es mir. Franz tat mir Leid. Ich stellte es mir schrecklich vor, solche Sachen mitzumachen. Aber wer weiß, vielleicht blieb mir selbst auch nichts erspart. Die Joscha-Sache sprach nicht gerade dafür, dass ich in nächster Zeit in puncto Liebe auf einen grünen Zweig kommen würde.
»Kinder, nun seht mich doch nicht an wie zwei Affen auf Kreuzfahrt! Immerhin bin ich ziemlich glücklich mit Tom zusammen. Ende gut, alles gut!«
Helma schob sich den Rest ihres Grillwürstchens rein und machte nicht gerade den Eindruck, als würde sie den letzten Satz unterschreiben. Derweil spielte Franz den Kasper und brachte einen grotesken Spruch nach dem anderen – Thema Liebe. »Der Weg zweier sich Liebender ist fast immer mit einem Haufen versteinerter Paprika gepflastert«, sagte er, und: »Liebe macht froh, wenn du regelmäßig gehst aufs Klo.«
Helma kicherte und verschluckte sich prustend.
Dann wollte Franz ganz plötzlich wissen, wie es denn um unsere Lovers bestellt sei. Lovers! Der hatte wohl 'ne Meise! Ich war gerade dabei, Joschas Hausnummer rauszukriegen, und Franz redete ungeniert von Sachen, die wir im nächsten Jahrzehnt noch nicht mit den Jungs anstellen würden.
»Pauline ist total verknallt«, petzte Helma, wofür ich ihren Mund am liebsten mit einem siamesischen Zwillingswürstchen zugestopft hätte.

»Wie schön!«, rief Franz aus und sah mich mit einer Begeisterung an, als hätte ich gerade gesunde Fünflinge zur Welt gebracht und wollte just dazu übergehen, neue anzusetzen.
»Stimmt gar nicht«, sagte ich und merkte, wie mir das Blut unaufhaltsam in den Kopf marschierte.
Okay, vielleicht war es sogar ein günstiger Moment, jemanden etwas zu fragen, der schon einige Erfahrungen mehr hatte als wir und der nicht gerade Mummi oder Dad war und auch nicht in direkter Petzbeziehung zu ihnen stand. Also erkundigte ich mich (mit zugegebenermaßen immer noch roter Birne) bei Franz, wie man es anstellt, jemandem seine Liebe zu zeigen, den man noch gar nicht richtig kennt, und woran man vor allem merkt, was derjenige für einen selbst empfindet.
»Hm«, machte Franz und noch einmal »hm« und schließlich »hm« und »sst«. Dann kratzte er sich eine Weile an seiner Stirnglatze und sagte dann ernst: »Wenn ich das wüsste, könnte ich wohl langsam mal meinen Grabstein bestellen.«
Klasse Antwort. Absolut schlüssig. Ich ging zum Grill und legte zwei Würstchen nach.
»Echt schwierige Sache«, fügte er noch hinzu. »Genau das war früher immer mein Problem. Dass ich mir selten sicher war, ob die Jungs auch schwul waren. Du musst es einfach wagen und auf ihn zugehen.«
Heiliger Bimbam!
Vielleicht hatte Franz Recht. Aber was nützte das, wenn ich in den entscheidenden Momenten so schüchtern wie eine Kirchenmaus war?
»Schreib ihm doch einen Brief.«
»Bloß nicht«, sagte Helma, und ich wusste auch, warum sie so

drauf ansprang. Sie hatte sich mit so einer Aktion früher einmal die Finger verbrannt.
»Was soll denn daran so schlimm sein? Jemandem seine Gefühle zu zeigen ist doch nicht verboten, und wer damit nicht umgehen kann, ist es sowieso nicht wert.«
Franz hatte so eine süße Art, beim Sprechen die Unterlippe vorzuschieben, dass ich mich an Toms Stelle wahrscheinlich auch Hals über Kopf in ihn verliebt hätte. Trotzdem – ich konnte mir nun, da ich die Adresse hatte, beim besten Willen nicht mehr vorstellen, Joscha einen Brief zu schreiben.
Was denn auch? Dass ich ihn so geheimnisvoll fand und dass ich mit Sicherheit eine Wahnsinnsgeliebte sein würde? Dass er in meinem Leben das Salz in der Suppe wäre, die Bürste zum Klo?
»Du kannst ihn auch anrufen. Oder sprich ihn ganz einfach in der Schule an.«
Himmel, Arsch und Wolkenbruch! Wie konnte es ganz einfach sein, eine nahezu fremde Person anzuquatschen und ihr zu sagen, dass man in sie verknallt war?
»Mach ich nicht«, sagte ich patzig.
»Hör mal zu, Pauline.« Franz faltete die Hände und betrachtete mich wie einen Altar. »Du sagst natürlich nicht, dass du in ihn verknallt bist. Du sagst . . . Moment mal . . .« Er reckte seine immer noch gefalteten Hände gen Himmel und ließ sie über seinem Kopf wie eine Fontäne aufspringen. »Du sagst zum Beispiel, du fändest seinen Pullover wunderschön, und fragst ihn, wo er den gekauft hat.«
»Joscha trägt nur eine alte Secondhand-Trainingsjacke.«
»Pfft«, machte Franz. Ich glaube, langsam war auch er mit seinem Latein am Ende.

»Und du?«, wandte er sich Helma zu, die ziemlich betreten ihre Finger knetete. »Was macht denn dein Liebesleben?«
»Och, nix.« Es klang unbeteiligt, und ich wunderte mich, dass auf einmal wieder ihre berühmten Flecken auf ihrem Gesicht herumkrochen. Schon richtig: Irgendwie hatte mir Helma lange nichts von ihren Schwärmen erzählt, immer nur den Sternenhimmel angebetet, und über meinem eigenen Liebeswahn war mir das noch nicht mal bewusst geworden.
»Niemand, der dir gefällt?«
Helma schüttelte entschieden den Kopf. »Liebe ist Mist«, sagte sie, woraufhin Franz lachte und mit dem Spruch »Liebe ist eine Perle in einem Misthaufen« konterte.
»Und muss man sich immer durch diesen Misthaufen wühlen, um an die Perle ranzukommen?«
Franz grinste mich an und sagte, dass er schon durch etliche Misthaufen hindurchgegangen sei, aber wir sollten uns bloß nicht abschrecken lassen, das sei wohl nicht die Regel.
Und dann fügte er noch so einen blöden Satz an, den er wahrscheinlich aus irgendeinem Schlagertext hatte: Die Liebe kommt dir immer dann ins Herz geflattert, wenn du gar nicht damit rechnest.
Na ja – nahm ich mir eben vor, mit nichts zu rechnen. Aber Himmel noch mal, wie sollte das funktionieren, wenn mir Joscha jeden Tag seine Hinteransicht in der Schule präsentierte?
Gegen zehn kam Tom nach Hause. Er hatte einen dicken fetten Strauß roter Rosen im Arm. Dann folgte eine derart versöhnliche Versöhnungsszene, dass Helma und ich es vorzogen, eilig und diskret das Feld zu räumen und vorerst auf Toms Verwandlung in ein Grillwürstchen zu verzichten.

Leider streikte mein Fotoapparat am nächsten Morgen in der Schule. Leider! Die Makkaroni bekam nämlich einen regelrechten Tobsuchtsanfall, weil die Hälfte der Klasse ihre Hausaufgaben nicht gemacht hatte – wozu Helma und ich wegen jobvorbereitender Maßnahmen und nicht stattfindender Zauber-Grillwürstchen-Experimente auch gehörten. Und ich hätte sie zu gerne fotografiert, wie sich ihr Gesicht aufblähte und sie dabei englische Sachen fluchte, für die es sich wahrscheinlich gelohnt hätte, den Kopf mal ein bisschen tiefer ins Vokabelheft zu stecken.
Die Stunde lief dann in dem Stil weiter, was mir ehrlich gesagt ein bisschen Leid für sie tat, weil sie eigentlich keine fiese Lehrerin war, sondern das Pech einfach anzog, und dann konnte man gar nicht anders und musste lachen. So hatte sie sich für heute was ganz Tolles ausgedacht und spielte uns, weil die Ferien ins Haus standen und die Zeugnisse schon im Kasten waren, auf einem superaltmodischen Plattenspieler ihre Steinzeitplatten vor, Stones und Janis Joplin – ich kannte den ganzen Kram schon von Mummi und Dad. Sie hatte eine LP dabei und auch ein paar Singles, und dann legte sie »Angie« von den Stones auf und fing vor lauter Rührung beinahe an zu heulen. Die Arme – vielleicht hatte sie nach dem Stück früher mal ihren ersten Engtanz hinter sich gebracht.
Das Ganze hatte zur Folge, dass sie dann versuchte, ihre Knutsch-LP-Erinnerung in die Joplin-Single-Hülle zu stecken, was nicht funktionieren konnte, und die gesamte Klasse lag irgendwann vor Brüllen auf dem Boden. Ich gebs zu,

ich hatte auch Lachtränen in den Augen, starb gleichzeitig mit ihr tausend Tode und war heilfroh, als es endlich klingelte. Irgendwie fand ich es manchmal peinlich, wenn Lehrer zu richtigen Menschen aus Fleisch und Hormonen wurden.
In der Pause ließ ich meinen kaputten Fotoapparat kaputt sein und schleppte Helma mit zu den Mülltonnen, um Joscha zu suchen. Aber entweder hatten wir Pech oder er die besseren Verstecke, jedenfalls war er mal wieder nirgends zu sehen.
Großer Mist!
»Vielleicht ist Joscha bei der Milchausgabe«, meinte Helma, als er im selben Moment im Abstand von ungefähr zweieinhalb Zentimetern an uns vorbeispazierte und ein aufgeblasenes Gesicht machte.
Helmas Gesichtsfarbe verwandelte sich augenblicklich in die eines wunderschönen Spaghetti-mit-Tomatensoße-Gerichts.
Ich starrte Helma an, verstand Gott und die Welt nicht mehr.
»Hör mal, Hexe, bist du noch normal?«, fragte ich, kam aber nicht weiter, weil Helma zu allem Überfluss auch noch zuckende Augen kriegte.
Ich musste mich erst mal an die Wand lehnen und Luft holen.
Konnte das vielleicht heißen, dass Helma Joscha gar nicht so schrecklich fand, wie sie immer behauptete? Konnte das darüber hinaus heißen, dass zwei Freundinnen, die miteinander durch dick und dünn gingen, den gleichen Jungen liebten – der von seinem Doppelglück gar nichts wusste? Falls ja, würde es die Sache erheblich verkomplizieren.
»Also, du findest ihn auch gut. Ist es das?«
Ich kannte Helma mittlerweile in- und auswendig. Ich kannte sie lachend und heulend und plappernd und scherzend, aber das

Gesicht, das sie mir jetzt bot, war etwas so unerhört Neues, dass mir der Mund aufklappte und einfach offen blieb.
Helma sah aus wie eine Giraffe, der man kurzerhand den Hals umgedreht hatte. Nach Luft ringend stand sie da, presste ihre Schilddrüse nach vorne, dazu das Augenlidflattern. Ich kannte zwar ein paar Erste-Hilfe-Griffe, aber was man in so einem Fall von Inflagranti-erwischt-werden-Scham anzuwenden hatte, war mir schleierhaft.
»Ist schon gut«, sagte ich und strich ihr sanft über den Rücken. Ehrlich, ich hatte Angst, sie könnte mir hier auf dem Schulhof hopsgehen.
»He, wir kriegen das schon irgendwie hin.«
Da löste sich die Spannung in ihr, Tränen rollten ihr die Wangen runter. Ich zerrte sie aufs Klo in eine Kabine, um sie mit einer Rolle Klopapier zu verarzten.
Komische Helma! Da musste ich gerade eine ganze Welt in ihr zum Detonieren gebracht haben. Als sie sich ausgeheult hatte, fragte ich, warum sie mir nie etwas gesagt habe.
»Weil ..., weil das länger geht, als du glaubst.«
Ihre Augen waren rot wie bei einem Kaninchen.
»Wie lange?«
»Da war Joscha noch eine Klasse über uns.«
Ich musste mich kurz mal auf den Klodeckel setzen. Das haute jetzt doch die stärkste Frau um!
»Ich ... weiß auch nicht, ich fand ihn ...«
Helma sprach nicht weiter, was aber auch gar nicht nötig war. Ich wollte nur von ihr wissen, warum sie immer so getan hatte, als wäre Joscha der hinterletzte Idiot. Und das hatte sie genial hingekriegt!

»Ich dachte, du wirst dann sauer. Und du bist jetzt bestimmt supersauer.«
»Ich weiß nicht. Ich bin gar nichts.«
Blöderweise fing Helma ganz plötzlich an zu lachen, was mich tatsächlich sauer machte.
»Und warum hast du damals nichts gesagt?«, fragte ich eine Spur zu barsch. »Als ich noch nicht mal wusste, dass es einen Blödmann namens Joscha gibt?«
»Keine Ahnung.« Sie sah aus wie ein Häufchen Vanillepudding. »Vielleicht hatte ich Angst, dass du ihn dann gleich auch toll finden würdest.«
Hervorragende Logik! Versucht was zu verhindern, was natürlich nicht möglich ist, weil die Dinge so passieren, wie sie passieren sollen, und dann ...
Mensch, Helma, dachte ich, wieso dampfst du nicht ab und kümmerst dich lieber um deinen Weltraum?
Laut sagte ich: »Ist schon okay.«
Wir gingen schweigend in die Klasse.
Dann saßen wir nebeneinander, und jede von uns wusste, dass es in der anderen brodelte.
Joscha trug heute ein Hemd mit kleinen Flimmerkaros. Er hatte schmale Schultern, Mädchenschultern. Mensch, Joscha!
Die meisten Lehrer hatten ihn endgültig aufgegeben, nahmen ihn kaum noch dran. Schon zweimal backen geblieben, und immer wieder tat er, als ob ihn das Thema »Schule« nicht die Bohne was anginge. Okay, manchmal schrieb er auch Zweien und Dreien, aber wahrscheinlich waren das Zufallstreffer, immerhin war ihm der Stoff schon oft genug eingebimst worden. Ansonsten hing er teilnahmslos in seiner Bank und man fragte

sich, warum er überhaupt pünktlich zum Unterricht erschien und die Zeit auf seinem Platz von der ersten bis zur letzten Minute absaß.

Ich blickte zu Helma rüber. Die hatte sich ebenfalls tranceartig in den Karorücken versenkt. Waren wir nicht verrückt in unserer Verliebtheit? Hormonmäßig völlig durchgedreht?

Verknallt sein ist, als ob man im Schneeanzug auf einer Sommerwiese herumspringt und das für absolut normal hält – der Spruch stammte von Franz, und irgendwie, fand ich, hatte er ein bisschen Recht damit. Bei mir kam allerdings noch hinzu, dass auf dieser Wiese nur gallebittere Drinks serviert wurden. Von wegen – muss Liebe schön sein!

Wie sollte ich in Anbetracht der unerhörten News nur den Rest des Tages durchstehen, mit Helma zusammen zum Babysitten gehen? Wie nur? Jetzt – im Nachhinein – wurde mir auch einiges klar: Warum sie sich vor Urzeiten mal misslungene Fotos aus meinem Papierkorb geklaubt hatte –, angeblich für Collagezwecke! Warum sie gestern, als Franz uns nach unseren Jungengeschichten gefragt hatte, so verschreckt reagiert hatte.

Offen gestanden war ich ziemlich sauer. Immerhin hatte sie keinen einzigen Ton von sich gegeben, und das als meine beste Freundin. Gerade gestern groß über Liebe und all den Quark rumgeredet, ich, die Hampelfrau, die den Grillwürstchen und allen Anwesenden auch noch offen ihren Herzschmerz offenbart, und Madame Helma hält einfach ihre Klappe.

Ich war monstermäßig sauer! Und wenn sie glaubte, dass unsere Freundschaft ohne jeden Knacks davonkäme, dann hatte sie sich getäuscht!

Ein paarmal schaute ich sie böse von der Seite an – ja, krieg nur

ein schlechtes Gewissen, du Gewitterhexe – und ich merkte, wie sie in sich zusammensank.
Nach der Sechsten radelten wir hintereinander (normalerweise fuhren wir nebeneinander) nach Hause, und jede verschwand in ihrer Wohnung. Ich aß einen Haferflockenbrei mit viel Zucker und Kakao – das war gut für die Seele – und knöpfte mir dann meinen Fotoapparat vor, der mich endgültig im Stich ließ, indem er einfach in einen ewigen Winterschlaf fiel. Ich hätte das Ding am liebsten genommen und im Klo runtergespült. Stattdessen rief ich Mummi im Büro an.
Die Sekretärin war dran. »Moment«, sagte sie, und dann hatte ich eine völlig hektische Mutter am Ohr.
»Können wir das nicht heute Abend besprechen?«
»Meine Kamera ist kaputt.«
»Das hast du schon gesagt, aber soll ich sie jetzt durch die Leitung reparieren?«
Ich merkte, wie ein dicker Tränenkloß in meinem Hals aufstieg.
»Süße, gegen sieben bin ich zu Hause.«
»Ihr macht alle mein Leben kaputt!«, brüllte ich in den Hörer und knallte ihn postwendend auf. Dann warf ich mich heulend aufs Sofa, sprang kurz wieder hoch, trat nach meiner Kamera.
Im selben Moment ging das Telefon. Mummi.
»Du bekommst einen neuen Apparat, wenn deiner nicht mehr zu reparieren ist.«
»Ich brauch aber einen vernünftigen!«, heulte ich in die Muschel. »Mit mehreren Objektiven!«
»Das kriegen wir schon hin. Okay?«
»Okay.«
Ich fühlte mich zwar ein bisschen besser, als ich auflegte,

dachte aber daran, dass ich das Ganze schon mal mit meinen Eltern durchexerziert hatte.
Irgendwie hatten sie nie kapiert, worum es beim Fotografieren eigentlich ging, und wollten mir immer so ein Billigding andrehen, mit dem man gerade mal das Kaffeekränzchen bei Omi Bielefeld hätte aufnehmen können.
Um halb drei klingelte Helma und guckte mich an, als würde mir noch der Haferflockenbrei vom Mittagessen im Gesicht kleben.
»Hast du geheult?«
»Nein, meine Welt geht nur gerade baden«, sagte ich und fand mich dramatisch.
Daraufhin sagte Helma nichts mehr. Ha! Wahrscheinlich hatte sie jetzt ein schlechtes Gewissen, weil sie glaubte, meine kenternde Welt hinge mit ihrem Joscha-Geständnis zusammen – was ja auch stimmte, aber eben nur zur Hälfte der Wahrheit entsprach.
Als wir pünktlich um drei anmarschierten, war Frau Martensen gerade dabei, Kasimir einen gelben Brei in den Mund zu schieben, der aussah, als hätte er ihn schon mal gegessen. Den Kleinen schien das jedoch nicht im Mindesten zu stören. Er juchzte und patschte uns mit seinen feisten Händchen entgegen, sodass ich wieder einen merkwürdigen Muttertriebschub bekam. Himmel noch mal!
»Ich lege ihn dann gleich hin, und wenn er aufwacht, wisst ihr ja, was zu tun ist.«
Wir nickten und verzogen uns ins Wohnzimmer, damit Kasimir beim Einschlafen seine Ruhe hatte. Ich lehnte mich zurück und schielte Helma schräg von der Seite an, die ganz auf Dame machte, lässig die Beine übereinander schlug und interessiert

die Grünpflanze betrachtete. Das konnte ja heiter werden – das große Schweigen der Babysitterinnen.

Es dauerte nicht lange, bis Frau Martensen gestiefelt und gespornt ihren Kopf durch die Tür steckte.

»Ich mach mich jetzt auf die Socken. Ihr könnt ruhig den Kühlschrank plündern.«

Dann verschwand sie durch die Tür und überließ uns unserer selbst inszenierten Stummfilmszene.

Ich dachte eine Weile darüber nach, wohin die Martensen wohl gehen könnte, ob sie arbeiten musste oder einen Privattermin hatte, und warum sie uns nichts davon erzählte, stand dann auf, als es mir zu blöd wurde, um von dem Kühlschrankangebot Gebrauch zu machen.

»Kommst du mit?«, fragte ich Helma.

Ich hatte auf einmal das ganz dringende Bedürfnis, meine Haferschleimgrundlage mit etwas Vernünftigem aufzufüllen. Helma dackelte mir nach, ohne jedoch einen Piep von sich zu geben.

Immerhin war der Kühlschrankinhalt diesmal gigantisch. So ziemlich alles, was Herz und Zunge und Magen begehrten, war drin zu finden. Schokoladenpudding, Würstchen, Käse, eine angebrochene Eispackung, Heringe, Cola, Nudelsalat, Tiramisu. Der Unterschied zu meiner ersten Kühlschrankinspektion bei der Martensen war gewaltig.

Helma kramte stillschweigend Teller und Bestecke aus dem Schrank und deckte den Tisch.

Derweil kümmerte ich mich ums Essen.

»Wahnsinn«, sagte ich, obwohl ich mir vorgenommen hatte, kein überflüssiges Wort mehr mit Helma zu wechseln.

Sie sah mich kurz an und erklärte dann: »Ich hab Hunger wie eine Wölfin.«
»Interessiert mich nicht die Bohne«, gab ich zurück und machte derweil alle Schränke auf, weil ich immer noch nicht das Brot gefunden hatte.
»Und mich interessiert nicht, wie wahnsinnig du das hier findest«, sagte Helma.
»Und mich interessiert absolut nicht, dass dich das nicht interessiert.«
In der Art machten wir ungefähr eine Viertelstunde weiter, schlugen uns dabei die Bäuche voll und waren kurz davor, in blödsinniges Gegacker auszubrechen. Da läutete es.
»Wir machen nicht auf«, erklärte ich und schnitt ein dickes Stück Appenzeller ab.
»Warum denn nicht?«
»Geht uns doch nichts an, wer hier klingelt.«
»Und wenn's was Wichtiges ist? Vielleicht hat die Martensen ihren Schlüssel vergessen.«
»Okay. Gucken wir durch den Spion.«
Voll gestopft, wie wir waren, rollten wir zur Tür. Helma drängte mich weg, wollte unbedingt als Erste gucken. Wir rangelten eine Weile, nur zum Spaß, dann hatte sie den Stützpunkt erobert. Es dauerte ziemlich lange, bis sie ihren Kopf zurücknahm und mich bleichgesichtig ansah.
»Was denn?«, flüsterte ich.
Helma legte ihren Zeigefinger warnend an die Lippen. Sie sah aus, als würde sie gleich rückwärts umkippen und im Jenseits versinken.
»Fred Feuerstein in Badehose?«

Ich glaube, das machte alles nur noch schlimmer: Helma ging wie unter Hypnose einen Schritt zurück, trat dabei in die Schuhablage, strauchelte, riss die Mäntel mit runter und fiel hin, während es an der Tür Sturm zu klingeln begann.

Ich half Helma wieder auf die Beine; Gott sei Dank war ihr nichts passiert.

»He! Aufmachen! Ich bin's!«, schrie es im Treppenhaus.

Da schaute ich endlich durch den Spion.

Joscha!

Er stand leibhaftig vor dieser Tür, wo sich drinnen zwei Mädchen nach ihm verzehrten. Er klopfte und hämmerte und wollte rein.

Ehrlich, mein Herz wäre in diesem Moment lieber in Ruhe ein Bier trinken gegangen, als diesen Stress hier mitzumachen.

Ich sah Helma an, die nickte nur – dann öffnete ich.

Joscha atmete schwer, und ohne sich auch nur eine Sekunde darüber zu wundern, dass wir ihm die Tür aufmachten, fragte er, ob niemand da sei. Sein Gesicht war unbeweglich wie immer, nicht mal der Anflug eines Lächelns, bloß seine Pupillen flackerten unruhig hin und her.

»Nur Helma und ich«, sagte ich und hatte Mühe, die Kontrolle über meine Stimme zu behalten.

Helma meinte später, ich hätte absolut cool geklungen. So als wäre ich nie mit einem Hämmern in der Brust um Joschas Haus geschlichen, als wüsste ich nicht, wie hässlich die Couch im Wohnzimmer seiner Eltern war, auf der er sich jeden Abend beim Fernsehen den Hintern platt saß.

»Können wir was ausrichten?« Ich sah ihm fest in die Augen, und während ich das tat, dachte ich: Merk dir diesen Blick, viel-

leicht wirst du ihn nie wieder so vor dir haben. Mach ein Foto, das für immer in dir drin bleiben wird. In diesem Moment drängelte sich Helma ein paar Zentimeter nach vorne und merkte intelligenterweise an, dass Kasimir auch noch da sei.
»Danke für die Auskunft«, sagte Joscha kratzbürstig und drehte sich auf dem Absatz um.
Ich stürzte ihm auf den Flur nach, sah, wie er die Treppe runterging, wobei seine Stiefel auf jeder einzelnen Stufe ein donnerndes Geräusch machten.
»Sollen wir Frau Martensen nun was ausrichten oder nicht?«, schrie ich.
Joscha hielt kurz an und drehte sich um. »Nö«, sagte er. Es klang gelangweilt.
Ich dachte, ich müsste gleich in seine braunen Augen fallen und würde in einem winterfrischen Bergsee aus der Werbung aufwachen, als er unerwartet fragte: »Haben wir eigentlich was in Mathe auf?«
Ich war so perplex, dass ich auf einen Schlag vergaß, wie man sprach, und vor allem, wie man nachdachte. Mathe – was hatten wir bloß in Mathe auf? Eher wäre mir eingefallen, wie viel Haare heute Morgen in meiner Bürste waren. Ich fühlte mich, als hätte mich ein plötzlicher Gedächtnisverlust überrumpelt, der auch nicht vorhatte, mich in absehbarer Zeit wieder aus seinen Klauen zu entlassen. Wie kam Joscha nur dazu, mich so was zu fragen? Schule interessierte ihn doch nicht die Bohne, und dass er jemals auf Hausaufgaben scharf gewesen wäre, daran konnte ich mich beim besten Willen nicht erinnern.
»Seite zwanzig, Nummer eins und zwei.«
Helma war plötzlich hinter mir, rotwangig und ziemlich schön,

was ich voller Neid registrierte. Am liebsten hätte ich ebenfalls so ein zuckersüßes Lächeln aufgelegt, mir diese aufgesetzte Gleichgültigkeit weggehext, die sich bestimmt nicht gut in meinem Gesicht machte, aber da war Joscha schon verschwunden. Jetzt stand Helma wie vom Donner gerührt auf dem Treppenabsatz; nur noch ein paar hartnäckige rote Flecken prangten auf ihrer Haut. Es war mir ein absolutes Rätsel, wie sie es eben noch hingekriegt hatte, ganz locker die Hausaufgaben aus dem Kopf zu referieren. Im gleichen Moment erwachte ich wie aus einem Traum und registrierte, dass Kasimir wie am Spieß brüllte. Verflixt! Den hatten wir total vergessen!

Ich rannte voraus ins Kinderzimmer und hob das kleine Bündel aus seinem Bettchen. Kasimir sah wie eine Kreuzung aus einem roten Luftballon und einer Schleimschnecke aus.

Verzweifelt überlegte ich, was in so einem Notfall zu tun war. Ihm den Rücken klopfen? Das Köpfchen tätscheln?

Da fiel es mir wieder ein.

»Mach endlich den Fernseher an!«, schrie ich Helma an.

Wenn Kasimir nun erstickte! Joscha ist schuld, würde ich Frau Martensen sagen. Wenn der nicht geklingelt und so blöde nach den Hausaufgaben gefragt hätte, wäre das nie passiert.

Gott sei Dank hatte Helma die Fernbedienung gefunden und brachte das Ding endlich zum Flimmern. Ein Actionkrimi, gut so! Ich meinte mich zu erinnern, dass Kasimir ein Faible für halsbrecherische Verfolgungsjagden hatte. Auf der Stelle war er dann auch still – verdächtig still. Ich hielt ihn ein paar Zentimeter hoch und blickte ihn vorsichtig an. Ob er schon tot war? Da fing er unverschämterweise an zu grinsen. Hatte uns die ganze Zeit zum Narren gehalten, die kleine Kröte!

Eine Weile schauten wir drei andächtig auf den Bildschirm, wo innerhalb von zwei Minuten etwa vier Menschen gekillt wurden und vier andere in brennenden Autos ums Leben kamen oder kreischend aus Hochhäusern purzelten, und genossen die Ruhe. Kasimir war absolut gut drauf, ein reines Wunder im positiven Denken.

Erst jetzt wurde mir klar, es war eigentlich das erste Mal, dass Joscha und ich uns gegenübergestanden und Wörter ausgetauscht hatten. Also: Es ist so ganz anders, als man es sich vorgestellt hat. Man glaubt einen Menschen zu kennen, wenn man in ihn verliebt ist, aber man hat nur eine Vorstellung von ihm, das ist alles. Und wenn derjenige dann vor einem steht, ist er plötzlich fremd und merkwürdig.

Es ist, als ob man in den Zoo geht, um sich ein Dromedar anzusehen, und dann hat man auf einmal einen Foxterrier mit Eselsohren vor sich.

Ich will nicht behaupten, dass ich enttäuscht war oder so, ich war eher erstaunt, dass so etwas möglich ist.

Davon erzählte ich Helma nichts. Ich fürchtete, mich nicht klar genug ausdrücken zu können, vielleicht hatte ich auch Angst, dass sie mir einen Vogel zeigen würde. Sie war nämlich total gut gelaunt, rückte ein Stück an mich ran und patschte lustig mit ihrer Hand auf Kasimirs Bauch rum.

»Das mag er nicht«, sagte ich.

»Klar mag er das«, behauptete Helma. »Sonst würde er doch wieder heulen.«

Wahrscheinlich hatte sie Recht, aber das hätte ich nie und nimmer zugegeben. Ich guckte immer noch stur geradeaus und ärgerte mich kolossal, dass sie die Situation vorhin so easy in

den Griff gekriegt hatte. Außerdem wartete ich darauf, dass sie endlich das Thema Joscha ansprechen würde. Mir juckte es verteufelt unter den Fingernägeln und ich wettete, dass es Helma nicht anders erging.
Immerhin hatte sie wieder ihre roten Flecken im Gesicht, die jetzt auch noch Wasserfall am Hals spielten.
Sei's drum. Sie tat jedenfalls, als würde sie das alles gar nichts angehen, griff nach Kasimirs Händchen und machte ansonsten keine Anstalten, sich mit mir über »die Sache« zu unterhalten.
»Wow!«, brüllte sie, als im Fernsehen drei Autos zusammenkrachten und in einem riesigen Feuerball durch die Luft flogen.
Da hielt ich doch lieber meinen Mund. Wenn ich ehrlich war, langweilte mich der Film zu Tode. Und außerdem fing irgendetwas unter meiner Nase an zu stinken.
»Ach, du jemine! Kannst du das mal übernehmen? Du stehst doch so auf ihn.«
»Hat er die Hosen voll?«
Ich nickte und versuchte Kasimir auf ihrem Schoß abzuladen.
»Ich denk gar nicht dran, ihn zu wickeln. Eben hast du mir nicht mal seinen kleinen Finger gegönnt.«
»Du verdienst genauso viel wie ich, also musst du auch was dafür tun.«
»Dann gib ihn schon her!«
Helma dampfte mit Kasimir ab. Ich saß noch eine Weile und schaute mit leeren Augen auf den Abspann. Von nebenan kam fröhliches Quieken und Quaken, was schon wieder die Eifersucht in mir aufsteigen ließ. Mensch, war ich blöd!
Dann hielt ich es nicht mehr aus und ging ins Badezimmer.
Helma stand mit dem Rücken zu mir und zog Kasimir gerade

ein Strampelhöschen an. Ich war echt beeindruckt – was für ein begnadetes Muttertalent sie war!
Bei mir hätte Kasimir mit Sicherheit wieder Schreikrämpfe bekommen.
»Meinst du, wir können ihn noch mal zum Schlafen überreden?«, fragte sie.
»Klar!« Ich kniff mir ein kleines Grinsen ab.
Helma legte Kasimir in sein Bettchen und summte dabei einen doofen Schlager. Ich wollte nicht, dass sie Kasimir so einen Müll beibrachte. »Ey, lass das!«
Helma sah mich fragend an.
»Das Monsterchen hat wahrlich einen besseren Musikgeschmack verdient.«
»Was verstehst du denn schon von Musik?«
»Und was verstehst du vom Singen?«
Helma fing albern an zu kichern und steckte zu allem Überfluss auch noch Kasimir damit an.
Er fuchtelte mit allen vier ihm zur Verfügung stehenden Gliedmaßen in der Luft herum und bot uns quiekend einen tiefen Einblick in seinen halbwegs zahnlosen Mund.
»Kannst du dir vorstellen, was der hier wollte?«, fragte Helma dann wie aus heiterem Himmel.
»Vielleicht bezieht er bei der Martensen seinen Stoff.«
»Sehr witzig.«
»Ich hab doch auch keine Ahnung.«
Glücklicherweise schlief Kasimir innerhalb der nächsten Sekunden ein, sodass wir damit anfangen konnten die Küche aufzuräumen. Dabei überlegten wir uns tausendundeine Was-wollte-Joscha-nur-bei-Frau-Martensen-Theorie.

Helma meinte, dass die Martensen ihm möglicherweise Nachhilfe gab. Ich fand das absurd, schließlich machte man zu diesem Zweck einen Termin aus. Vielleicht planten sie zusammen einen Banküberfall, bei dem Kasimir als Geisel eingesetzt würde – auch denkbar, die Martensen sah zwar nicht so aus, aber vielleicht hatte sie doch einen kriminellen Touch.
»Und wenn wir sie nachher fragen?«
»Never! Wer weiß, was für eine Lawine wir damit wieder ins Rollen bringen?«
Also taten wir später, als wäre nichts weiter vorgefallen, kassierten ein dickes Lob dafür, dass wir uns Kasimirs Popo angenommen hatten, und hauten anschließend in der Stadt unseren Verdienst auf den Kopf. Helma kaufte sich eine neue Haarspange, ich entschied mich für eine Schaumwelle zum Selbermachen. Mein Haar konnte ruhig ein bisschen mehr Volumen vertragen.
Gott sei Dank kamen von Helmas Seite keine Kommentare.
Es wäre mir peinlich gewesen zuzugeben, dass ich auf ein neues Joscha-Treffen hoffte und zu diesem Zweck wenigstens in puncto Locken mit Helma konkurrieren können wollte.

Das Foto

Der Donnerstag fing grässlicher an als jeder andere Donnerstag in meinem bisher vierzehnjährigen Leben! Es war der Super-Alptraum-Donnerstagmorgen schlechthin, mieser als mies.
Ich hatte meinen Wecker auf fünf gestellt, weil ich unbedingt noch die Sache mit der Schaumwelle durchziehen wollte. Viel-

leicht war es idiotisch von mir, so eine Aktion in den allerfrühesten Morgen zu verlegen, aber es ist nun mal so, dass keine Frisur dieser Welt eine Nacht, in der man in seinen Kissen rumwühlt und von Joschas träumt, unbeschadet übersteht. Also quälte ich mich hoch, rein ins Bad. Ein Gesicht, zum Weglaufen hässlich, blickte mir entgegen. Wie um Himmels willen sollte ich es schaffen, aus diesem verquollenen Etwas ein Eins-a-Gesicht zu machen? Ich hockte mich auf die Klobrille, jammerte erst ein bisschen in mich rein, las dann den Sermon auf der Packung durch. Laut Bedienungsanleitung war die Durchführung kinderleicht, absolut easy, wirklich. Ich machte alles wie beschrieben – Haare aufdrehen, Kleister auf den Kopf, Handtuch drum –, ging anschließend in die Küche, um mir einen Tee zu kochen. Ich kann mich nicht mehr genau erinnern, was im Einzelnen passierte. Vermutlich hatte ich es gerade noch hingekriegt, Tee zu kochen, und dann kam Mummi irgendwann in die Küche geschlichen und fragte, warum ich schon auf sei. Ich war gerade beim zweiten Aufwachen an diesem Morgen, hob langsam meinen Kopf von der geblümten Tischdecke. Meine rechte Hand tat weh – anscheinend hatte ich die ganze Zeit die Tischkante umklammert. Ich sah auf die Uhr, zehn nach sieben, meine Güte, die Schaumwelle! Ich hatte sie glatt die doppelte Zeit einwirken lassen! Rein ins Bad, wo Dad gerade auf dem Klo hockte, schnell wieder raus in die Küche – genauso gut konnte ich meine Haare hier ausspülen.
»Was machst du da eigentlich?«, wollte Mummi wissen, als ich mit tropfnassen Haaren aus der Spüle auftauchte. »Ich dachte, wir haben eine Dusche.« Dann verzog sie ihren Mund zu einem Grinsen, brach in unterdrücktes Gegickel aus.

Ich setzte zum Rückzug an und sagte mir im Stillen immer wieder den einen Satz vor, den ich mal in einer Psychosendung gehört hatte: Du musst jetzt stark sein, Baby, sehr stark!
Fast im selben Moment tönte ein gellender Schrei durchs Haus, und das war keine andere Stimme als meine. Ich stand vorm Flurspiegel und raufte mir das nasse Sauerkraut auf meinem Kopf, das in alle Richtungen abstand, nur nicht dem Gesetz der Schwerkraft folgte und lockig nach unten fiel.
Mummi kam hinterher und legte mir tröstend den Arm um die Schulter. »Wart mal ab, bis es trocken ist.« Sie hatte immer noch diesen merkwürdigen Gesichtsausdruck, als würde sie in der nächsten Sekunde einen Lachanfall kriegen.
»Ich will tot sein!«, jaulte ich.
»Quatsch, Haare kann man abschneiden und sie wachsen auch wieder nach.«
»Ich will trotzdem tot sein.«
Daraufhin fing Mummi tatsächlich an zu lachen, was mich rasend wütend machte. »Mensch!«, schrie ich. Und da mir nichts weiter einfiel, was ich zu dem Thema hätte sagen können, stampfte ich ein paarmal mit dem Fuß auf, woraufhin unsere geschätzte Nachbarin Frau Henkel, die unter uns wohnte, mit irgendeinem Gegenstand an die Decke stieß.
»In ein paar Tagen ist das wieder raus«, meinte Mummi liebevoll und lief vor mir her in die Küche, um mir eine noch liebevollere Schokolade zu kochen. Ich saß derweil bockig rum und haderte mit meinem Schicksal. Als Dad frisch rasiert reinkam und meinte, die neue Frisur sehe ungemein interessant aus, bizarr und außergewöhnlich, geradezu heroisch, fing ich an zu heulen und schloss mich im Bad ein.

Die verarschten mich doch alle! Mummi bekam Lachkrämpfe und Dad konnte sein Geschwafel auch nicht ernst gemeint haben. Mit aller Gewalt und unserem Föhn, den ich auf höchste Stufe stellte, versuchte ich die Monsterfrisur glatt zu kriegen. Nichts zu machen. Meine Haare sahen wie zu lang gekochte Spaghetti mit Dauerwelle aus.

Einfach grauenhaft! Ekel erregend!

Außerdem hatte mein nicht sensationelles, aber doch akzeptables Straßenköterblondbraun einen gelblichen Stich bekommen, dass mir schon vom Hingucken übel wurde. Es blieb mir nichts anderes übrig, als alle Haare zu einem Minidutt zusammenzuwursteln und sie unter einer Baseballmütze zu verstecken.

Immerhin hatte die Sache einen Pluspunkt: Dad versprach mir, noch heute meinen Fotoapparat ins Fachgeschäft zu bringen, und falls sich herausstellen sollte, dass sich die Reparatur nicht mehr lohnte, bekäme ich noch diese Woche einen neuen. Das klang doch viel versprechend. Wenn ich schon so unglaublich hässlich aussehen musste, brauchte ich wenigstens die beste Kamera der Welt als Trostpflaster.

Ich hatte mich also gerade wieder eingekriegt und fuhr mit einigermaßen passabler Laune in die Schule, als mich ausgerechnet Helma an mein elendiges Los erinnern musste, indem sie fragte, ob ich mich mit Mütze etwa originell fände.

»Halt bloß den Mund!«, schnauzte ich sie an. Ich war kurz davor, einen Schreikrampf zu kriegen.

»Etwa die Dauerwelle?« Helma fing an zu kichern.

»Da gibt's nichts zu lachen. Vor zwei Stunden hätte ich mich fast umgebracht.«

»So schlimm?«
»Schlimmer!«
In der Pause schloss ich mich mit Helma in einer Klokabine ein und zeigte ihr mein Machwerk.
»Ich hab's mir schrecklicher vorgestellt«, meinte Helma ernst. »Am besten färbst du sie rot und machst dir zwei Zöpfe. Dann stehen sie nicht mehr so ab.«
Vielleicht hatte Helma Recht. Was aber nichts daran änderte, dass ich meine Kappe für heute auf dem Kopf behielt. Sicher war sicher.
Trotzdem wurde die Sechste zur absoluten Schreckensstunde. Ich kann nicht gerade sagen, dass ich die Sportstunden bei Frau Helmbrecht jemals gut gefunden hätte, aber was sie heute von uns verlangte, war wirklich der Gipfel der Geschmacklosigkeit. Alles fing damit an, dass wir uns gemeinsam mit den Jungs in der Halle versammeln mussten, wo die Helmbrecht eine ihrer großen Ansprachen hielt. Da sie ziemlich mopsig und unbeweglich war, zog sie es meistens vor, Reden zu schwingen, anstatt irgendwelche Übungen vorzumachen.
Wie wir alle wüssten, verkündete sie feierlich, finde wie jedes Jahr vor den Sommerferien ein großes Abschlussfest statt, bei dem die Schule diesmal aber nicht nur eine Disko und das übliche Rumgehopse veranstalten wolle, nein (drohender Zeigefinger!) – jede Klasse solle sich diesmal kreativ und produktiv und impulsiv und instinktiv (oder so ähnlich) einbringen.
Ein einziges Stöhnen ging durch die Klasse. Klar fanden wir es alle schrecklich, dass wir – wenn es denn schon mal ein Fest gab – auch noch ackern sollten, und zudem auf kreative Weise. Grauenvoll!

Dann kam's – der Gipfel aller Zumutungen: Frau Helmbrecht hatte die segensreiche Idee, dass unsere Klasse, die sie tänzerisch für besonders begabt hielt, eine Pantomime aufführen sollte. Das Stöhnen wurde lauter, einige fingen hysterisch an zu kichern.

Pantomime! Die hatte sie wohl nicht mehr alle! War ich denn wahnsinnig, dass ich lautlos grimassierend vor dem Publikum herumhopste! Niemals! Helma stieß mich an und zeigte mir ihr Verschwörerinnengesicht – linke Augenbraue leicht angehoben, Mundwinkel nach unten.

»Wollen wir uns verdrücken?«, flüsterte sie mir zu.

»Wie denn?«, fragte ich. »Mummi schreibt mir bestimmt nicht schon wieder eine Entschuldigung.«

Ich schielte zu Joscha rüber, der etwas abseits stand und konzentriert an einem Fingernagel knabberte. Natürlich war er auch nach unserem Martensen-Hausaufgaben-Zwischenfall unnahbar wie immer. Kein Zunicken, kein Hallo – als hätten wir uns nie an einem so merkwürdigen Ort getroffen.

»Könnte doch sein, dass uns plötzlich schlecht wird«, meinte Helma.

»Das hätten wir früher einfädeln müssen.«

». . . haben wir uns gedacht«, drang inzwischen Frau Helmbrechts Stimme an mein Ohr, »dass wir mit einer Improvisation beginnen.«

»Was sollen wir denn improvisieren?«, brüllte Hannes, unser Klassensprecher, durch die Halle.

»Jeder von euch hat fünf Minuten Zeit sich zu überlegen, welcher Gegenstand ihm im Leben sehr viel bedeutet, und den soll er versuchen darzustellen.«

Jetzt ging das Gegacker erst recht los.
»Also, ich nehm dann unsere Badewanne!«, schrie Johanna, während Hannes wissen wollte, ob auch das Klassenbuch möglich wäre.
»Hört noch mal her!« Die Helmbrecht war auf einen kleinen Kasten geklettert. »Ihr könnt jeden beliebigen Gegenstand nehmen, solange ihr einen Bezug zu ihm habt. Natürlich auch das Klassenbuch.«
Himmel, Arsch und Hühnermist! Mir blieb wohl nichts anderes übrig, als auch den Namen »Helmbrecht« auf die Wort-Hass-Liste zu setzen.
Ich zupfte Helma an ihrem T-Shirt. Sie hatte den Verschwörerinnenblick abgelegt und war eher kurz davor, in Tränen auszubrechen.
»Was ist denn?«
»Ich kann das nicht! Und ich will das nicht!«
»Ich auch nicht.«
Ehrlich nicht. Lieber wollte ich mich gemeinsam mit Daddys Goldfisch durch den Fleischwolf drehen lassen und als Fischfrikadelle verkauft werden.
Wir standen unschlüssig in der Halle herum, während die anderen bereits anfingen, ungelenk loszuhampeln und dabei blöd zu grinsen. Außer Joscha. Natürlich!
Einmal hatte ich den Eindruck, er würde kurz zu uns rüberschauen, aber vielleicht täuschte ich mich auch.
Dann war die Helmbrecht bei uns. Als Erstes wollte sie wissen, ob mir kalt sei. Wegen der Mütze.
»Ich neige zu Erkältungen«, sagte ich. »Besonders bei dieser Witterung.«

Zum Glück war das Thema damit durch und Frau Helmbrecht fragte uns, ob wir schon wüssten, was wir darstellen wollten.
Ich schüttelte den Kopf.
»Du fotografierst doch gern?«
Ich hob teilnahmslos die Schultern. Sie konnte wohl nicht im Ernst annehmen, dass ich es über mich bringen würde, mich in das Innenleben eines Fotoapparates zu versetzen.
»Und du?«
In Helmas Gesicht stand das blanke Entsetzen. Ihre Mundwinkel zuckten kurz, dann rannte sie in Richtung Umkleidekabine.
»Ich seh mal nach ihr«, sagte ich und machte mich ebenfalls aus dem Staub.
Helma saß auf der Bank und zog gerade ihre Sportschuhe aus.
»Du bist ja begnadet«, murmelte ich. »So ein Schauspielertalent hätte ich auch gern.«
»Ich hab nicht geschauspielert.«
»Echt nicht?«
»Ich ertrag's nicht, irgendetwas vor irgendwem darstellen zu müssen. Basta!«
Helma schnaubte einmal kräftig in ihr Taschentuch. Klar, es war unglaublich dämlich, sich zum Beispiel in einen Fotoapparat verwandeln zu müssen. Aber deshalb heulen?
»Ich kann mich nicht vor anderen produzieren. Ich find's schon in der Disko schrecklich.«
Ich nickte. War mir auch schon aufgefallen, dass Helma es selbst bei der irrsten Musik hinkriegte, kein einziges Mal zu tanzen.
Kurz entschlossen ging ich zurück in die Halle und sagte der Helmbrecht, es gehe Helma nicht so gut, ich würde sie nach Hause bringen.

»In Ordnung.« Kein Wort davon, dass ich wiederzukommen hatte. Juhu! Beim Rausgehen bemerkte ich dann, wie sich Joscha auf dem Boden wälzte. Ich blieb mit offenem Mund stehen. Eigentlich hielt ich nicht für möglich, was ich da sah, aber ich hatte doch keine Halluzinationen! Als ich Helma davon erzählte, hob sie nur desinteressiert die Schultern.
»Ist doch egal«, meinte sie.
»Und wieso?«
»Weil er eh ein Idiot ist.«
Okay, vielleicht hatte Helma Recht. Joscha war ein Blödmann und ein Hirngespinst dazu. Genauso gut hätten wir Franz' Grillkohle anhimmeln können.
Bevor wir zu Helma fuhren, kaufte ich im Drogeriemarkt Henna für meine Haare. Das Thema Holzwolle unter der Baseballkappe musste schließlich so schnell wie möglich vom Tisch.
Tom saß in der Küche und verschlang einen chinesischen Eintopf vom Lieferservice.
»Soll ich euch auch was bestellen?«
»Klaro«, sagte Helma.
Ich hatte ebenfalls nichts dagegen.
Während Tom zum Telefon ging, kündigte sie an, dass wir kurz mal das Badezimmer blockieren würden. Er fand das in Ordnung und ich rannte zum Waschbecken, um meine Haare nass zu machen. Helma half mir beim Auftragen der Hennapaste. Ehrlich, ich starb tausend Tode, während das Zeug einwirkte. Wenn mir die Haare nun noch mehr zu Berge stehen würden? Wenn sie mir gleich in Büscheln vom Kopf fielen oder filzig verkletteten?
Während Helma meine Haare über der Badewanne auswusch, fragte ich mich, was ich eigentlich an dem Joscha-Trottel fand.

Ich kannte ihn doch gar nicht, er war mir so fremd wie das Seelenleben eines Computers. Aber vielleicht war es gerade das, was ihn so anziehend machte. Mit den anderen Jungs in unserer Klasse war es so simpel wie mit Computertasten: Man drückte irgendeine Kombination und wusste haargenau, wie sie reagierten. Ctrl + F1: Jetzt kam ein dummer Spruch. Shift + Alt hieß »einen saufen gehen« und so weiter und so fort – an denen war kein bisschen Geheimnis dran.
Helma stellte das Wasser ab und legte mir fachfrauisch ein Handtuch um den Kopf, als hätte sie gerade ihr dreißigjähriges Jubiläum in einem Friseurbetrieb hinter sich. Aber dann ... Was dann zum Vorschein kam, war im Prinzip die gleiche Katastrophe – nur in leuchtendem Hennarot! Gott sei Dank war ich seit heute Morgen härter im Nehmen. Mensch, es kam doch auf die inneren Werte an!
Später beim Essen hielt ich mit der linken Hand Helmas Föhn, um das Haargebilde oberhalb meines Gehirns so schnell wie möglich trocken zu kriegen.
»Ich muss gleich rüber«, murmelte ich.
Helma sah erstaunt auf. Normalerweise verbrachten wir die Nachmittage gemeinsam, es sei denn, wir waren gerade verkracht oder jede von uns musste nach Hause, um an ihrem eigenen Himmels- beziehungsweise Fotoprojekt weiterzuarbeiten. Ich hatte jedoch nur Joscha im Kopf, wollte die Sache auf jeden Fall allein über die Bühne bringen. Ich musste zu ihm und noch einmal das Wagnis eingehen, in sein Fenster zu gucken. Bald waren Ferien und dann blieben mir nur ein paar Fotos, auf denen er als unbedeutende Erbse in einem grauen Suppenmeer herumschwamm.

»Falls du ihm heimlich nachspionieren willst – das kannst du dir abschminken, wir fahren gleich zur Martensen.«
Elegant schlug sie ein Bein übers andere. Ich wusste vor Verlegenheit nicht wohin, hob dann beide Hände hoch und sagte: »Okay. Ich ergebe mich.«
»Darf ich?« Helma organisierte sich den Rest meines China-Eintopfes. »Außerdem hab ich eine viel bessere Idee«, sagte sie mit vollem Mund. »Wir haben doch immer unendlich viel Zeit, wenn Kasi-Hasi pennt. Da könnten wir uns mal ganz in Ruhe in der Martensen-Wohnung umschauen. Vielleicht gibt's ein paar Hinweise auf unseren kleinen Joscha?« Ein gemeines Grinsen huschte über ihr Gesicht. Manchmal kamen bei Helma Züge zum Vorschein, die man ihr einfach nicht zugetraut hätte.
Dann ließ sie abrupt ihren Löffel fallen, rannte ins Bad und kam kurz darauf mit einer Bürste und zwei Haargummis wieder. »Keine Bewegung!«
Sie begann sich durch meine Zotteln durchzuarbeiten, was kein leichtes Unterfangen war.
Eher hätte sie es geschafft, mit Kasimirs Breilöffel eine Baugrube für ein Hochhaus auszuheben.
»Was soll's!«, sagte sie und teilte meine Haare rabiat am Hinterkopf auseinander.
»Aua!«, schrie ich, was sie aber keineswegs beeindruckte. In Windeseile flocht sie mir zwei Zöpfe, trat dann einen Meter zurück und betrachtete ihr Werk.
»Super!«
Misstrauisch wie ich war, rannte ich schnell ins Bad und betrachtete meine neue Pippi-Langstrumpf-Frisur. Alles in allem nicht übel. Irgendwie machte es mich interessant und geheim-

nisvoll, als würde ich der Welt Rätsel aufgeben, die zuvor keinem Menschen in den Sinn gekommen waren. Und plötzlich fand ich mich großartig. Unbesiegbar. Mummi hätte gesagt: Kind, du schnappst mal wieder über.
Nachdem wir unsere China-Pappbehälter im Müll entsorgt hatten, radelten wir zu Frau Martensen.
Ich hatte den Eindruck, sie freute sich regelrecht uns zu sehen, und Kasimir zappelte wie verrückt mit den Beinchen.
Kaum lag er im Bett und die Martensen hatte die Haustür hinter sich zugezogen (sie fand meine Frisur übrigens genial), machten wir uns an die Arbeit. Zwei Frauen – ein Wort.
Okay, ich kam mir bei diesem Herumschnüffeln etwas eklig vor – es ist normalerweise nicht meine Art –, aber hier lag der Fall eben anders.
Dies war eine Aufgabe, die wir im Sinne des Wohlergehens der Menschheit zu erledigen hatten, ein geradezu wissenschaftlicher Auftrag, dem wir uns nicht widersetzen durften.
Helma fing in der Küche an, während ich mir den Sekretär im Wohnzimmer vornahm. Der Schlüssel steckte. Ich drehte ihn rum und zog die Lade nach vorn, während gleichzeitig ein Haufen Papierkram auf mich zurutschte.
»Helma!«, schrie ich. »Hilfe!«
Helma kam kreideweiß angerannt – so schlimm war die Sache nun auch wieder nicht. Ich versuchte den größten Teil der Zettel aufzufangen, während Helma alles aufhob, was trotzdem auf den Boden fiel.
»Mensch, das ist die totale Fundgrube«, sagte Helma begeistert und fing an, den Kram systematisch durchzusehen. Leider war der Großteil einfach nur langweilig: Kontoauszüge,

Zeitungsausschnitte, alte Postkarten, Briefmarken, Einwickelpapier, Paketschnur, Klebeband, haufenweise Schmierpapier – es war zum Verrücktwerden.
Erst ganz unten kamen ein paar Fotos zum Vorschein, auf denen meistens die Martensen zu sehen war. Mal in jung, mal in etwas älter; immer trug sie elegante Kleider und lächelte ein strahlendes Perlweiß-Lächeln.
»Komisch, dass nie andere Leute mit drauf sind«, meinte Helma und wühlte sich noch tiefer in den Berg. »Die muss doch mal Freunde gehabt haben oder einen Lover – irgendwas! Wo ist zum Beispiel Kasimirs Vater geblieben?«
Als hätte das Monsterchen sie gehört, fing es in diesem Moment derart an zu brüllen, dass wir unsere Recherchen kurzzeitig unterbrechen mussten.
Also rein in die Höhle des Ungeheuers.
Helma hob Kasimir wie eine große tiefgefrorene Roulade aus seinem Bettchen, klopfte ihm sanft auf den Rücken. Trotzdem schrie er sich weiterhin die Seele aus dem Leib.
»Hunger kann er nicht haben«, stellte ich fest.
»Vielleicht will er einfach bei uns sein.«
»Schon möglich.«
Also nahmen wir ihn mit ins Wohnzimmer und legten ihn auf den Fußboden, wo er auf der Stelle mit dem Brüllen aufhörte. Vor Freude quietschend robbte er in dem Chaos herum, streckte alle viere von sich und spielte Hubschrauber.
»Meinst du, die Martensen hat irgendeine geheime Ordnung, die wir jetzt durcheinander gebracht haben?«, fragte ich Helma etwas unsicher.
Sie schüttelte den Kopf, hielt auf einmal inne und blickte mich

mit ihrem Kalkeimergesicht an. Dann hielt sie es mir vor die Nase. Das Foto schlechthin.
Ich fühlte mich, als hätte sich irgendein blödsinniger Fluch erfüllt und mich kurzerhand versteinert. Joscha mit der Martensen Arm in Arm – das konnte nun wirklich nicht wahr sein!
»Mensch!«, sagte ich nur und ließ mich neben Kasimir auf dem Boden nieder.
»Das ist erst zwei Monate alt.« Helma hatte das Foto umgedreht und studierte die Rückseite.
»Und was heißt das?« Ich war kurz vorm Wahnsinnigwerden.
Als Helma nicht antwortete, fragte ich sie, ob sie das Gleiche denke wie ich.
»Was denkst du denn?«
»Dass die miteinander rummachen.«
»Meinst du echt? Joscha ist ihr Geliebter?«
»Warum denn nicht? Sieht doch Klasse aus, die Frau.«
»Puh!«
Helma legte sich neben mich auf den Boden, während Kasimir weiterhin vergnügt Hubschrauber spielte.
Das war ein Schlag, der erst mal verdaut werden musste. Alles schien mir auf einmal sonnenklar. Warum Joscha sich in der Schule stets abseits hielt, wie er es immer schaffte, sich zu verkrümeln, und dann dieses eine vorgeschobene Treffen bei ihm zu Hause nach dem Italiener.
Klar, raffiniert war er! Sich bloß nicht verdächtig machen, was gäbe das für einen Skandal: Joscha Hützl als Lover einer gestandenen Frau und allein erziehenden Mutter – Verführung Minderjähriger!
»Ich halt das im Kopf nicht aus!«, sagte Helma.

»Und ich erst recht nicht!«
Kasimir robbte glückselig um uns herum und wusste nichts von all dem Bösen auf der Welt.
Plötzlich saß Helma senkrecht.
»Oh nein!«, schrie sie und biss sich auf die Finger.
Ich vermutete bei ihr eine Nervenattacke, die sämtliche normalen Funktionen außer Kraft gesetzt hatte, zögerte nicht lange und rettete Kasimir auf meinen Schoß. Helma grapschte schnell nach seinem Köpfchen, drehte es hin und her.
»Hat er Ähnlichkeit mit Joscha?«, fragte sie mit todernster Miene.
»Du spinnst!« Ich konnte nicht anders und musste lauthals lachen. »Eine Frau wie die Martensen würde niemals mit einem Babyjungen einen anderen Babyjungen machen. Joscha müsste damals grad – Moment mal ..., gerade vierzehn gewesen sein.«
»Ich bin auch vierzehn und kein Baby mehr«, sagte Helma. Es klang beleidigt.
Da hörten wir den Schlüssel in der Tür. In rasendem Tempo rafften wir den Papierkram zusammen, warfen ihn in den Sekretär und schafften es gerade noch rechtzeitig, Kasimir mit einigen »Eideideis« und »Killekilles« und »Bibbelbabbelbus« zu bombardieren. Glückstrahlend und mit roten Kinderbäckchen kam Frau Martensen ins Wohnzimmer. Sie sah tatsächlich ganz schön jung aus.
»Prima macht ihr das!«, sagte sie und nahm Kasimir auf den Arm – begeistert, als hätten wir ihm gerade erfolgreich den Dreisatz beigebracht.
Helma und ich verzogen das Gesicht zu einem gequälten Grinsen und wechselten einen viel sagenden Blick. Kein Wunder, dass

die Martensen so strahlte. Ein paar schöne Stunden beim Geliebten, das hob doch die ganze Welt aus den Angeln!

Jetzt dämmerte mir auch allmählich, warum sie uns nie erzählte, wohin sie ging. Natürlich war sie uns keine Rechenschaft schuldig, aber es war doch das Normalste von der Welt, dass man Sätze sagte wie: »Ich geh einkaufen«, oder: »Um zwei muss ich beim Job sein«, oder: »Meine Freundin hat heute Geburtstag«. Jedenfalls kannte ich das so von Mummi und Dad.

»Soll ich uns einen Milchshake machen?«

Ich stand auf und schüttelte den Kopf. »Danke, nein«, sagte ich. »Wir müssen dringend an unsere Hausaufgaben.«

»Aber jetzt sind doch bald Ferien. Läuft denn da überhaupt noch viel?«

Helma kicherte, während ich mich beeilte zu sagen, dass wir morgen einen Englischtest schreiben würden und übermorgen eine Geschichtsklausur, und Mathe sei auch bald dran.

»Wie ihr meint.«

Weg waren wir.

Draußen dackelten wir gemächlich zu unseren Fahrrädern.

»Darf ich mitkommen?«, fragte Helma.

»Wohin?«

»Du kannst mir nicht erzählen, dass du nicht doch noch hinfährst.«

Ich machte ein unbeteiligtes Gesicht. »Hast du nicht zu arbeiten?«, fragte ich sie.

»Ich arbeite an einem Aufsatz über schwarze Löcher. Und zwar nachts.« Helma stieß mich in die Seite.

»Und woher weiß ich, dass du nicht eine hundsmiserable Spionin bist?«

»Ich kann zum Beispiel schneller laufen als du.«
Das klang irgendwie überzeugend. Da war nichts zu machen – Helma hatte gewonnen.
Leider fing es auf dem Weg zur Adamsstraße derart an zu schütten, dass uns beiden fast der Spaß an unserer Aktion verging. Wir parkten unsere Fahrräder in einer kleinen Seitenstraße und ich fragte Helma, ob mir etwa rote Farbe aus den Haaren tropfe.
»Nicht die Bohne.«
Dann klärte ich sie über die Verteilung der Zimmer in der Hützl-Villa auf und schlug ihr vor, gleich zu Joschas Fenster vorzustoßen, damit wir kein unnötiges Risiko eingingen.
Als wir leise über die Pforte kletterten, sagte Helma, dass sie plötzlich Gummibeine habe und ob mir das auch so gehe.
»Nein, verdammt!«, raunzte ich sie an. Wäre mir das früher klar gewesen, hätte sie niemals mitkommen dürfen.
»Los, hier links!«
Wir schlichen uns am Rosenbeet vorbei und pirschten zu Joschas Fenster vor. Ich duckte mich, kniete mich in die matschige Erde. Von drinnen kam lautes Gezeter, das Fenster stand zum Glück auf Kipp. Trotzdem konnte man keine zusammenhängenden Sätze verstehen, der prasselnde Regen machte uns einen Strich durch die Rechnung. Mit ein paar Gesten bedeutete ich Helma, sie solle bloß da unten im Schlamm hocken bleiben, während ich mich langsam am Sims hochzog und ins Zimmer spähte. Joscha und eine ältere Frau – vermutlich seine Mutter – stritten wie die Verrückten, und während Joscha fieberhaft Klamotten in einen Rucksack schmiss, stand die Frau im Türrahmen und zerknüllte ein Taschentuch.

»... lass mir nichts vorschreiben ...«, war das Einzige, was ich aus Joschas Mund vernehmen konnte.
Ich ließ mir ja auch nichts von Mummi und Dad vorschreiben, aber machte ich deshalb gleich so einen Riesenaufstand?
Andererseits – vielleicht hatte seine Mutter die Martensen-Geschichte rausgekriegt. Da war es allerdings kein Wunder, wenn sie ausrastete.
Mensch, Joscha! Warum bist du bloß so blöd und weißt nicht, wie wahre Liebe aussieht! Die Martensen ist hübsch und nett, aber doch keine Freundin für dich. Ich starrte ihn durch die Scheibe an, sah seine Knopfaugen und seinen Teddybärenfellkopf, und dann geschah etwas Seltsames: Als wäre ich völlig von Sinnen, schnellte ich hoch, stand also direkt vorm Fenster, doch das Komische war, ich merkte es nicht.
»Pauline!«, zischte Helma und zog mich runter – aber zu spät. Joscha war schon zum Fenster gelaufen, und während er es aufriss, rannten wir wie die Teufel davon. Unverständliche Worte flogen uns nach.
Wir liefen zu unseren Fahrrädern, fuhren im Höllentempo um ein paar Ecken.
Irgendwann sprang Helma abrupt vom Rad.
»Du bist total bescheuert!«, schrie sie.
Ich sagte nichts und hielt nur mein Knie, mit dem ich gegen die Gartenpforte gestoßen war.
»Du hast eine absolute Meise!« Helma rannte im Kreis und trat gegen meinen Gepäckträger.
Recht hatte sie und ich konnte ihr nicht mal erklären, welcher Hanswurst mich da geritten hatte.
»Und wenn er uns erkannt hat?«

»Hm«, machte ich und merkte, wie sich ein dicker Heulkloß in meinem Hals breit machte. Bestimmt hatte er uns erkannt. Auch wenn meine Haare neuerdings so rot wie ein Feuermelder waren.

»Und du willst eine gute Spionin sein!«

Da fing ich an zu weinen. Es war, als würde der ganze Frust meiner verkorksten Liebe in einem einzigen Schwall aus mir herausschwappen. Alles, was mich noch Minuten zuvor hatte cool sein lassen, floss mit raus und machte mich zu einem mickrigen Häufchen Elend. Das war doch nicht mehr ich! Eher eine Helma in ihren schlechtesten Zeiten. Ich heulte und heulte und wunderte mich, dass ich gar nicht so stark und unfehlbar war, wie ich bislang immer gedacht hatte. Und wenn man's genau nahm, konnte ich mir eigentlich meine ganze Überheblichkeit an meine rot geheulte Nase stecken, die im Übrigen bestimmt wunderbar zu meiner neuen Haarfarbe passte.

Wir schoben unsere Räder ein paar Meter weiter. Ein leichter Nieselregen nebelte uns ein, und mir kam das erste Mal seit langem in den Sinn, dass es irgendwann wieder Herbst werden würde. Durchweichte Ledersohlen und Erkältungen – eigentlich ging's mir momentan doch noch ganz gut. Also hörte ich mit dem Weinen auf. Ich konnte es sowieso nicht ertragen, Helma so ratlos zu sehen.

Wir trennten uns mit einem »Tschüs« und »Bis morgen«, und wie es Helmas Art war, polterte sie mit dem Fahrrad den Bordstein hoch, als würden ihre Reifen diese Behandlung geradezu lieben. Ich guckte ihr noch eine Weile nach, sah, wie sie im Haus verschwand, dann wuchtete ich mein Fahrrad in den Keller.

Mummi deckte gerade im Esszimmer den Tisch, als ich reinkam.

Sie trug ein neues, wild afrikanisch gemustertes Ensemble und hatte ziemlich gute Laune.
»He, Madame! Was ist denn mit dir passiert?«, erkundigte sie sich fröhlich.
Ehrlich gesagt wusste ich im ersten Moment gar nicht, was sie meinte. Aber als sie davon anfing, dass meine Haarfarbe geradezu genial zu dem neuen roten Hängerkleidchen passe, das sie in der Kollektion irgendeines XY-Designers entdeckt habe, fiel es mir ein. Ich sah nicht mehr aus wie Pauline von heute Morgen und schon gar nicht mehr wie Pauline von gestern. Immerhin war ich froh, dass Mummi mich ausnahmsweise mal nicht für übergeschnappt hielt.
»Lust auf Antipasti?«, fragte sie. »Ich bin vorhin beim Italiener vorbeigefahren.«
»Nö«, maulte ich. Lieber wollte ich mir ein Mettwurstbrot machen und mich damit faul vor den Fernseher lümmeln.
»Komm schon. Sei keine Spielverderberin.«
»Na gut.« Ich fragte mich zwar, seit wann Essen ein Spiel sein sollte, aber es war ja nichts Neues, dass die Erwachsenen manchmal die abstrusesten Gedanken hatten. Netter hätte ich es gefunden, wenn meine Eltern mal auf die Idee gekommen wären, nach dem Essen den Tisch abzuräumen oder Kartoffeln mit Quark zu kochen, doch das war ihnen vermutlich viel zu primitiv. Aber okay – ich will nicht jammern. Ich hatte an diesem Abend keinen Grund zu jammern.
Denn – oh Wunder – eine funkelnagelneue Kamera lag auf meinem Teller, und da waren mir die Antipasti doch piepegal!

Ich habe nie begriffen, was es für einen Sinn machen soll, heimlich mit der Taschenlampe unter der Bettdecke zu lesen. Ich meine, sobald die Eltern in ihrem Schlafzimmer verschwunden sind, kann man das Licht doch wieder anknipsen und getrost weiterlesen – kriegt sowieso keiner mit. Schwieriger ist es schon, wenn man wie ich von einer Art Fotografiersucht befallen ist und diesem Drang mitten in der Nacht nachgeben muss. Das Fatale am Knipsen ist nämlich, dass es nicht ganz ohne Geräusche abgeht, und wenn man hellhörige Wände hat und die Eltern auch noch auf die glorreiche Idee gekommen sind, in einer eigentlich großen Wohnung die Schlafzimmer Wand an Wand zu legen, dann muss man davon ausgehen, dass sie so einiges mitkriegen und irgendwann zu später Stunde zu stänkern anfangen.

Also, ich finde es überhaupt ein starkes Stück, dass Eltern einen nicht dann arbeiten lassen, wenn man es selbst für richtig hält. Abgesehen davon, dass es das wohl wert ist, einen Vormittag lang müde in der Schule rumzuhängen, wenn man in der Nacht zuvor die absoluten Wahnsinnsfotos gemacht hat.

Genau das hatte ich jedenfalls vor. Nachdem ich etwa zwei Stunden gebraucht hatte, um mit der neuen Technik klarzukommen, ging ich ans Werk.

Wenn ich früher in erster Linie leblose Dinge geknipst hatte, so war ich seit meiner Bauchnabelaktion ganz wild darauf, mich selbst vor die Linse zu kriegen, lebendige Dinge zu fotografieren, um sie hinterher in der Vergrößerung leblos aussehen zu lassen. Hierfür kamen in Frage: meine Fingerkuppen, meine

Nägel (an die Martensen-Nägel traute ich mich doch nicht ran), meine Füße, Haare auf dem Arm, Helmas Nase (würde ich nachholen) und so weiter, und so fort.
Ich fing also an zu knipsen, ich ackerte und ackerte, und dann kam plötzlich der Moment, wo Dad reinschneite und mir mitteilte, er fühle sich durch das Wechseln der Filme akustisch belästigt. Also gut, machte ich das Licht aus und versuchte mich die restlichen paar Stunden bis zum Weckerklingeln einfach mental auf meine fotografische Karriere einzustellen. Es ging nicht. Ich hatte leider Joscha im Kopf und überdies die fixe Idee, er könnte uns erkannt haben.
Am nächsten Morgen um acht war ich dann derart mit den Nerven runter, dass ich Helma überreden wollte, die Schule zu schwänzen.
»Feigling«, sagte sie.
Und ich sagte, schließlich hätten wir doch heute wieder unseren Pantomimekurs.
Das wirkte halbwegs. Helma kniff die Lippen zusammen, sodass sie wie eine Mischung aus Reptil und Kindergärtnerin aussah.
»Wir können ja nach der Vierten abhauen«, schlug sie vor.
»Entweder – oder.« Das war mein letztes Wort.
Helma druckste eine Weile rum, meinte dann, es sei nicht so einfach, Tom eine Entschuldigung zu entlocken. Das sah ich ein. Zumal ich nach dieser Nacht mit Sicherheit die gleichen Schwierigkeiten haben würde. Mummi hatte mir meine Kopf- und Regelschmerzen neulich schon nicht abgenommen. Also gingen wir zähneklappernd in die Schule.
Mir wurde ganz komisch, als wir in die Klasse kamen. Ich sah Joschas Rücken an und das Komische verteilte sich bis in meine

vom Regen aufgeweichten Turnschuhe. Er drehte sich nicht um – immerhin.

In der Ersten hatten wir Englisch. Die Makkaroni kam in einem wallenden tomatensoßenroten Gewand ins Klassenzimmer gerauscht und orderte mich, wahrscheinlich weil ich sie am nettesten von uns allen ansah, zum Tafelabwischen nach vorne. Als ich aufstand, hörte ich ein paar von uns kichern – natürlich kamen auch die unvermeidlichen Kommentare zu meinen leuchtenden Zöpfen –, aber ich dachte nur daran, dass Joscha mich jetzt höchstwahrscheinlich im Visier hatte. Ich überlegte, wie wohl mein Hintern aussah und warum ich heute nicht mein knielanges Verhüllungssweatshirt trug.

Solche idiotischen Gedankensplitter hüpften durch meinen Kopf, und die säuerlichen Ausdünstungen des Schwamms stiegen mir in die Nase. Als ich fertig war, drehte ich mich hektisch um, riskierte einen Blick auf Joscha. Der guckte einfach durch mich hindurch.

Mit Gummibeinen ging ich an meinen Platz.

Ich überlebte die Stunde. Einmal kam ich mit Vorlesen dran, was mir einigermaßen prächtig gelang, zweimal wusste ich als Einzige eine Vokabel. In der Pause stand ich dann wieder mit zittrigen Beinen im Hof – Helma vertilgte schmatzend ihr Brot – und fürchtete, Joscha könnte angeschossen kommen und mich beziehungsweise uns zur Schnecke machen.

»Der ist viel zu feige«, meinte Helma und ich wunderte mich über ihre Coolness. »Vielleicht hat er uns nicht erkannt.«

Ich hatte keine Lust auf Spekulationen, mein Herz flirrte. Und als Joscha nach dem Klingeln dicht an uns vorbeispazierte, stand es still.

Keine Reaktion. Nicht mal eine Zehntelsekunde lang streifte uns sein Blick. Joscha tat gelangweilt, dickfellig und abgebrüht. So ging das den ganzen Tag. Bis zur Pantomimestunde …

Wir mit den Jungs und unserer Turnlady in der Halle, Helma und ich abseits, Joscha saß im Gerätebereich auf einem Kasten und ließ lässig die Beine runterbaumeln. Heute stand Gruppenarbeit auf dem Plan. Die Helmbrecht sagte, sie wolle die Teams beliebig zusammenwürfeln, jeweils zwei Jungs und zwei Mädchen, und dann solle die Gruppe überlegen, wie die gewählten Begriffe zusammenhingen und ob man daraus eine sinnvolle Pantomime entwickeln könne.

Sinnvoll! Das Wort klang aus ihrem Mund wie eine Drohung. Sinnvoll, pah!

Alles, was man tat, musste sinnvoll sein. Klar war es sinnvoll, wenn ich mir in der Schule den Po lahm hockte, zu Hause sinnvolle Hausaufgaben sinnig durchdachte und wenn ich mich im Pantomimekurs in einen sinnvollen Fotoapparat verwandelte.

Helma und ich drängten uns also aneinander und hofften, dass die Rechnung irgendwie nicht aufgehen und wir als Einzige übrig bleiben würden – ich hatte wirklich nicht die geringste Lust, mich mit zwei Idioten aus unserer Klasse sinnvoll pantomimisch auseinander zu setzen.

Alles schien glatt zu laufen. Die Helmbrecht teilte ein und teilte ein und wir drückten uns hinter dem dicken Moritz rum, der eine gute Deckung abgab. Hauptsache, sie würde uns nicht auseinander reißen!

Obwohl uns dieser schreckliche Schreck erspart blieb, lauerte in der Halle ein anderer Schreck auf uns. Ein Hyperschreck sozusagen! Da all unsere Klassenkameraden offensichtlich heiß

darauf waren, sinnvoll herumzuhampeln, blieben Helma und ich und der dicke Moritz (und natürlich Joscha, der immer noch auf seinem Kasten saß) als Einzige übrig.
Hätte Helma nur auf mich gehört und mit mir den ganzen Tag sausen lassen! So waren wir plötzlich eine Gruppe – die absolute Supergruppe, wie ich fand: Moritz, der sich sowieso nicht bewegen konnte und nur blöde Witze riss, Joscha, verstockt wie eh und je (immerhin kam er von seinem Kasten runter), Helma und ich, rotgesichtig und verliebt und voller Angst, dass Joscha eine Anspielung machen würde.
Volltreffer!
Ich drehte mich nach Helma um, die aussah, als wäre sie vor tausend Jahren einbalsamiert worden und heute durch einen dummen Zufall aufgewacht. Derweil kaute ich auf meinen roten Zöpfen rum und überlegte verzweifelt, welchen Gegenstand ich nun eigentlich darstellen wollte. Warum konnte ich nicht einfach ohnmächtig umfallen? Oder wenigstens unvermutet weggebeamt werden! Warum kam nicht meine Mummi in die Halle gerannt, um mich mit irgendeinem neuen Fummel zu beglücken? Wir standen ziemlich bedeppert und ziemlich unkommunikativ und ziemlich voneinander abgewendet herum, nur Moritz plapperte in einer Tour.
»He, Leute!«, kreischte er. »Schlechte Laune? Also, ich geb doch einen super Schokokuss ab!« Dann fing er brüllend an zu lachen und klopfte Joscha derart kräftig auf die Schulter, dass der einen Meter von uns wegtaumelte.
Der reinste Horror! Zumal Moritz sich bemüßigt fühlte, uns fortwährend zu unterhalten.
»Kennt ihr den schon: Warum dürfen Blondinen keine Mittags-

pause machen?«, fragte er mit Blick auf Helmas blonden Pferdeschwanz. »Weil man sie danach neu einarbeiten muss.«
Haha, lach, lach! Joscha grinste vielleicht eine tausendstel Sekunde lang, und ich empfand es geradezu als Erlösung, die Helmbrecht auf uns zusteuern zu sehen.
»Nun mal schnell! Wer stellt hier was dar?«
»Ich bin ein Schokokuss.« Moritz sagte es triumphierend, als hätte er gerade den Friedensnobelpreis erhalten. Helma und ich kniffen die Lippen zusammen.
»Und du, Helma?«
»Ich . . .«, stotterte sie, brach dann ab und betrachtete ihre Turnschuhe.
»Stern«, flüsterte ich ihr zu.
»Ich bin ein Stern«, sagte Helma, während Moritz und Joscha sich vor Lachen fast in die Hosen machten.
»Das ist nicht komisch«, meinte die Helmbrecht. »Ich finde das eine sehr schöne Idee.«
Dann kam ich dran. Ich war der Ansicht, dass dies sowieso eine Vorstellung war, die auf den Sondermüll gehörte, und sagte ganz spontan, ich würde einen Bauchnabel darstellen.
Wieder grölten die Jungs, aber es perlte merkwürdigerweise wie eingeschlafene Brause an mir ab.
Die Helmbrecht schien die Bauchnabelsache allerdings nicht gut zu heißen – dabei hatte sie doch gesagt, jeder Gegenstand komme in Frage. Sie nickte nur knapp und ging dann zu Joscha über, der auf ihre penetrante Fragerei hin verstockt mit den Schultern zuckte.
»Der gäbe ’ne tolle saure Gurke ab«, meinte Moritz und wollte sich wieder vor Lachen ausschütten.

Joscha schoss einen kleinen bösen Blick auf Moritz ab und verkündete dann feierlich, er sei ein Kondom.
»Ach ja?« Frau Helmbrecht sah Joscha entnervt an. »Na gut. Dann überlegt euch jetzt mal einen Zusammenhang zwischen den Begriffen.« Weg war sie.
Stern, Bauchnabel, Schokokuss, Kondom – das war doch nicht zum Aushalten und Joscha im Übrigen auch nicht! Wochenlang spielte er in der Schule den Taubstummen, und wenn's drauf ankam, markierte er den Helden.
Kondom! Wie überaus originell! Der sprühte ja vor Witz, der Junge! Merkwürdig, aber auf einmal war es, als wäre der Joscha-verzaubert-alle-Mädchen-dieser-Welt-Bann gebrochen.
Er stand vor uns in der Halle mit unverändert süßen Teddybärenaugen, ein bisschen schlaksig, und dünne Handgelenke ragten aus seinem Sweatshirt. Doch irgendwie war er nicht mehr der unerreichbare Joscha-Traum, und ich hatte ein bisschen Mitleid mit ihm. Das war es auch, was mir die Sprache zurückgab.
»Also los!«, sagte ich und guckte Joscha in die Augen, wie ich es früher nie hingekriegt hätte.
»Etwa ich?« Joscha klang gar nicht mehr nach Mann von Welt.
Ich kleb dir schon keine, dachte ich – was bist du nur für ein Würstchen!
Da Joscha stumm blieb, schaltete sich Moritz ein.
»Also«, meinte er, »ich würde mal sagen …«
»Sag's doch einfach, und sag uns nicht, was du sagen würdest«, sagte ich und hatte immer mehr das Gefühl, als würde ich gleich abheben und mit meinem neuen Selbstbewusstsein zum Mond fliegen.

»Hehe, Lady! Nicht so frech!«
»Pah!«, machte ich nur und blickte zu Joscha, der gerade den Mund aufmachen wollte.
»Ich . . .«, fing er an, aber da platzte Moritz dazwischen und meinte, das Kondom könne sich in den Schokokuss verlieben und auf dem Bauchnabel zum Stern düsen.
»Ich will mich aber nicht in dich verlieben«, meckerte Joscha, was nun mich dazu brachte, fast einen Lachkrampf zu kriegen. Helma stand neben mir und hatte ihr Lieblings-Kalkeimer-Gesicht aufgelegt. Ich fand es wirklich an der Zeit, dass sie auch mal Farbe bekannte, statt mich hier allein mit den beiden Deppen hängen zu lassen.
»Und du?«, fragte ich sie.
»Mir egal«, sagte sie.
»Wir müssen jetzt aber was auf die Reihe kriegen«, hörte ich mich sagen und ärgerte mich gleichzeitig, dass ich nur aus reiner Verlegenheit so ein Geschwätz zustande brachte.
Mir war nämlich schleierhaft, wie wir unsere merkwürdige Gruppe auf einen Nenner bringen sollten. Vielleicht tanzten der Stern und der Bauchnabel ein Menuett, während das Kondom den Schokokuss verspeiste? Oder der Bauchnabel zog sich das Kondom über den Kopf, weil der Stern gerade vom Himmel fiel, um den Schokokuss zu zermanschen? Oder die Stunde ging mit unserem Gelaber ganz schnell rum und dann war meine einzige Chance, die ich jemals mit Joscha gehabt hatte, zum Stern geflogen – auf Nimmerwiedersehen!
Verstohlen schaute ich auf die Uhr. Noch knapp fünfzehn Minuten hatten wir zu überleben. Keiner von uns sagte einen Ton. Selbst Moritz hatte seine Witzereißerei aufgegeben, kramte

eine Haribotüte aus seiner verbeulten Jogginghosentasche und fing an, den bunten Süßkram in sich reinzustopfen.
Das ging eine ganze Weile so, bis die Helmbrecht wieder bei uns war und uns fragte, auf welche Ideen wir gekommen seien.
Ich betrachtete mit größtem Interesse den Schwebebalken im Gerätebereich und überließ es diesmal den anderen, den Mund aufzumachen.
Als keiner von uns etwas sagte, schlug Frau Helmbrecht vor, wir sollten uns entweder neue Begriffe ausdenken oder wie die anderen einfach mit der Improvisation anfangen.
Ich sah mich um und mir wurde fast übel: überall zappelnde Menschen. Die kleine Ulla spielte den lautlosen Urschrei und Anne-Marie stellte genau das dar, was sie war – eine Fleisch fressende Pflanze. Sie schlängelte sich quer durch die Halle und machte dazu kauende Mundbewegungen. Zu solchen Aktionen hatte ich nun wirklich keine Lust; ich wollte nur, dass diese unsägliche Veranstaltung ein Ende nahm.
»Wir improvisieren«, beschloss Moritz, verstaute die Haribotüte in seiner Jogginghose und ließ sich auf den Boden fallen, wo er sich, verzückt grinsend, hin und her rollte.
»Sehr schön«, meinte Frau Helmbrecht allen Ernstes und dampfte wieder ab.
Ich flüsterte Helma zu, wir würden jetzt so tun, als seien wir Stern und Bauchnabel.
Dann zwang ich sie, sich mit mir auf den Bauch zu legen und den Gummiboden im Einzelnen zu studieren.
»Wir meditieren eben über das Thema ›Ein Stern und ein Bauchnabel‹«, sagte ich, worauf Helma ihrerseits irrsinnig zu kichern anfing.

Ich stieß sie in die Seite. Joscha saß im Schneidersitz auf dem Boden, reckte beide Arme nach oben und wand sich wie eine Schlange hin und her. Nicht zu fassen! Irgendwie musste ihm die Hampelmannrolle schon beim letzten Mal gefallen haben. Moritz robbte auf ihn zu und fragte ihn, wie man sich denn als Kondom fühle.

»Ziemlich gummimäßig«, meinte Joscha. »Und so dehnbar. Aber ein bisschen zieht's in den Beinen.«

»Der knallt jetzt völlig durch«, raunte ich Helma zu.

Moritz schien das nicht zu finden, wollte plötzlich eine ernsthafte Kondomdiskussion mit Joscha führen. So nach dem Motto, Joscha scheine da ja einige Erfahrungen zu haben. Ich bekam Riesenohren. Vielleicht war mal so ein Ding geplatzt und seitdem hatte Joscha ein derartiges Kondomtrauma, dass er gar nicht anders konnte als sich wie eins zu fühlen.

»Sind nicht so geil, die Dinger«, hörte ich ihn sagen. »Dieser Gummigeruch tötet selbst die Fliegen an der Wand.«

Moritz blähte beide Backen auf, brach dann in johlendes Gelächter aus und haute Joscha mit seinen Pranken auf die Schulter. Ich betete zum Himmel, dass die Turnhallenuhr endlich Mitleid mit mir haben möge.

Hatte sie dann auch irgendwann. Ohne mich noch einmal nach Joscha umzudrehen, machte ich, dass ich aus der Halle kam.

»Unfassbar«, murmelte Helma beim Umziehen.

»Unfassbar blöd, dieser Typ«, ergänzte ich.

Helma nickte und ich fragte mich, ob jetzt meine Gefühle für ihn abgestorben waren.

Ich glaube, Helma und ich hatten beide keine Lust, den Fall weiterzudiskutieren, jedenfalls schwiegen wir auf der Heimfahrt.

Und auch, als wir uns mit Tom Spiegeleier brieten, fuhren wir nicht unsere Sonntagsgesichter aus.
Tom mit seinen Superantennen wollte natürlich wissen, was los sei. So kurz vor den Ferien hätten wir doch eigentlich allen Grund zum Jubeln.
»Jubel du mal, wenn die schillerndste Seifenblase deines Lebens zerplatzt«, sagte ich.
»Jetzt bin ich aber neugierig.«
Ich erzählte kurz die Joscha-Geschichte, ließ allerdings Helmas Begeisterung für den kondomversierten Angeber aus. Ich wusste ja, dass sie sich im Bekennen ihrer Gefühle lieber zurückhielt. Möglich, dass ihr ein derartiges Outing peinlich gewesen wäre.
»Vielleicht ist Joscha gar nicht so blöd, sondern nur unsicher«, meinte Tom.
»Unsicher? Warum?«, fragte Helma.
»Na ja, mit euch beiden Mädchen plötzlich in so einer Gruppe. Und dann noch Pantomime! Ich hätte es früher schrecklich gefunden, mich vor irgendwelchen Mädchen ›kreativ‹ bewegen zu müssem.«
Hm. Darauf wäre ich nicht gekommen, echt nicht. Aber selbst wenn es so war, fand ich es trotzdem blöd von ihm, sich als Kondom zu verkaufen.
»Redet doch mal mit ihm. Ihr scheint ihn ja überhaupt nicht zu kennen.«
»Wie denn? Der spielt doch immer nur Eisblock.«
»Und ihr?«
»Ich rede nicht mit einem, der nicht mit mir redet«, meinte ich schnell.

»Siehst du! Vielleicht denkt Joscha genau wie ihr. Redet ja keiner mit mir! Was soll ich mich da groß anstrengen!«
»Joscha hat 'ne dreißigjährige Geliebte«, platzte jetzt Helma raus. »Wahrscheinlich ist er sogar Vater.«
»Und woher wisst ihr das?«, fragte Tom.
»Weil du uns zufällig bei seiner Geliebten einen Job besorgt hast und er dort ständig unangemeldet auftaucht.«
»Annegrets Freundin? Unmöglich!« Tom sah aus, als hätte man ihm gerade verklickert, dass Franz ein Radieschen ehelichen wolle. »Habt ihr Joscha gefragt?«
Wir schüttelten etwas verlegen den Kopf.
»Na also!« Tom lachte. »Es gibt tausendundeinen Grund, warum man bei irgendwelchen Menschen auftaucht. Da muss man doch nicht gleich gemeinsam Kinder produzieren.«
Damit ging er aus der Küche.
Helma und ich saßen belämmert da. Vielleicht hatte Tom Recht und unsere Phantasie war in unserer Verliebtheit mit uns durchgegangen.
Ich stand schnell auf und kratzte hektisch die angeklebten Eireste aus der Pfanne. In meinem Kopf war nur noch Chaos angesagt. Joscha ist ein Idiot!, schrien die Zellen der rechten Gehirnhälfte, während die Zellen auf der anderen Seite mich daran erinnerten, was für schöne Augen er hatte. Mist! Trotzdem – Joscha war und blieb ein Blödmann.
Bevor wir zur Martensen fuhren, schmiss ich in einer Vernichtungsaktion alle Fotos weg, auf denen Joscha pünktchengroß zu sehen war. Vom fotografischen Standpunkt aus taugten sie sowieso nichts. Komisch, wie schnell man Gefühle wegschmeißen konnte – als wären sie eine Tüte ranziger Kartoffelchips.

Zum Glück schlief Kasimir wie ein Engel, als Helma und ich ankamen, und wir hatten nichts weiter zu tun, als uns in die Küche zu setzen und dafür zu sorgen, dass unsere Spiegeleier im Magen Gesellschaft bekamen. Wir waren gerade so richtig herrlich am Mampfen – Camembert auf Weißbrot –, als es an der Tür klingelte.
»Das Kondom«, sagte Helma und legte ihr Messer in einer Art hin, wie es normalerweise Roboter tun.
»Glaub ich nicht. Und wenn schon! Ist mir egal.«
Ich stand auf und öffnete die Tür. Joscha.
»Was willst du hier?«, fragte ich cool. Ich merkte, wie Helma auf den Flur geschlichen kam.
»Nicht schon wieder ihr Nervensägen!«
Joscha fasste sich an den Kopf, als wäre er einer Ohnmacht nahe, was ich ziemlich unverschämt fand.
»Deine Tussi ist nicht da«, sagte ich, die Patzigkeit in Person.
Joscha glotzte jetzt wie ein leibhaftiger Weihnachtskarpfen im Hochsommer.
»Ihr nervt total, wisst ihr das!« Er drängte sich an uns vorbei und stürmte ins Wohnzimmer.
»Hör mal, du kannst hier nicht so einfach rein.« Ich lief hinter ihm her und rannte dabei fast Helma über den Haufen.
»Kann ich wohl.« Er ging schnurstracks zum Sekretär, öffnete ihn und wühlte darin herum. »Wenn ihr in meinem Garten rumkriechen könnt, kann ich das hier schon lange.«
Mein Blut schwappte in einem Rutsch in die Füße.
»Was hattet ihr da eigentlich zu suchen?« Er packte so plötzlich den Kragen meiner Bluse, dass ich jetzt diejenige war, die fast in Ohnmacht fiel.

Er ließ mich aber gleich wieder los.
»Ich, ich meine, wir waren auf Motivsuche ..., für einen Film.«
»Ach, du drehst Filme?« Joscha wollte sich kaputtlachen. »Find ich wirklich genial. Der Bauchnabel dreht einen Film!«
»Mein Vater ist bei einer Filmfirma«, sagte ich schnell, um noch zu retten, was zu retten war.
»Und mein Vater ist der König von Schleswig-Holstein.« Joscha wühlte weiter in dem Sekretär, Zettel und Fotos und Schreiben purzelten auf den Boden.
Ich fand, das ging wirklich zu weit. Selbst wenn Joscha hier als Lover ein und aus ging, hatte er bestimmt nicht das Recht, in Frau Martensens Sachen zu wühlen. (Dass wir das Gleiche getan hatten, war natürlich und selbstverständlich und überhaupt etwas völlig anderes.)
»Du lässt das jetzt mal sein«, schnauzte ich Joscha an. »Das ist nicht dein Schreibtisch.«
Joscha ging auf die Knie, flöhte den Haufen noch einmal durch, grapschte sich ein Foto mit einem schielenden Dackel drauf und rannte zur Tür. Ich hinterher. Wie durch eine Mauer hörte ich Kasimir brüllen und packte Joscha am Ärmel.
»Zicke!«, brüllte er und riss sich los.
Dann hastete er die Treppe hinunter.
Jetzt passierte alles gleichzeitig: Ein Poltern, ein Schrei, Kasimir brüllte, ich stürzte die Treppe runter, Joscha lag auf dem Absatz im ersten Stock, wimmerte und hielt sich den Fuß. Als ich mich neben ihn hockte, sah ich, dass ihm Tränen in die Augen schossen.
»Meinst du, er ist gebrochen?«, fragte ich.
»Keine Ahnung. Tut sauweh.«

»Ich geh schnell einen Arzt rufen«, sagte ich und richtete mich wieder auf.
»Wehe!« Joscha schrie dieses eine Wort so laut raus, dass ich einen Mordsschreck kriegte. Unter Stöhnen rappelte er sich hoch und krallte sich am Geländer fest. Dann hopste er auf einem Bein eine Stufe runter.
»Wo willst du hin?«
Er antwortete nicht, nahm die nächste Stufe in Angriff.
»Hör mal, du kannst doch so nicht auf die Straße.«
»Ich kann alles, was ich will.«
Idiot, dachte ich nur und verstellte ihm den Weg.
Joscha sah mich feindselig an.
»Kannst du nicht endlich aus meinem Leben verschwinden? Warum mischst du dich bloß in alles ein?«
Ich schluckte zweimal. Immerhin hatte ich Joscha heute Morgen noch geliebt, und so was ließ ich mir nicht gern sagen.
»Dann geh von mir aus dahin, wo die Kondome wachsen«, sagte ich ganz ruhig, drehte mich auf dem Absatz um und lief nach oben. Joscha war wirklich ein Oberarsch, dem einfach nicht zu helfen war.
Helma versuchte immer noch, Kasimir ruhig zu kriegen, was ihr trotz Fernseher nicht gelang. Ich musste erst mal kurz heulen, bevor ich ihr berichtete, was vorgefallen war.
»Komisch, die Sache mit dem Foto«, meinte Helma und tätschelte Kasimirs Specknacken. »Wozu um Himmels willen braucht er dieses Dackelfoto?«
Ich zuckte mit den Schultern. Joscha war eben ein Idiot mit sieben Siegeln.
Kurz darauf klingelte es wieder an der Tür. Ich linste durch den

Spion – niemand zu sehen. Als ich öffnete, hörte ich Joscha von unten rufen.
»Ich glaube, ich spinne«, sagte ich zu Helma und rannte die Treppe in einem Affenzahn runter.
Unten stand Joscha storchenmäßig auf einem Bein und machte ein jämmerliches Gesicht.
»Ist was?«, fragte ich ziemlich kühl. »Noch ein Dackelfoto vergessen?«
»Nicht direkt.«
»Was denn?«
Ich kam mir vor wie die männermordende Diva in irgendeinem Hollywood-Schinken.
»Ich kann nicht auftreten!«, jammerte ein Joscha, der kleiner als ein Gummibär war.
»Und was hab ich damit zu tun?«
»Kann ich kurz mit dir reden?«
Ich nickte teilnahmslos, während mein Herz durchdrehte. »Oben? Hier?«
»Hör mal, ich kann mit diesem Fuß nicht weiter und ich will da auch nicht rauf.« Joscha drängte mich zu den Briefkästen.
»Wieso nicht?«
»Kann ich dir nicht sagen.« Er stand jetzt so dicht vor mir, dass ich seinen Atem auf meinem Gesicht spürte. »Kennst du irgendjemanden, bei dem ich für ein paar Tage unterkommen kann?«
»Ich glaube, ich versteh nicht.«
Fast hätte ich gesagt, er schlafe doch sonst auch in diesem netten Einfamilienhaus mit hübscher Wohnzimmergarnitur und was ihn denn plötzlich daran störe.

Stattdessen fragte ich, warum er sich nicht einfach ein Taxi nehme und nach Hause fahre.
»Kannst du dichthalten?«
»Und was ist mit Helma?«
»Okay, aber nur Helma. Keine Dritten.«
»Gebongt.« Ich hob zwei Finger zum Schwur.
»Ich gehe nicht nach Hause zurück, weil ich abgehauen bin.«
Ich schluckte. Vielleicht deshalb das Gezeter mit seiner Mutter neulich.
»Und was willst du hier, wenn du eigentlich am Abhauen bist?«
»Was holen eben.«
Ach so. Klang wirklich logisch und durchdacht. Um abzuhauen brauchte Joscha natürlich ein Dackelfoto seiner Geliebten, schon klar.
Ich schaute ihn an, meinen Paprikahelden, aber er erwiderte meinen Blick nicht. Es war alles so wirr und seltsam, und Joscha war überdies eine Kanone im Idiotischsein, und trotzdem hatte ich das blöde Gefühl, dass ich ihm irgendwie helfen musste. Solche Momente kamen bestimmt nicht oft im Leben: dass man keine andere Wahl hat, als sich auf die Seite eines Menschen zu schlagen, obwohl man ihn eigentlich bereits abgehakt hat.
In meinem Kopf ratterte es. Unmöglich, Joscha bei uns zu Hause zu verstecken. Da würden Mummi und Dad nie mitspielen. Andererseits – so wie die mit sich selbst beschäftigt waren, würden sie es vielleicht nicht mal mitkriegen, wenn ein Junge über ihren Flur humpelte und seine Zahnbürste in meinen Becher steckte. Trotzdem nein. Und Tom und Franz? Die waren doch um einiges härter im Nehmen.
»Moment mal«, sagte ich und raste die Treppe rauf.

Helma saß unverändert mit Kasimir auf dem Fußboden. Ich klärte sie kurz über den Sachverhalt auf und fragte sie, ob wir Joscha nicht bei ihr zu Hause unterbringen könnten.
»Wie stellst du dir das vor?«
»Im Schrankzimmer.«
»Tom und Franz würden doch sofort Joschas Eltern anrufen.«
»Wäre zumindest einen Versuch wert.«
»Aber die Martensen ...«
»Eine von uns muss natürlich jetzt gleich mit ihm hinfahren.«
Mensch, war Helma manchmal schwer von Begriff. »Ich oder du?«, fragte ich.
»Du.«
Ich nickte, und bevor ich wieder die Treppe runterrannte, beauftragte ich Helma, ein Taxi zu rufen.
»Wir fahren zu Helma«, sagte ich unten zu Joscha, ohne auch nur einen Funken Schiss im Magen zu fühlen. »Hast du Geld für ein Taxi?«
Joscha wühlte aus seiner zerbeulten Hosentasche einen Zwanzigmarkschein. »In meinem Rucksack ist auch noch was.«
»Das reicht schon.«
Stumm warteten wir die fünf Minuten, bis das Taxi kam. Irgendwie hatte ich gehofft, dass Joscha langsam mal mit der Sprache rausrücken würde, aber offensichtlich war er immer noch nicht aus seinem Schweigeorden ausgetreten.
Im Taxi puffte ich ihn in die Seite. Er guckte mich mit traurigen Augen an. Seine Mundwinkel hatte er nach unten gezogen.
»Und?«, fragte ich leise.
»Was?«, gab er genauso leise zurück.
»Musst schon sagen, was los ist.«

»Mädchen plappern doch immer alles aus.«
Ich drehte mich beleidigt weg und schaute angestrengt aus dem Fenster. Wenn das seine Meinung war, konnte er mir eigentlich gestohlen bleiben.
»Dann mach doch mit Moritz gemeinsame Sache und nicht mit uns«, sagte ich zu den vorbeifliegenden Häusern.
»Sorry.«
Jetzt kriegte ich einen Knuff von Joscha in die Seite – es fühlte sich an, als hätte er mich unter einem romantischen Sternenhimmel geküsst.
»Wir fahren jetzt tatsächlich zu Helma?«
»Zu Helmas Vater und seinem Freund«, sagte ich und schielte Joscha an, der starrgesichtig seine Hände ineinander krallte.
»Muss das sein?«, fragte er.
»Hast du 'ne bessere Idee?«
»Verpfeifen die mich nicht?«
Ich schüttelte den Kopf, ohne wirklich sicher zu sein. Zwar hielt ich Tom und Franz nicht für Menschen, die nur auf Regeln bestanden, um eben auf Regeln zu bestehen. Andererseits würde ich es verstehen, wenn sie Joschas Eltern informierten. Unter uns gesagt fand ich seine Abhau-Idee ziemlich kindisch – Joscha war doch nicht mehr zwölf.
Doch natürlich hielt ich meine Klappe. Erst mal musste ich rauskriegen, was Sache war, und das ging offensichtlich nicht mit Druck.
Also stützte ich mich ganz cool auf die Armlehne und schaute weiterhin nach draußen. Joscha ruckelte neben mir unruhig hin und her. Dann beugte er sich zu mir rüber und fragte mich wieder im Flüsterton, was ich denn von ihm wissen wolle.

»Warum du abhaust.«
»Ich halts in diesem Knast nicht mehr aus.«
»Knast?«
»Ja, bei mir zu Hause«, sagte Joscha patzig.
»Warum nicht?«
»Die lassen mich nie in Ruhe. Wollen mir immer ihren konservativen Scheiß aufzwingen. Schule, Abitur und später irgend'ne Ausbildung.«
»Ist doch nichts Besonderes«, sagte ich. »Das wollen die meisten Eltern.«
»Ich will aber nicht, dass sie was von mir wollen, was ich auf keinen Fall will.«
»Was willst du denn?«
»Musiker werden«, kam es wie aus der Pistole geschossen. »Ich geh nach Holland.«
Mensch, bist du naiv, Junge, dachte ich, das will so ungefähr jeder Typ. Und dann kloppen sie ein, zwei Jahre auf irgendeiner E-Gitarre rum, und später, wenn sie mit ihren Schlipsen hinter ihren Büroschreibtischen sitzen, sagen sie: Ich hatte mal eine ganz wilde Jugend, ich war mal Musiker. Total albern.
»Bist du in einer Band?«
»Ich komponiere und singe und spiele Gitarre.« Er sah mich kurz an und seine Pupillen flatterten unruhig hin und her. »So für mich allein.«
»Aber dafür musst du doch nicht abhauen«, sagte ich und kam mir vor wie meine eigene Mummi.
»Muss ich eben doch.«
Na, von mir aus, dachte ich. Jedem das Seine und den Jungs ihre Träume. Lächerlich!

»Was ist mit dem Dackelfoto?«
»Ist 'ne Erinnerung an meinen zehnten Geburtstag.«
Ich verstand nur Bahnhof.
»Und die Martensen?«, fragte ich in einem plötzlichen Anflug von Kühnheit.
»Was soll mit der sein?«
»Ich meine, bist du ...«
Joscha sah mich unbeteiligt an. »Ja?«
»... Kasimirs Vater?« Es war raus und ich fürchtete, dass mein Gesicht wie ein roter Wackelpudding aussah.
Im gleichen Moment fing Joscha brüllend an zu lachen. Er lachte und hatte Tränen in den Augen, und zwischendurch schrie er immer wieder »Aua!« und hielt sich seinen Fuß.
Ich kapierte gar nichts mehr und schaute ihm nur fassungslos bei seinem Gegacker zu. Joscha kriegte sich erst wieder ein, als das Taxi in unserer Straße hielt und ich dem Fahrer den Zwanzigmarkschein reichte.
»Zweiundzwanzig«, sagte der Taxifahrer.
Ich kramte die restlichen zwei Mark aus meiner Hosentasche, stieg aus und lief schnell ums Taxi, um Joscha beim Aussteigen zu stützen. Er roch leicht nach Schweiß und irgendwie nach Hamburgern.
»Kasimir ist mein Bruder«, sagte er dann und fing wieder an zu lachen, dass sich der Bürgersteig bog.

Ich glaube, so richtig verstanden habe ich die Sache erst sehr viel später. Als Sommerferien waren, als ich nichts mehr mit doofen Pantomimekursen zu tun hatte und meine Dauerwelle schon ein ganzes Stück rausgewachsen war. Als der Spätsommer glühend heiß über die Stadt herfiel und Helma plötzlich anfing, für den dicken Moritz zu schwärmen. Aber egal …

Ich stand also mit Joscha auf der Straße und hatte da, wo normalerweise mein Gehirn im Kopf sitzt, nur ein riesiges schwarzes Loch.

Kasimir war Joschas Bruder – wie konnte das sein? Joscha hätte in diesem Moment alles Mögliche behaupten können. Dass er eigentlich ein Staubsauger sei und nur in der äußeren Hülle eines Menschen auf der Erde herumspaziere oder von mir aus auch der uneheliche Sohn der Makkaroni – es wäre mir gleichermaßen absurd erschienen.

Ich versuchte es mit logischem Denken – was mir angesichts meines fehlenden Gehirns ziemlich schwer fiel.

Wenn Kasimir Joschas Bruder war, dann hieß das nichts anderes, als dass Frau Martensen seine Mutter war. Aber das konnte doch nicht angehen.

Angenommen, die Martensen war wirklich so um die dreißig, dann musste sie Joscha in meinem Alter gekriegt haben – unmöglich!

»Hör auf, mich zu verarschen«, sagte ich.

»Ich verarsch dich nicht.«

Joscha sagte das so treuherzig, dass man ihm nur glauben konnte. Während ich ihn zu Toms und Franz' Wohnung dirigierte, beschloss ich, es mit einer systematischen Befragung zu versuchen. »Wie alt ist die Martensen?«

»Vierzig«, kam es wie aus der Pistole geschossen. »Hör mal, müssen wir da wirklich rauf?«

»Ich denke, wir sollen dir helfen.«

»Ja, aber …«

Weiter kam Joscha nicht, weil ich ihn bereits auf den Hinterhof zu den Mülltonnen zerrte.

Wahrscheinlich kamen wir in der Sache am ehesten weiter, wenn ich sie erst mal allein in die Hand nahm.

Ich drückte Joscha auf den Steinvorsprung einer Kellertreppe und sagte ihm, dass ich nie im Leben glauben würde, dass die Martensen schon vierzig sei.

»Das ist sie aber. Seit dem dreiundzwanzigsten Mai. Kannst ja in ihrem Ausweis nachsehen.«

»Und weiter?«

»Meine Mutter war noch im Studium, als sie mich gekriegt hat. Bin deshalb bei meinem Vater aufgewachsen.« Er betrachtete angestrengt seine Schuhe. »Und bei seiner Dooffrau«, fügte er mürrisch hinzu.

Okay. Ging ich mal davon aus, dass Joscha die Wahrheit sagte, dann war seine Stiefmutter vermutlich der Grund, warum er abhauen wollte.

»Was ist denn mit der Dooffrau?«, fragte ich ihn.

»Sie kann mich nicht ab.«

»Und warum nicht?« Meine Güte, war der Brei zäh, den ich ihm aus der Nase zu ziehen versuchte.

»Meine Mutter war damals Papas Geliebte. Mit der Dooffrau war er schon verheiratet.«

Ach, du jemine! Jetzt wurde mir einiges klar. Die böse Stiefmutter, die den armen kleinen Joscha erst aufnimmt und dann zur Schnecke macht. Hörte sich ziemlich nach Märchen an. Und wenn dem so war, warum zog Joscha es nicht vor, zur guten Martensen-Fee zu gehen? Warum wollte er unbedingt hinaus in die böse weite Welt? Als ich ihn das fragte, sah er mich eine Sekunde lang ganz komisch an, und mir rieselte ein kleiner Eisbach den Rücken hinunter.

»Weil ... Mensch ... Kein Geld, 'ne kleine Wohnung, jetzt hat sie auch noch das Baby an der Backe.« Er verschluckte sich fast. »Meinst du, da drück ich mich ihr aufs Auge?«

Ich hätte gern gefragt, wo sie Kasimir denn schon wieder herhatte, ob das auch so ein Geliebtenprojekt war, aber ich traute mich nicht. Ich wühlte eh schon wie verrückt in Joschas Intimleben rum – komisch, wo wir gestern quasi noch Fremde waren.

Da kam Helma um die Ecke gedüst. »Mensch, wo seid ihr denn!«, brach es aus ihr hervor. »Ich war schon oben, aber Tom sagte, du wärst gar nicht hier gewesen. War das blöd, der Martensen klarzumachen, weshalb du nicht mehr da warst. Hab ihr gesagt, dir sei schlecht geworden, nicht dass du das vergisst ...«

Helma hörte abrupt auf zu sprechen und schaute auf uns. Ich fragte mich, wie das wohl aussah, Joscha und ich einträchtig auf dem schmalen Mauervorsprung.

»Okay, gehen wir rauf.«

Wir nahmen Joscha in die Mitte und halfen ihm beim Treppen-Hinaufhumpeln.

»Am besten reden Helma und ich erst mit Tom, und du wartest in Helmas Zimmer«, sagte ich zu Joscha, als Helma genervt die Tür aufschloss.

Ohne seine Antwort abzuwarten, verfrachteten wir ihn in Helmas Zimmer.
Draußen auf dem Flur flüsterte ich Helma zu, ich müsse sie dringend allein sprechen.
»Okay.«
Wir verschwanden im Badezimmer und schlossen die Tür hinter uns zu. Ich hockte mich auf den Klodeckel und erzählte Helma das ganze Märchen von der guten Martensen-Fee und der bösen Stiefmutter.
Helma machte Riesenaugen.
»Puh!« Mehr brachte sie nicht raus.
»Glück für uns.«
»Ich dachte, du findest ihn nicht mehr gut.« Helma klang jetzt säuerlich.
»Tu ich auch nicht. Das heißt . . .« Ich scharrte mit den Füßen auf dem schwarzweißen Kachelboden. »Er ist eben nicht mehr der rosarote Luftballon.«
»Ach!« Helma hatte plötzlich überall Pusteln im Gesicht. »Große Bekenntnisse oder was?«
»Mensch, Helma!«
»Ist doch wahr! Ich darf mich mit dem Balg abrackern und du schleimst dich bei Joscha ein.«
Helma rannte hektisch die fünf Quadratmeter auf und ab, während mein schlechtes Gewissen bis in die Zehenspitzen kroch. Irgendwie hatte sie ja Recht. Asche auf mein mieses Egoistenhaupt!
»Hör mal«, sagte ich und fuhr so schnell hoch, dass mir schwindlig wurde. »Wir sollten uns jetzt erst mal Tom vorknöpfen.«

»Wie stellst du dir das vor?«
»Keine Ahnung.«
Mir wurde immer klarer, in was für eine beknackte Situation wir uns da laviert hatten. Tom und Franz als Seelenklempner für ein ganzes missratenes Joscha-Leben?
»Ich werde jetzt mit Tom reden«, sagte Helma, »und du gehst solange zu Joscha, okay?«
»Bist du dir sicher?«
»Absolut.«
Komisch, diese Helma. Manchmal war sie wirklich für Überraschungen gut. Ich lief also zu Joscha rüber, der wie ein Häufchen Elend auf Helmas karierter Bettdecke saß und sich den Fuß hielt.
»Meinst du, er ist gebrochen?«, fragte ich.
»Angeknackst vielleicht.«
Danach war Schweigen angesagt. Ich ging ans Fenster und schaute auf unseren Häuserblock. Von hier aus konnte ich unser Küchen- und das Klofenster sehen.
Plötzlich stand Joscha auf und humpelte zur Tür.
»Wo willst du hin?«
»Ich geh besser.«
Er drehte sich um und sah mich aus seinen Teddybärenaugen an. Ziemlich glasig. Als würde er gleich zu heulen anfangen.
»Holland?«
»Du hast es erfasst.«
Ich zeigte Joscha einen Vogel, machte mir aber nicht die Mühe ihn aufzuhalten. War doch klar, dass er sowieso gehen würde.
»Ehrlich, wir haben deinetwegen genug Theater veranstaltet«, sagte ich. »Ich find's echt daneben, dass du jetzt abhaust.«

Joscha ließ sofort die Klinke los und humpelte wortlos zurück aufs Bett.

Weichei!

»Dieser Helma-Vater ist auch nur ein Vater wie jeder andere«, sagte Joscha.

»Quatsch!«

Ich schaute wieder nach draußen, lauschte gleichzeitig, ob sich was auf dem Flur tat. Alles ruhig, nur Joschas leises Röcheln auf dem Bett.

Manchmal dachte ich, jetzt guckt er dich an, aber ich wagte es nicht mich umzudrehen.

»Darf ich dich mal was fragen?«, sagte ich in die Stille hinein.

»Wenn's nichts Privates ist.«

»Haha.«

»Na gut, von mir aus.«

»Also«, ich drehte mich um und fixierte ihn, »warum redest du eigentlich nie mit uns? Und auch nicht mit den anderen aus unserer Klasse?«

Die Frage schien Joscha zu überrumpeln. Er zuckte mit den Schultern, fast unmerklich, dann färbte sich sein Gesicht schweinchenrosa.

»Geht mir eben am Arsch vorbei«, sagte er schnell und scharf, woraufhin ich laut zu lachen anfing.

»Findest du das so lustig?«

»Nee, aber pubertär.«

Joscha wich meinem Blick aus und ich würgte ihm noch rein, es könne wohl nicht angehen, dass einem dreißig Leute zugleich am Arsch vorbeigingen.

»Na, du hast ja den Durchblick.«

Im gleichen Moment platzte Helma ins Zimmer, Tom im Schlepptau.
»Du bist also Joscha«, sagte Tom.
Joscha nickte brav.
»Brauchst du einen Arzt?«
Kopfschütteln.
»Wenn ihr mich mal mit ihm allein lassen würdet.«
»Wie – wir beide?«, fragte ich verdattert.
»Ja genau.«
»Ach so.« Damit hatte ich nicht gerechnet. Also setzten Helma und ich uns notgedrungen in die Küche.
»Hast du nichts zum Knabbern da?«, maulte ich.
»Tom kriegt das schon hin.«
Helma ging an den Küchenschrank und kramte eine angebrochene Tüte Chips hervor.
»Ich will aber was Süßes.«
»Mensch!« Helma ließ sich auf ihren Stuhl plumpsen und fing an zu weinen.
Das war nun wirklich der Gipfel!
»War nicht so gemeint«, sagte ich schnell. »Chips sind auch okay, wirklich.«
Das schien Helma allerdings nicht zu beeindrucken. Sie heulte in einer Tour weiter.
»He, was ist denn?«
»Ach, nichts.« Sie schnaubte ein paarmal in ihr Taschentuch und sah mich dann an, als wäre überhaupt nichts vorgefallen. Ich aß ein paar pappige Chips, sagte dann, sie solle keinen Mist erzählen, schließlich heule man nicht so einfach aus heiterem Himmel.

»Ach!« Helma machte eine abwertende Geste. »Kleiner Gefühlsausbruch.«
»Und warum, wenn man fragen darf?«
»Darf man nicht.« Helma langte jetzt auch in die Tüte, spuckte die angeweichten Chips aber sofort wieder aus und behielt sie in der Hand.
»Du bist 'ne blöde Kuh«, sagte ich.
»Und du 'ne alte Ziege!«
»Und du 'n Arschgesicht mit Segelohren!«
»Und du 'ne dickhintrige Monsterkuh!«
So ging das eine Weile weiter, bis wir beide nicht mehr konnten und in Lachen ausbrachen.
Dann wurde Helma auf einmal wieder ernst und sagte, dass Joscha immerhin zwei Mütter habe.
»Na, hör mal, du hast doch auch eine Mutter. Und dazu noch zwei Väter!«
»Ja, stimmt.«
Ich fand, es war der richtige Zeitpunkt, sie wieder mal zu fragen, warum sie keinen Kontakt zu ihrer Mutter hatte.
Helma machte ihren Mund zu einem Schlitz, bevor sie antwortete. Dann kam alles ganz schnell raus, haspelige Wörter, die ich erst mal in einen Zusammenhang bringen musste. Soweit ich sie verstand, hatte es damals Riesenzoff gegeben, als Tom seinen Lover angeschleppt hatte. Die Mutter war Hals über Kopf aus der Wohnung raus und hatte sich bis zum heutigen Tag nicht eingekriegt.
»Warum hat sie dich nicht mitgenommen?«
Helma öffnete ihre Hand und starrte den Chipsbrei an. »Ich weiß es nicht«, sagte sie. »So ein widerliches Zeug …«

»Und Tom? Hat er dir nie was erklärt?«
»Doch. Klar. Angeblich hat meine Mutter getrunken.«
Ich wusste nicht, was ich dazu sagen sollte. Helma tat mir plötzlich entsetzlich Leid.
»Gibt's irgendeine Adresse von ihr?«
»Glaub schon.«
»Dann schreib ihr doch.«
»Denk nicht dran.«
»Ich finde, du solltest es tun«, sagte ich und hielt mich für ziemlich heroisch. Den ganzen Tag schon diese Therapeutinnengespräche! Das ließ mich beinahe vergessen, dass Joscha kein rosaroter Luftballon mehr war. Plötzlich stand Helma auf und fing an, sämtliche Küchenschränke zu durchwühlen.
»Mist! Tatsächlich keine Schokolade!«
»Ich will gar keine mehr«, sagte ich und fühlte eine komische Traurigkeit in mir hochkriechen.
»He, Leute! Deckt schon mal den Tisch, ich ruf den Pizzaservice an.« Tom steckte kurz seinen Kopf durch die Tür.
»Na, der hat ja gute Laune«, meinte Helma.
Joscha tauchte hinter ihm auf. Er machte den Eindruck, als hätte er gerade erfolgreich an einem Psychoseminar zum Thema »Wie baue ich meine Verkrampfungen der letzten sechzehn Jahre ab?« teilgenommen. Rote Bäckchen, verwuschelte Haare und ein Grinsen zum Verlieben – die Aussicht auf Pizza konnte nicht allein der Grund sein.
»Tut dein Fuß noch weh?«, fragte ich mit ungewollt piepsiger Stimme. Merkwürdig, aber meine Selbstsicherheit von vorhin im Taxi war wie weggeblasen.
»Setz dich hierhin«, herrschte Helma Joscha an und zeigte auf

den Küchenstuhl in der Ecke. Wie die Makkaroni. Hätte ich ihr gar nicht zugetraut. Stumm holte sie Teller aus dem Schrank, während ich mir an der Schublade zu schaffen machte und elendig lange brauchte, um fünf vollständige Bestecke rauszukramen. Scheiß Nervosität. Und ich dachte, ich wäre mit dem Thema »Rosaroter Luftballon« durch!

Schon merkwürdig, aber keiner von uns dreien brachte innerhalb der nächsten Minuten auch nur ein einziges Wort raus. Hätte in der Schule nicht schöner sein können. Und wenn Franz nicht in die Küche geplatzt wäre, wer weiß, wie lange wir uns noch umeinander herumgedrückt hätten.

»Hallo, Freunde!«, rief er. »Ah, hoher Besuch . . .«

»Das ist Joscha aus unserer Klasse«, sagte Helma mit drohendem Unterton, während Franz der Mund offen stehen blieb und ich betreten den Fußboden studierte. Bestimmt war bei ihm der Groschen gefallen.

»Na ja, dann«, sagte er nur, und ich fragte mich, wo seine Schlagfertigkeit geblieben war.

Gott sei Dank klingelte es fast im selben Moment, der Pizzaservice, und kurz darauf stand Tom in der Küche, einen Haufen Pizzakartons unter den Arm geklemmt.

»Na, Schatz!« Er düste auf Franz zu und drückte ihm, ohne die Pizzakartons loszulassen, einen dicken fetten Schmatz auf den Mund. Joscha glotzte.

»Unser Gast übernachtet heute bei uns«, ließ er dann verlauten. Und zu Joscha gewandt: »Ich habe deinen Eltern Bescheid gegeben.«

»Und?« Joscha hatte plötzlich mehrere verdächtige Helma-Flecken am Hals.

»Ist schon okay.« Tom knallte die Kartons auf den Tisch. »Allerdings solltest du morgen zurückgehen. Und vor allem mit deinem Fuß zum Arzt.«
Jetzt wollte Franz wissen, was eigentlich Sache war, und Tom erzählte ihm eine Kurzfassung der ganzen Geschichte. Wie er es allerdings hingekriegt hatte, Joscha zu überzeugen, dass es besser war, bei ihm zu Hause anzurufen, und außerdem dessen Eltern zu belabern, dass ihr Sohn heute Nacht hier blieb, sollte ein ewiges Rätsel bleiben.
Männergeheimnisse, bäh!
Obwohl ich eigentlich keinen Hunger hatte, stürzte ich mich auf eine Champignon-Schinken-Pizza.
Wenn man den Mund voll hat, braucht man wenigstens nicht viel zu sagen.
Das Reden erledigten im Übrigen sowieso die Männer. Nachdem Tom eine Weinflasche entkorkt und Franz ein Glas getrunken hatte, fing er erst gut gelaunt mit dem Sprücheklopfen an, drehte immer mehr auf und schaffte es irgendwann nicht mehr, die Notbremse zu ziehen. War auch nicht nötig, denn Joscha erwies sich als idealer Zuhörer und Mittrinker.
Er schlug sich in regelmäßigen Abständen auf die Schenkel, und ganz im Ernst – ich glaube, Tom und Franz waren richtig froh, dass sich zu uns weiblichen Gänsen mal männliche Verstärkung gesellt hatte.
Ich fands offen gestanden ziemlich grässlich. Zum einen wurde ich von Sekunde zu Sekunde eifersüchtiger (man stelle sich vor, Joscha würde sich in Helmas Zweitvater verlieben!). Zum anderen quälte mich der Gedanke, dass Helma die ganze Nacht über in Joschas Nähe sein würde (Eifersucht, Teil zwei), und ich

überlegte, wie ich es hinkriegen könnte, ebenfalls im Hause Tom & Franz zu nächtigen. Einen Schwächeanfall vortäuschen? Mich betrinken oder mir auf dem Weg zum Klo den Fuß verknacksen? Großer Mist! Wahrscheinlich wären Mummi und Dad schneller hier, als Captain Kirk es mit seiner Enterprise-Beamtechnik jemals hingekriegt hätte.
Ich schickte Helma ein paar flehende Blicke rüber, die sie entweder nicht kapierte oder nicht kapieren wollte. Wenn sie sich wenigstens mit mir gegen die saufende Männergemeinschaft verbündet hätte!
Aber sie saß stumm wie eine Komparsin da und sah zu, wie sich drei Menschen männlichen Geschlechts königlich amüsierten. Es war zum Heulen, ehrlich! Zumal Franz kurz davor war, seine Kaninchen-Zauber-Nummer in Angriff zu nehmen, und das wäre mir vor Joscha nun wirklich peinlich gewesen. Zum Glück stand Tom im letzten Moment auf – Franz hockte schon auf dem Fußboden und konzentrierte sich darauf, dass seine Augen rot wurden – und kramte eine Mundharmonika aus einer Schublade. Tom, der Mundharmonikafreak aus alten Tagen – das war mir völlig neu! Er fing an zu spielen, und zwar so gekonnt, dass Joscha, Helma und ich mit offenen Mündern dasaßen. Schließlich gab Franz seine Kaninchenhockstellung auf, ging aus dem Raum und kam nach einer Weile mit einer verstaubt-verstimmten Gitarre zurück. Wunder Nummer zwei. Wunder Nummer drei war dann, dass Tom und Franz nach ein paar Anläufen im Duett spielten, Lieder aus ihren Jugendtagen, und bei »Blowin' in the Wind« fing Joscha plötzlich an zu singen. Das jagte mir die Hormone derart durch den Körper, dass mir heiß und kalt und außerdem lila vor Augen wurde.

Joscha sang wie einer dieser Pop-Engel im Fernsehen. Ich war schwer beeindruckt und nahm auf der Stelle alles zurück, was ich jemals über seine Sängerkarriere abgelästert hatte. Ein Blick zu Helma. Die saß ebenfalls ganz andächtig da, was mich nur darin bestärkte, sie um keinen Preis diese Nacht mit Joscha und ihren Vätern allein zu lassen.

Das Hausmusikkonzert dauerte ungefähr eine Stunde. Zwischendurch rief ich meine Eltern an und bereitete sie schon mal darauf vor, dass ich heute bei Helma übernachten würde.

»Warum denn?«, flötete Mummi ins Telefon, und mir kam der Verdacht, dass sie eigentlich ein Klamottenattentat auf mich verüben wollte.

»Tom und Franz renovieren gerade ihre Fußleisten und ich muss den Farbeimer halten«, sagte ich und legte einfach auf, während mir im gleichen Moment bewusst wurde, dass Mummi glauben könnte, ich würde bei irgendeinem Jungen schlafen. War in gewisser Weise ja auch so. Meine erste Nacht mit Joscha!

»Ihr spielt wie der Teufel!«, sagte Helma, als Tom die Mundharmonika weglegte. Mit seinen roten Wangen sah er wie ein kleiner Junge aus.

»Was meint ihr?« Er lachte Helma und mich an. »Sollten wir nicht eine Band gründen?«

»Hä?«, machte Helma.

»Und du, Joscha? Was meinst du?« Tom klang nun ganz ernst.

»Wer? Ihr beide?«, fragte Joscha und blickte ziemlich dumm aus der Wäsche.

»Nein, wir drei. Was hältst du davon, Franz?«

»Fänd ich Klasse. Zweimal die Woche proben und im Dezember geben wir unser erstes Konzert.«

»Aber vielleicht findet Joscha euch viel zu alt, um mit euch zu spielen«, mischte sich Helma ein.
»Das soll er besser selbst entscheiden.« Franz schaute Joscha erwartungsvoll an, und dann erlebten wir einen ziemlich demolierten Luftballon, der rumstotterte, was das Zeug hielt. Ja und nein, und er wolle doch eigentlich nach Holland, aber Franz und Tom würden genial spielen, blubber, blubber, blubber …
Ich war plötzlich hundemüde – obwohl es nur in meinem Sinne sein konnte, wenn die drei eine Band gründeten und Joscha zu diesem Zweck in Deutschland blieb – und fragte Helma, ob ich mit in ihrem Bett schlafen könne.
»Klar«, sagte sie. »Geh du nur schon vor.«
Was ich dann auch tat, ohne zu murren, obwohl mein Angebeteter doch so zum Greifen nahe war.

Pantomime-Notfall

Zu blöd, aber am nächsten Morgen musste ich die Wohnung verlassen, bevor Joscha auch nur einen elendigen Zeh aus seinem Couchbett gestreckt hatte. Ich stieß mir das Knie an Helmas Fernrohr – aua! –, schnell rüber zu uns, umziehen und Schulsachen packen. Mummi wollte nicht mal wissen, warum ich nun tatsächlich bei Helma geschlafen hatte, und Dad war eh schon aus dem Haus.
»Müsli? Toast?«
Ich schüttelte den Kopf, nahm mir eine Banane aus der Obstschale und rannte nach draußen. Helma wartete bereits, grinsend und ausnahmsweise mal ohne ihr berühmtes Kalkgesicht.

»Wo ist Joscha?«, fragte ich leicht panisch.
»Zum Arzt. Sein Fuß tut ihm noch höllisch weh.«
Dann wollte ich von Helma wissen, ob gestern noch was losgewesen sei.
Geheimnisvolles Lächeln. »Hätte ich nicht gedacht, dass du einen Prinzen einfach so allein lässt.«
»Ich auch nicht«, sagte ich und ärgerte mich maßlos, dass ich ausgerechnet gestern einer Müdigkeitsattacke zum Opfer gefallen war. Normalerweise passierte mir das höchstens einmal im Jahr.
»Los, erzähl schon!« Ich knuffte Helma in die Seite.
»Joscha ist eine Viertelstunde nach dir ins Bett und ich fünf Minuten später.«
»Das war alles?«
»Ja. Das heißt nein. Du hast im Schlaf gegrunzt.«
Den ganzen Weg zur Schule versuchte ich mich an meine erste Nacht mit Joscha zu erinnern. Dummerweise ließ mich mein Gehirn komplett im Stich. Ich musste wie ein Stein geschlafen haben. Es bestand nicht die geringste Hoffnung, dass Joscha und ich uns zufällig beim Gang zur Toilette auf dem Flur begegnet waren und uns heiß geküsst hatten. Na ja ...
Die Schulstunden waren zäh wie Kaugummi. Erdkunde, Mathe, die Makkaroni – und kein Joscha in Sicht. Bestimmt tausendmal fragte ich Helma, was er denn gesagt habe, ob er nach seinem Arztbesuch nicht vielleicht doch noch kommen würde.
»Was weiß ich!«
»Hast du ihn nicht gefragt?«
»Nein, hab ich nicht.«
»Und zu wie viel Prozent bist du noch in ihn verliebt?«

»Weiß nicht. Fünfunddreißig Prozent vielleicht.«
Irgendwie war ich erleichtert. Hatte ich Joscha früher mal tausendprozentig geliebt, war die Zahl im Taxi auf vierunddreißig gesunken, mittlerweile aber wieder ziemlich gestiegen.
Vor der Sportstunde passierte das Helma-Drama Nummer zwei. Wieder so ein Zettel. »Schwule haben Aids!«, stand darauf und Helma brach in Tränen aus.
Ich nahm sie in den Arm und versuchte ihr klarzumachen, dass das Idioten seien, die so etwas schrieben, und dass sie Tom und Franz vielleicht doch informieren sollte. Sie nickte, was ich als entschiedenen Fortschritt in der Angelegenheit wertete.
In der Umkleidekabine musste ich feststellen, dass ich in der Hektik heute Morgen meine Sportsachen vergessen hatte. Verflixt noch mal! Nicht nur, dass die Pantomime sowieso schon eine Strafe war, jetzt durfte ich auch noch in meinen Lieblingsjeans auf dem Boden herumhampeln. Immer noch hatte ich die leise Hoffnung, Joscha würde wie ein Wunder plötzlich aus dem Boden auftauchen, was natürlich nicht geschah, zumal Sport das Letzte war, was er mit seinem verknacksten Fuß tun konnte. Helma und ich zogen lange Gesichter. Wir beide allein mit dem Schokokuss. Der hatte heute allerdings und netterweise jede Menge Anschauungsmaterial mitgebracht, helle und dunkle Schokoküsse, die wir gemeinsam in einem Rutsch aufaßen. Meine Laune besserte sich mit jedem Happen klebriger Pampe, die in meinem Magen verschwand, als die Helmbrecht neben mir auftauchte.
Wo denn Joscha sei und ob wir nicht wüssten, dass Essen in der Sporthalle strengstens verboten sei.
»Hören Sie«, wandte sich Moritz an den lilagelb gemusterten

Jogginganzug vor unserer Nase. »Wie soll ich einen Schokokuss darstellen, wenn ich nicht mal weiß, wie er schmeckt?«
»Ich glaube, du hast in deinem Leben schon genug Schokoküsse gegessen. Nur zu eurer Information: Heute muss die Choreographie stehen, beim nächsten Mal ist Generalprobe.«
Wir zogen lange Gesichter und Helma wollte wissen, wie wir das ohne vierten Mann hinkriegen sollten.
»Uminszenieren«, sagte die Helmbrecht kalt wie ein tiefgefrorener Hering und verschwand.
Da standen wir also, ziemlich ratlos, und selbst Moritz waren die Sprüche ausgegangen. Er sah plötzlich weiß und etwas eingefallen aus, und ich fragte mich, ob das etwa mit der Helmbrecht-Bemerkung zu tun haben könnte. Vielleicht hatte er doch mehr Probleme mit seinen Kilos, als er zugeben wollte.
»Okay, Leute!« Er klatschte wie ein Showmaster in die Hände, strahlte wieder übers ganze Gesicht. »Ich schlage vor, dass der Stern auf dem Schokokuss reitet und der Bauchnabel . . .« Moritz stockte, fragte mich dann, ob ich nicht doch netterweise einen Fotoapparat spielen würde. Dann könnte ich wenigstens die Reitszene knipsen.
»Okay«, sagte ich. Was diesen Pantomimemist betraf, war mir mittlerweile alles egal.
»Kannst du nicht ein paar akrobatische Übungen auf meinem Rücken machen?«, fragte Moritz jetzt Helma, die nur verstört nickte und mit ihrem Kalkeimer-Gesicht aussah, als hätte man sie schon profihaft für die Aufführung geschminkt.
»He, du hast doch mal voltigiert. Kannst doch auch auf Moritz voltigieren«, hörte ich mich sagen und wusste, wie gemein das war. Helma warf mir flehende Blicke zu – aber zu spät.

Mit Begeisterung packte sich Moritz sein Opfer und sagte, das sei ganz prima, eine kleine Akrobatin habe er noch nie auf seinem Rücken gehabt. Dann hockte er sich auf alle viere und Helma blieb nichts anderes übrig als auf Moritz zu klettern, der sich im selben Moment kriechend vorwärts bewegte. Ich konnte nicht mehr vor Lachen. Wie Helma auf ihrem Riesenschokokuss hin und her schaukelte!

»Los, zeig mal, was du kannst«, ächzte Moritz.

Helma streckte brav ihr linkes Bein in die Höhe.

Die Helmbrecht kam angefegt und war zu unserer Überraschung völlig begeistert. Wie wir allerdings später das Kondom einzubauen hatten, wurde nicht besprochen.

Dann passierte es: Die Helmbrecht drehte sich gerade um, Moritz legte einen Kriechgang zu und Helma plumpste im selben Moment mit Karacho auf den Linoleumboden. Ein Schrei – dann weinte Helma. Sie heulte und hielt sich ihr Steißbein, und Moritz schloss sie kurzerhand in seine Arme.

Mannomann! Ich glaubte meinen Augen nicht zu trauen! Moritz, der zärtliche Lebensretter, und eine Helma, die sich den Körperkontakt ohne zu murren gefallen ließ. Daneben ein zur Salzsäule erstarrter Jogginganzug, der nicht wusste, was in solchen Pantomime-Notfällen zu tun war.

Glücklicherweise ergriff Helma die Initiative. Sie befreite sich aus Moritz' Umarmung und behauptete mit schmerzverzerrtem Gesicht, es tue schon nicht mehr so weh.

»Soll ich einen Arzt rufen?«, fragte der Jogginganzug.

Helma schüttelte den Kopf.

Ein Kopfnicken in meine Richtung. »Dann bring sie bitte nach Hause.«

Das ließ ich mir nicht zweimal sagen.
In der Umkleidekabine fragte ich Helma, ob es in Moritz' Armen schön gewesen sei.
»Mensch, hab du mal solche Schmerzen«, pflaumte sie mich an, um für die nächsten Stunden unserem altbekannten Schweigeorden beizutreten.
So war das also mit unserem Pantomimekurs: Vier kleine Negerlein, jetzt blieben nur noch zwei. Ein dicker Schokokuss und ein frustrierter Fotoapparat – wie sollte man damit etwas auf die Beine stellen?

... wo das Leben weitergeht

Trostlose Zeit. Joscha war offensichtlich (reuevoll) zu seiner Stiefmami heimgekehrt, Helma ließ sich von ihren Doppelpack-Vätern bemuttern und ich musste den ganzen Alltagsmist allein hinter mich bringen.
Helmas Sturz von Moritz' Rücken hatte üble Folgen. Poschmerzen zum Wahnsinnigwerden. Helma konnte weder liegen noch sitzen, am Erträglichsten war es noch, durch die Wohnung zu spazieren und in der Nase zu bohren.
Logischerweise war sie auch vom Babysitten suspendiert, sodass ich wohl oder übel ohne sie hinfahren musste.
Zu meinem Erstaunen saß Joscha mit eingegipstem Fuß auf dem Martensen-Sofa und ließ es zu, dass sein Brüderchen auf seinen Knien herumturnte.
Er sah durch mich hindurch, als wäre ich eine Nebelschwade, die sich aus Verzweiflung darüber, nur eine Nebelschwade zu sein,

komplett unsichtbar gemacht hatte. Dafür begrüßte mich die Martensen umso freundlicher.
»Wo ist denn Helma?«, fragte sie.
»Beim Sport verunglückt.«
»Was?« Das war Joscha, der es geschafft hatte, drei Buchstaben an mich zu verschwenden.
»Tja, der Pantomimekurs«, sagte ich lässig. »Sie ist von Moritz gefallen. Aufs Steißbein.«
Joscha fing derart an zu lachen, dass Kasimir auf seinen Knien hin und her wackelte. So lustig war die Angelegenheit ja nun auch wieder nicht.
»Dann wünsche ich ihr gute Besserung«, sagte Frau Martensen.
Ich nickte.
»Ach …« Sie hatte schon halb ihren Mantel an. »Ich stelle es dir frei, ob du heute babysittest oder nicht. Joscha ist auf jeden Fall da. Aber wenn du dich drauf eingestellt hast und das Geld dringend brauchst …«
Meine Herzschrittmacher spielten beide gleichzeitig verrückt. Pah! Das Geld! Es war mir so egal wie die Grünpflanze hier im Wohnzimmer.
Aber die Aussicht, ein paar Stunden mit Joscha (fast) allein zu verbringen, übertraf alle meine Erwartungen.
»Ich … bleib dann«, stotterte ich und hoffte inständig, dass Joscha meine Herzprobleme nicht bemerkte.
»Okay.« Frau Martensen lachte. »Tschüs, ihr beiden.«
Die Tür fiel zu. Stille. Kasimir auf Joschas Beinen.
»Wo geht deine … Mutter eigentlich immer hin?«
»Arbeiten.«
»Und was?«

»Freie Journalistin.«
Aha.
Ein neuer Anlauf.
»Soll ich Kasimir ins Bett bringen?«, fragte ich.
Joscha hob die Schultern und griff zur Fernbedienung.
»Normalerweise schläft er um diese Zeit.«
»Hab ich etwa gesagt, du darfst ihn nicht hinlegen?«, fauchte Joscha. »Mach doch, was du willst!«
Wütend griff ich mir Kasimir und ging ins Babyzimmer. Ich musste was beschließen, hier und jetzt, denn eigentlich hatte ich nicht vor, mich von einem muffigen Joscha tyrannisieren zu lassen. Ich legte Kasimir hin und streichelte seine weichen Wangen. Da lachte er mich so süß an, dass ich mich wieder mal fragte, was ich überhaupt an Joscha fand. Er war ein Niemand, ein unfreundlicher, undankbarer Doofkopf. Wollte er sein Leben lang alles darauf schieben, dass er bei einer bösen Stiefmutter aufwuchs?
Kasimir schlief schneller ein, als mir lieb war. Ich schaute noch eine Weile in sein zufriedenes, butterweiches Gesicht, und dann wusste ich auf einmal, was zu tun war. Ich rannte ins Wohnzimmer, riss Joscha die Fernbedienung aus der Hand und starrte ihn feindselig an. Er blickte zurück, total verunsichert. Dann schrie ich los: »Du bist der ekligste, widerlichste, unhöflichste und blödeste Typ, den ich kenne! Und wenn ich mir überlege, warum ich dir überhaupt geholfen habe, kann ich nur sagen: Schön blöd! Schön blöd, sich für einen wie dich den Arsch aufzureißen!«
Pause. Keine Reaktion. In meinem Kopf brodelte es. Da war so viel Ärger und Wut drin, ein Kuddelmuddel an Gefühlen. Entwe-

der, ich hätte ihm eine geknallt oder ihn gleich geküsst, es war das reine Chaos, das in mir ausgebrochen war.
»Du Blödmann! Pascha! Paprikafresser! Du kannst mich mal!«
Ich rannte raus und in Frau Martensens Schlafzimmer. Keine Ahnung, was ich da wollte, aber bei Joscha im Wohnzimmer konnte ich unmöglich bleiben. Ich setzte mich aufs Bett und merkte, wie Tränen in mir hochstiegen. Blöde Mädchentränen, die ich gar nicht vergießen wollte. Kein Junge war es wert, dass man zu heulen anfing, und einer wie Joscha schon gar nicht. Ich stampfte mit dem Fuß auf. Blödes Gefühlswirrwarr! Blöde Jungs, die so etwas in einem auslösten!
Vielleicht hatte ich eine Viertelstunde vor mich hin geheult, als es leise an die Tür klopfte. Ich erstarrte.
»Ja?«
Joscha kam hereingehumpelt, schoss geradewegs auf mich zu und ließ sich neben mir aufs Bett plumpsen.
Er sagte keinen Ton. Ich auch nicht.
Wie lange kann man so sitzen und schweigen? Ich fürchtete, gleich wieder mit dem Heulen anfangen zu müssen, und biss mir auf die Lippe, bis es schmerzte.
Irgendwann schob sich eine schwitzige Hand rüber, und ich glaubte, mein Herz würde samt Schrittmacher herausspringen. Ich saß regungslos da, fühlte meine Fingerkuppen an seinen pochen. Und wenn ich nun plötzlich sterben würde? Hier, neben ihm, auf dem Martensen-Bett?
Joscha hätte sein zweites Trauma weg. Also bemühte ich mich, vorerst nicht den Löffel abzugeben. Ich guckte mir Joschas mausgraue Turnschuhe an und achtete auf die Hitze, die sich in meiner rechten Hand ausbreitete. Joscha-Hitze. Schwitz-

händchen. Sein kleiner Finger zuckte, schabte ganz leicht auf meinem Handrücken hin und her.
Helma. Ausgerechnet jetzt musste sie mir einfallen. Wie sie in diesem Moment zu Hause rumeierte und sich ihren Hintern mit Eiswürfeln kühlte. Die Arme! Und ich schnappte ihr die große Liebe weg!
Aber eigentlich war Joscha doch meine große Liebe. Ich hatte es vom ersten Moment an gewusst: Er war nicht nur ein rosaroter Luftballon, der zerplatzte, sobald man eine Stecknadel dranhielt – er war ein Mensch mit warmen Fingern, die sich toller anfühlten als alle Katzenfelle dieser Welt. Nur das Ticken der Uhr. Es kam mir wie eine Ewigkeit vor, und wenn Kasimir nicht zu brüllen angefangen hätte, wären wir wahrscheinlich auf diesem Bett verschimmelt, und in einigen tausend Jahren hätte man unsere Skelette ineinander verhakt gefunden.
Ich sprang auf und raste ins Babyzimmer; schließlich war das mein Job. Kasimir riss sein Mäulchen auf und bot mir einen imposanten Einblick in seinen Schlund. Ich schob ihm seinen Schnuller rein, dann war Joscha hinter mir. Ich spürte nur einen sachten Zug.
»Danke«, sagte er laut in den Raum.
Ich drehte mich um. Joscha hob leicht die Schultern, lächelte – ich verstand die Welt nicht mehr.
»Ich zieh mit meiner Mutter zusammen. Wir nehmen uns eine größere Wohnung.«
Sein Gesicht sah aus wie mit einem Weichspüler behandelt, und ich hätte einiges drum gegeben, ihn genau in diesem Moment fotografieren zu können.
»Ich verstehe nicht ...«, sagte ich mit einer mir selbst frem-

den Stimme. Sie musste in etwa klingen, als hätte ich Mummis Puderdiegel samt Quaste verschluckt.
»Besser so als Holland.« Joscha kam dicht an mich heran, fast glaubte ich, er würde mich anfassen. »Und Kasimir braucht schließlich seinen Bruder.«
Und deine richtigen Eltern?, hätte ich beinahe gefragt, kratzte aber noch rechtzeitig die Kurve und erwähnte nur seinen Vater.
»Er sagt, es sei meine Sache.«
»Und wie macht ihr das mit dem Geld?«
»Meine Mutter kriegt eine Festanstellung, und Paps, der zahlt natürlich auch was.«
Er drehte sich weg, ging zum Fenster im hinteren Teil des Raumes und ordnete die Gardinen.
»Ohne dich ... Ich meine, wenn das mit dem Fuß nicht dazwischengekommen wäre... Und das mit Helmas Vätern ...«
Mensch! Ich konnte es kaum fassen! Das war ja fast so etwas wie ein Dankeschön, ein deftig sahniges Dankeschön! Mein Herz klopfte, mein Mund war knochentrocken. Ich schluckte, was aber nicht richtig ging, weil mein Rachen einer plötzlichen Verschleimung zum Opfer gefallen war. Gott sei Dank kamen noch Töne raus, als ich den Mund aufmachte. Ich fragte Joscha, warum er nicht eher zur Martensen gegangen sei. Nur wegen der finanziellen Lage?
Erst sagte Joscha gar nichts, sah mich nur ratlos an wie ein kleiner Junge mit Strubbelhaar.
»Das ganze Leben umkrempeln? Ging doch auch so. Hab Olga oft besucht ...«
Er brach ab, sah den Teppichboden an. Wahrscheinlich hatte er

einfach keinen Mut gehabt, sein Leben in die Hand zu nehmen. Langeweile, eine blöde Kuh von Stiefmutter, und die Schule ließ man eben schleifen.
»Ich glaub, ich muss mal sehen, wo das Leben weitergeht«, fügte er dann noch hinzu und ließ endlich die Gardinen los.
»Musik machen?«, fragte ich. »Mit Tom und Franz?«
Joscha hob die Schultern. »Warum nicht? Sie spielen ziemlich gut, und nur weil sie so viel älter sind ...« Er lächelte mich beinahe fröhlich an – Wahnsinn, dieser Temperamentsausbruch!
»Wie ist es eigentlich für Helma – so mit zwei Männern?«
»Super«, sagte ich. »Würd am liebsten auch hinziehen.« Dann erzählte ich von meinen Eltern, diesen zwei viel beschäftigten Wesen, vom Klamottenwahn meiner Mutter und wie es mir auf die Nerven ging, ihr Versuchskaninchen zu sein.
»Geschwister?«, fragte er.
»Nein.«
»Hat seine Vor- und Nachteile.«
Wie er das von sich gab, eine Binsenweisheit, aber so bestimmt, als hätte er gerade die Erkenntnis seines Lebens gewonnen – da musste ich kichern.
Joscha kam ein Stück an mich heran, auf Zehenspitzen schlich er, war auf einmal so viel größer als ich. »... hast schöne Zähne«, sagte er – es war mehr ein Stottern.
Erschrocken machte ich den Mund zu. Das erste Kompliment meines Lebens, und das war so absurd, dass ein anderes Mädchen in meiner Lage Joscha vielleicht eine geklebt hätte.
Ich tat es nicht. Ich guckte schräg an Joscha vorbei und genoss das Kribbeln, das sich rasend schnell in meinem ganzen Körper ausbreitete.

»He, Mann!« Joscha schaute hektisch auf seine Uhr. »Meine Mutter kommt gleich wieder.«
»Ach ja.« Ich ging raus, behauptete einfach, ich müsse mal aufs Klo.
In der Toilette stand ich dann vorm Spiegel und betrachtete meine erhitzten Wangen.
Himmel noch mal! Ich sah aus, als hätte ich zehn Stunden Pantomime am Stück hinter mir. Joscha, wenn du wüsstest! Kaum traute ich mich aus dem Klo, als ich den Schlüssel in der Haustür hörte.
Mir blieb nichts anderes übrig als das Feld zu räumen.
»Grüß mir Helma«, sagte Frau Martensen, als ich schon in meiner Jacke im Flur stand.
»Mach ich. Und Wiedersehen!«
Dann war Joscha neben mir. »Ich bring dich raus.«
Mir stieg schon wieder die Hitze in die Wangen, als ich seinen Atem dicht an meinem Nacken spürte.
»Darf ich dich mal was fragen?« Seine Stimme klang so tief, als hätte er in den letzten zwei Minuten den Stimmbruch hinter sich gebracht.
»Ja?«
»Warum warst du neulich wirklich in unserem Garten?« Er schluckte. »Und gleich zweimal?«
Ich dachte, ich müsste auf der Stelle sterben, und stotterte, das gehe ihn gar nichts an.
»Doch.« Er stand plötzlich vor mir und machte sich so breit, dass ich keine Chance hatte, an ihm vorbeizukommen. »Ist schließlich unser Garten.«
»Lass mich durch!«, brüllte ich.

Da griff Joscha in meine Haare. Mir wurde schwindlig, als er sich vorbeugte und mir ein Küsschen auf die Lippen platzierte. Dann wurden seine Arme lasch, er ließ mich durch, und ich rannte, als wäre der Teufel persönlich hinter mir.

Dicker Moritz – dicker Hund

Ich rief Helma an. Ehrlich gesagt, ich hatte Schiss einfach hinzugehen.
»Wie geht's?«, fragte ich, Marke harmlos.
»Mensch, komm doch auf eine Cola rüber.« So wie Helma klang, hatte sie irrsinnig gute Laune.
»Ich muss noch Mummis neue Sachen anprobieren.«
»Du pfeifst doch sonst auf die Klamotten.«
»Na gut.« Ich legte den Hörer auf und überlegte, wie ich es ihr sagen sollte.
Wir haben Händchen gehalten, er hat mir einen Kuss gegeben – ich bin ja so verliebt!
Joscha und ich – vielleicht war das doch mehr als nur ein Traum. Zwar ein wenig Seifenblase, die ebenso schnell zerplatzen konnte, wie sie gerade noch an mir vorbeigeflogen war, aber auch ein bisschen klebrige Hände, die mich berührt hatten.
Dabei – was hatten wir schon groß geredet? Ich kannte ihn nun zwar besser als vor ein paar Tagen, aber so vieles war mir noch schleierhaft.
Seine Paprikamampferei zum Beispiel, warum er sich in der Schule verweigerte, weshalb er nicht im Telefonbuch stand und was er über mich dachte …

Ich lief schnell ins Bad, flocht meine roten Zöpfe. Zwei, drei Minuten später war ich drüben. In meinem Brustkorb ziepte es; ich hatte mir noch keinen Text für Helma überlegt. Ich wollte keine Lügen, aber ich wollte ihr auch nicht wehtun.
Warum ist das so im Leben, dass nicht alle immer gleichzeitig vor Glück tanzen können, dass manchmal einer leer ausgeht?
Helma öffnete. Sie trug einen karierten Männerschlafanzug, hatte die Ärmel und Hosenbeine hochgekrempelt. Dafür, dass sie so blöd auf den Hintern gefallen war, sah sie eigentlich quietschfidel aus.
Wir gingen in die Küche, sie holte eine Colaflasche aus dem Kühlschrank, schenkte uns beiden ein. Irgendetwas war los – das sah ich ihr auf tausend Kilometer Entfernung an. Dieses Grinsen. Kam mir bekannt vor. So hatten schon viele Menschen vor ihr gegrinst – wenn sie verliebt waren. Ach, du Schreck! Das wäre allerdings das Hinterletzte! Wenn Joscha auch Helmas Hand genommen hatte, einen Kuss auf ihre Lippen ...
»Was ist?«, fuhr ich sie an.
Helma zuckte zusammen, verschluckte sich an ihrer Cola und hustete. »Nichts Besonderes, nur ... Meine Mutter hat geschrieben. Ich soll in den Ferien kommen.«
»Echt?«, fragte ich erleichtert.
»Ja, echt.«
»Und? Fährst du hin?«
»Weiß noch nicht.« Helma machte auf gleichgültig, sagte schließlich aus heiterem Himmel, Moritz habe angerufen und wolle mit ihr Plätzchen backen.
Dann passierte alles gleichzeitig. Ich musste lachen, und mir fielen tausend Steine vom Herzen. Ich sah Joschas Bärenaugen

vor mir, wie er mich anguckte, und konnte nicht glauben, was Helma da von sich gegeben hatte.
»Der dicke Moritz?«, fragte ich zur Sicherheit nach.
»Genau der.« Helmas Gesicht strahlte, als hätte sie früher mal das Lametta am Tannenbaum gespielt.
Der dicke Moritz! Das war wirklich ein dicker Hund!
»Sag bloß, du bist in ihn verknallt?«, schoss es aus mir heraus.
»Quatsch!«, wiegelte Helma ab und ihr Pferdeschwanz flog um ihren Kopf.
»Was dann?«
»Weiß auch nicht. Ich freu mich halt. Ist doch ein netter Typ.«
»Klar, finde ich auch«, sagte ich und überlegte, ob ich überhaupt noch von Joscha anfangen sollte. Wir gingen in Helmas Zimmer, legten uns auf ihr Sofa, jede in eine Ecke, und verhakten unsere Beine ineinander.
»Und? Gehst du hin – zum Plätzchenbacken?«
»Ja, morgen.«
Jetzt war ich diejenige, die sich an der Cola verschluckte. Mensch, das wäre prima, wenn Helma und der dicke Moritz … Und warum eigentlich nicht? Hatten Dicke vielleicht nicht das Recht, von dünnen Mädchen geküsst zu werden?
Dann erinnerte ich mich, dass Moritz ein hübsches Gesicht hatte, einen schön geschwungenen Mund, dunkle Augen, dazu das lockige Haar.
»Hör mal, Helma, ich muss mit dir reden.«
»Du und Joscha«, sagte Helma einfach und trank ihr Glas ex.
Ich schätze, mein Gesicht ging in einem roten Farbenmeer unter, während ich den Tathergang bei der Martensen zusammenstammelte. Und das bei meiner besten Freundin!

Warum konnte ich ihr nicht einfach unbefangen erzählen, was Sache war?
»Ich habs neulich schon gemerkt«, sagte Helma. »Er hat dich ganz schön oft angeguckt.«
»Hat er?« Ich fühlte mich wahnsinnig geschmeichelt und wollte es mir gern noch mal bestätigen lassen.
»Ja.«
»Und du?«
Helma zuckte mit den Schultern.
»Mir ist es irgendwie egal – obwohl es mir auch wieder nicht egal ist.«
Ich sah sie an, als hätte sie von mir verlangt, durch einen brennenden Reifen zu springen.
»Vielleicht war ich nur in die Vorstellung von einem Joscha verknallt«, meinte sie dann.
Ich nickte langsam, weil es mir schließlich ähnlich gegangen war. Und eigentlich hatte ich jetzt nur vor, mich in den richtigen Joscha zu verlieben.
». . . und wahrscheinlich bin ich auch eifersüchtig, weil er dich ausgewählt hat.« Helma zupfte ein paar Fussel vom Sofa. »Aber es ist doch Mist, seiner eigenen Freundin nur aus Neid etwas nicht zu gönnen.«
In einer plötzlichen Anwandlung von Zärtlichkeit rappelte ich mich aus meiner Ecke und nahm Helma in den Arm. Sie war toll! Die beste Freundin, die man sich denken konnte, und nicht mal Joscha wäre es wert gewesen, dass man sich mit ihr zerstritt. Was für ein Glück ich mit Helma hatte!
Eine andere Freundin hätte mir meinen Joscha nicht einfach so überlassen. Sie hätte rumgezetert oder nie wieder ein Wort

mit mir gewechselt, sie hätte geheult und mir ein grässlich schlechtes Gewissen eingeredet.
Abends beim Einschlafen dachte ich darüber nach, mit welcher Selbstverständlichkeit meine Gedanken mit »meinem« Joscha umsprangen, und dann wurde mir ganz anders, weil ich da über einen Besitz verfügte, der überhaupt nicht meiner war und der, selbst wenn ich mal mit Joscha zusammenkommen würde, sowieso kein Gegenstand war, den man sich einfach unter den Nagel reißen konnte.

Zeitalter der Toleranz

Dann kamen die Tage, an denen alles wie immer war und doch ganz anders.
Joscha saß in der Schule wieder vor mir, unbeweglich wie sonst auch, beteiligte sich kein bisschen am Unterricht.
Helma hatte ihren Hintern auskuriert und brav mit ihrem Verehrer Plätzchen gebacken.
Und ich konnte mich nicht entscheiden, ob ich beobachten sollte, was zwischen Helma und Moritz vor sich ging oder zwischen Joscha und mir.
Nicht dass bei uns gleich die große Liebe explodierte, nein. Wir krochen im Schneckentempo: Wir quatschten mal in der Pause oder wenn ich zum Babysitten kam, einmal nahm er meine Hand, und das mit der Küsserei ging erst viel später los.
Da hatte Moritz schon fünf Kilo abgenommen, und ich hielt es für sinnvoll, Helma endlich darüber aufzuklären, dass die kleinen Babys nicht vom Klapperstorch gebracht wurden.

In der Zwischenzeit zog sich Joscha immer wieder in sein Schneckenhaus zurück, weiß der Teufel, warum er so war! Aber trotz aller Rückschläge beschloss ich am Ball zu bleiben. Ich liebte ihn doch, und irgendwie merkte ich, dass er mich nicht ganz scheußlich fand. Manchmal guckte er mich mit seinen Teddybärenaugen jedenfalls ziemlich verliebt an, und einmal erzählte er mir, er habe noch nie eine richtige Freundin gehabt. Sei's drum. Immerhin gab es zwei Dinge, die Joscha ganz und gar gefangen nahmen. Das waren zum einen die ersten Bandproben mit Tom und Franz und zum anderen die Pantomimestunden.
Was meine Person angeht: Die Bandproben fand ich eher zum Heulen, und zwar deshalb, weil weder Helma noch ich dabei sein durften. Frechheit! Schließlich hatten wir die drei verkuppelt und wollten nun auch einen Teil der Früchte ernten. Meistens hockten Helma und ich in ihrem Zimmer, hörten von unten aus dem Weinkeller die dumpfen Bässe, und das war's dann auch. Doofes Männerpack! Was hatte ich schon vom Leben – außer einer Freundin, von der ich Mathe abschreiben konnte, die mir die Haare nachtönte und die plötzlich in den Pantomimestunden aufblühte, als wäre sie ein Kirschbaum im Frühling!
Also, Pantomime. Alles fing eigentlich damit an, dass wir zu viert die Generalprobe schwänzten, um in die Eisdiele zu gehen. Helma und ich vorneweg, Moritz und Joscha im Schlepptau.
Was Helma da immer für Zettelchen kriege, wollte Moritz auf einmal wissen.
Ich merkte, wie sich Helma neben mir steif machte und gleichzeitig schneller nach vorne preschte.
Dann drehte sie sich um und schrie es Moritz ins Gesicht:

»Mein Vater ist schwul und sein Freund auch, aber was geht das überhaupt jemanden an!«
Ich fand die Situation peinlich, und auch Joscha machte ausnahmsweise mal nicht den Eindruck, als ob ihm die Dinge sonstwo vorbeigingen. Aber Moritz lief, so schnell er konnte, hinter Helma her und hakte sich einfach bei ihr unter.
»He, Ballerina!« Das war sein neuestes Kosewort für Helma, die zwar zierlich war, mit einer Ballerina jedoch so viel gemein hatte wie eine Paprikaschote mit einem Nachttopf. »He!«
Er flüsterte ihr irgendwelche Worte ins Ohr, die ich nicht verstand, doch ich merkte, dass sie eine Wirkung auf Helma haben mussten – immerhin schaute sie mal was anderes als den Bürgersteig an.
Moritz drehte sich um. »Oder habt ihr was gegen Schwule?«, rief er und lachte dabei.
Wir schüttelten den Kopf. Das war in dem Moment, als wir die Eisdiele betraten, und noch bevor wir unsere Bestellung aufgegeben hatten, rückte Moritz mit seiner Idee raus: Wir sollten unsere Pantomime »umpantomimisieren«.
Wie wär's, wenn wir ein Aktionsstück zum Thema Homosexualität inszenieren würden?
»Aktionsstück zum Thema Homosexualität« – klar, hörte sich nicht schlecht an, und außerdem fand ich, dass es an der Zeit war, in die Offensive zu gehen. Bevor Helma etwas antworten konnte, führte Moritz seine Idee weiter aus: Er und Joscha würden jeweils ein Männlichkeitszeichen vor sich hertragen, Helma bliebe weiterhin der Stern, der den Weg in ein neues Zeitalter der Toleranz leuchten würde, und ich ...
Moritz sah mich durchdringend an.

»Ich könnte das Bühnenbild machen«, schlug ich vor und dachte dabei an meine Bauchnabelfotos. Vergrößert würden die einen irren Hintergrund abgeben.
»Zeitalter der Toleranz«, meinte Helma und klang resigniert. »Ihr stellt euch das so einfach vor. Manchmal hab ich den Eindruck, dass wir im Mittelalter leben.«
»Das Mittelalter ist nur in dir selbst«, sagte Moritz todernst und lud seine Patschhand auf Helmas Pfötchen ab.
Sie sah ihn auf einmal in einer Weise an, als wäre ihr gerade erst aufgegangen, was sie an ihm hatte.
Joscha, der die ganze Zeit schweigend dabeigesessen hatte, fragte zaghaft an, ob es nicht möglich sei, dass wir die Rollen einfach tauschten, Helma und ich als Männer verkleidet. Er könne sich ja auch um das Bühnenbild kümmern.
»Siehst du, da haben wir's!«, fuhr Moritz ihn an und seine gute Laune war dahin. »Das Spießerdenken in Person. Hast ja nur Angst, jemand könnte denken, du wärst schwul.«
Joscha sagte nichts, zog aber kleinlaut den Schwanz ein und verkroch sich in seine Hundehütte.
Mensch, Joscha! Wir schwiegen alle eine Runde lang, tranken unseren Cappuccino, nur Moritz starrte in die Luft.
Er hatte als Einziger ein Eis bestellt – und das ließ er jetzt zu einer Brühe zusammenschmelzen.
Nach einer Weile kam Joscha aus seiner Hundehütte gekrochen und gab bekannt, er würde die Sache mit uns durchziehen.
Ich hätte ihn am liebsten geküsst, doch so weit waren wir ja noch nicht.
Natürlich kriegten wir wegen der geschwänzten Sportstunde Ärger.

Aber Gott sei Dank hatten wir Moritz. Der konnte der Helmbrecht glaubhaft versichern, dass wir in Klausur gegangen waren, um für die Pantomime ein neues Konzept zu erarbeiten.
»Und wann wollt ihr euer neues Konzept noch proben?«, fragte sie schnippisch. »In drei Tagen ist bereits die Aufführung.«
»Zerbrechen Sie sich darüber nicht den Kopf«, antwortete Moritz und ließ den lila gemusterten Sportanzug einfach ratlos stehen.
Drei Tage. Es waren drei Tage, in denen wir zu einem Kleeblatt zusammenwuchsen, und ich konnte mir hinterher gar nicht mehr vorstellen, dass ich noch vor ein paar Wochen weder mit Moritz noch mit Joscha auch nur ein einziges Wort gewechselt hatte.
Wir probten nachmittags und abends bei Helma im Keller – die Band musste für diese Zeit mal aussetzen. Ich war Choreographin, Kostüm- und Bühnenbildnerin zugleich, das bewahrte mich wenigstens davor, mit den anderen vor Publikum herumzuhampeln.
Gleich am ersten Abend brachte ich meine vergrößerten und zu einem riesigen Plakat zusammengeklebten Bauchnabelfotos mit. Meine drei Tänzer kriegten sich vor lauter Begeisterung nicht mehr ein, und ich muss zugeben, dass mich meine Mondlandschaft ebenfalls total faszinierte.
Die Kostümfrage war auch schnell gelöst. Die Jungs trugen ihre normalen Sportanzüge, über Kopf und Gesicht zog ich ihnen einen Strumpf mit Löchern drin, ganz gangsterlike, darauf malte ich ein riesiges Männlichkeitszeichen. Helma befahl ich, so lange in ihrem Kleiderschrank herumzuwühlen, bis sie irgendetwas Hängerartiges fand, möglichst in Weiß oder in

Zitronengelb. Natürlich sollte sie barfuß auftreten und ihre blonden Haare würde sie offen tragen.
So weit, so gut. Das mit der Choreographie erledigten wir dann eigentlich gemeinsam. Moritz und Joscha probierten einen ziemlich akrobatischen Teil, wobei Joscha in halsbrecherischer Aktion auf dem stabileren Moritz herumturnte. Nur Helma musste ich auf die Sprünge helfen. Sie hatte plötzlich wieder ihre Ich-bin-so-schüchten-und-kann-mich-nicht-bewegen-Masche drauf und drängte mich, die Rolle mit ihr zu tauschen, was ich jedoch ablehnte.
Ich konnte ja schließlich nicht ihren Stern abkupfern, zumal ich noch auf die Idee kam, ganz zum Schluss quasi als Statistin über die Bühne zu hüpfen, die Bauchnabelfotos von den Wänden zu reißen und auf dem Stern und den Schwulen, die sich in den Armen lagen, auszubreiten. Ein starkes Schlussbild. Das Zeitalter der Toleranz!
Ob die Helmbrecht allerdings so tolerant war und unsere Pantomime überhaupt verstehen oder womöglich sogar gut finden würde, war uns so unklar wie meistens die Matheaufgaben im Übungsbuch, aber es spielte auch keine Rolle.
Die Helmbrecht war sowieso nicht ernst zu nehmen, und immer öfter dachte ich, dass solche Aktionen doch eigentlich genauso viel Spaß machten, wie einsam im Kämmerchen zu hocken und Fotos zu entwickeln.
Der Tag der Schulaufführung raste wie eine Sternschnuppe auf uns zu, und bevor wir Luft holen konnten, war er schon da.
Vor lauter Aufregung bekam ich morgens nicht mal eine halbe Tasse Tee runter, und Helma hatte ein Doppelt-hält-besser-Kalkgesicht aufgelegt.

Den Jungs erging's im Übrigen auch nicht anders: Die waren so hibbelig, dass sie nicht mal die Hampeleien der anderen mitkriegten, was auch nicht besonders schade war.
Trotzdem klappte alles wie am Schnürchen: Moritz war schwuler denn je, Joscha akrobatischer als ein Zirkusjunge und Helma sternenhafter als das ganze Universum. Wir landeten den absoluten Hit, wir waren die Sensation! Die Helmbrecht kriegte sich gar nicht mehr ein, wir bekamen jeder eine Eins, und die anderen hatten die ganze Zeit über Stielaugen. Wir hatten nämlich als einzige Gruppe eine Pantomime mit »Aussage«, eine mit Bühnenbild und Kostümen, jaja ...
Ich war mächtig stolz und mächtig verliebt, und noch am selben Abend luchste ich Joscha vor der Bandprobe im Helmaschen Keller einen zweiten Kuss ab.
Diesmal einen richtigen, nicht so ein Enkel-küsst-Oma-Küsschen. Und ich wusste auf einmal, dass es phantastische Ferien werden würden.
Wurden es auch. So einigermaßen jedenfalls.
Ich half Joscha bei seinem Umzug, schrieb Helma, die sich tatsächlich überwunden hatte, samt Forscherausrüstung zu ihrer Mutter zu reisen, und war so nett zu meiner Mummi, dass ich ihr täglich den Gefallen tat und ihre Schreckensklamotten anprobierte.
Oh Zeitalter der Toleranz!

Teil 2:

So long, deine Yeliz

O◆K◆T◆O◆B◆E◆R

Alles fing an einem Dienstag an. An Dienstagen passieren normalerweise keine großartigen Dinge. Das kommt eher an Wochenenden vor, manchmal auch an verregneten Montagen, wenn man gar nicht damit rechnet. Aber an Dienstagen ist man schon froh, wenn man beim Sport einen Aufschwung schafft, wenn keine Colaflaschen in Schultaschen explodieren und große Brüder einen in Ruhe lassen.
Im Ernst, der Dienstag ist ein Unglückstag. An einem Dienstag hat mir Mamas Nobelfriseur in der Heimhuder Straße eine Dauerwelle Marke Sauerkohl verpasst, unter der ich heute noch leide. Die Blicke damals – es war nicht leicht, ehrlich. An einem Dienstag habe ich meine erste Sechs geschrieben, in Französisch, na klar! Und an einem Dienstag hat Mama sich ihr Bein gebrochen. Genauer gesagt: letzten Dienstag. Beim Aussteigen aus dem Bus ist sie mit ihren Turnschuhen ausgerutscht, mit

dem Po auf das Trittbrett geknallt und hat es dabei hingekriegt, ihr linkes Bein im Bus zu lassen. Jetzt ist es gebrochen, und Mama liegt im Krankenhaus. Seitdem schmeiße ich mit Papa und Erik den Haushalt, das heißt, ich mache den Haushalt, und Papa und Erik schmeißen sich aufs Sofa, so ist das bei uns. Von männlicher Emanzipation halten beide nicht viel.
Trotzdem fing alles an einem Dienstag an.

An einem grässlichen Schmuddeldienstag, beim Sportunterricht, hänge ich wie ein Mehlsack am Reck. Angie knutscht die Pause über mit Timo – obwohl er vor einer Woche mit ihr Schluss gemacht hat –, während ich mit zwei laschen Knäckebroten bei Mira und Annie stehe und die Farbe meiner Schuhbänder austaxiere. Mit Mira und Annie die Pause zu verbringen ist in etwa so spannend wie eine Unterhaltung mit Tante Irenes Tischstaubsauger.
Nach der sechsten Stunde bin ich so bedient – nicht mal in der Pause kann man mit der besten Freundin reden –, dass ich noch auf eine Cola ins »Max« gehe.
Soll Erik sich doch allein etwas zu Mittag kochen, Kindermädchen zu spielen hat mir noch nie gelegen, schon gar nicht bei älteren Brüdern.
Im »Max« ist es rappelvoll. Wie immer nach der sechsten. »Max« ist das Schlupfloch für alle, die keinen Grund haben, sofort nach Hause zu fahren. Man trifft meistens jemanden zum Reden, die Redaktion unserer Schülerzeitung »Sponx« kommt hier zusammen, hält Konferenzen ab, tippt manchmal ihre Artikel – selbst an pieseligen Dienstagen ist im »Max« was los. Manchmal komme ich auch mit Angie. Dann arbeiten wir an

unserer Kurzgeschichte für »Sponx« – die planen wir schon ewig: Zwei Jungs am Pissoir, einer erzählt dem anderen seine Lebensgeschichte. Oder wir geben den Leuten im Café Noten. Erik würde glatt eine Sechs von uns kriegen, so wie der rumläuft: Cordhosen im Beutelstil und nichts als Computer in seinem Minihirn.

Heute, an diesem hundsmiserablen Dienstag, setze ich mich an einen freien Tisch am Fenster. Hier habe ich sowieso meinen Stammplatz, hier beobachte ich Leute oder Regentropfen, die die Fensterscheibe runterschießen, und hänge meinen Gedanken nach, stundenlang.

Ich bestelle bei Gabi eine Cola, wir plaudern eine Weile über dies und das. Gabi hat gerade an unserer Schule Abitur gemacht und wartet jetzt auf einen Studienplatz für Betriebswirtschaft. Betriebswirtschaft! Das hört sich schon nach verstaubten Akten und gallebitterem Kaffee in der Frühstückspause an.

Ich möchte gerne Stewardess werden. Über den Wolken fliegen, rein in den Himmel, das ist mein Traum. Fremde Länder sehen, andere Kulturen.

Erik sagt, ich sei zu fett, die würden mich nie im Leben nehmen. Vielleicht hat er ausnahmsweise mal Recht, ich meine, dass es da irgendwelche Gewichtsvorschriften gibt. Aber dass ich fett bin, lasse ich mir von meinem computergeschädigten Bruder nicht sagen!

Okay, ich wäre gern dünner, ich gebs zu, so dünn wie Angie wäre ich gern, aber ich habe eben andere Qualitäten. Sagt Mama. Sie sagt, ich sei hübsch.

Dabei habe ich ausgerechnet ihre rotblonden Haare und ihre vielen Sommersprossen geerbt! In meinem ganzen sechzehn-

jährigen Leben habe ich noch nicht einen Jungen getroffen, der nach rotblonden Haaren und Sommersprossen verrückt war. Die meisten wollen Mädchen mit eindeutig blonden Haaren und dünnen Beinen; Sommersprossen findet niemand toll.
Ich schwatze also ein bisschen mit Gabi, trinke meine piewarme Cola und ich ärgere mich über die vielen Kalorien, die gerade in meinem Bauch herumschwappen. Hole dann mein Buch aus der Tasche, eine Dokumentation über Wale und Delphine. Seit ich gehört habe, wie qualvoll Delphine beim Thunfischfang in den Treibnetzen eingehen, habe ich zu Hause den Thunfischboykott eingeführt. Mama war ganz begeistert – bei ihrer Vorliebe für Keimboxen hat sie für Tiere auf ihrem Teller ohnehin nicht viel übrig – und meinte, Thunfisch sei sowieso ungesund. Papa fand das auch, nur Erik murrte rum und zog gleich los, um sich demonstrativ eine Thunfischpizza zu genehmigen. Klasse.
Ich lese also in meinem Buch – Delphine retten Ertrinkende, erfahre ich, mit der gleichen Aufmerksamkeit retten sie aber auch eine Matratze –, als sich jemand zu mir an den Tisch setzt. Ein Junge. Ich spüre das, ohne groß hinsehen zu müssen. Vielleicht ist es der Geruch, männlich herb oder es sind die »Vibrations«, wie Mama sagen würde.
»Hi«, vernehme ich eine männliche Stimme. Marke »Kosmisches Chaos«. Ich schaue kurz hoch. Habe den Typ schon ein paarmal hier gesehen, Felix heißt er, glaube ich. Vielleicht war er auch mal auf unserer Schule. Locken und Brille, soweit ganz nett, kann jedoch nicht behaupten, dass mein Herz explodiert. Ich stecke meine Nase wieder in mein Buch, da fängt er an, mich dreist auszufragen. Was ich lese, auf welche Schule ich gehe und so weiter. Ich hasse Menschen, die mir ein Gespräch aufzwingen

wollen. Kommentarlos halte ich ihm den Buchumschlag hin, um mich dann wieder abzuwenden.
»Delphine? Ist das interessant?«
Ich nicke. Draußen fängt es an zu regnen. Erik sagt, Männer mögen keine Kratzbürsten. Dann bin ich erst recht eine.
»Gehst du auch in die Zehnte?«, bohrt sich seine Stimme nach einer Weile wieder in meine Großhirnrinde.
»Was geht dich das an?« Ich blicke hoch, schaue in sein Herzschmelzlachen, es könnte den Nordpol auftauen – unter gewissen Umständen.
Ich bin aber nicht der Nordpol, was bildet sich der Kerl eigentlich ein? Ich antworte nicht, will in Ruhe lesen. Immerhin kriege ich einen Gesichtsausdruck hin, der in puncto Freundlichkeit jedem Rasenmäher Ehre macht.
»Bist du in der Latein- oder in der Französisch-Klasse?«
»Oh Mann! Kannst du nicht mal still sein?«, schnauze ich.
Kann ich schon, will ich aber nicht.« Er steht auf, hebt seine Hand wie zum Gruß. »Übrigens, süße Sommersprossen – die da, auf deiner Nase.«
Anfangs will ich nicht begreifen, was er da gesagt hat, erst als er nach vorne zum Tresen gegangen ist, sickert es langsam in mein Bewusstsein: Mich hat er gemeint, meine Sommersprossen, Irrtum ausgeschlossen.
Zu einer Bemerkung dieser Art hat sich bislang kein auch noch so verrückter Junge hinreißen lassen.
Ich versuche mich wieder auf mein Buch zu konzentrieren. Es will nicht recht klappen, immerzu muss ich an diesen unverschämten Kerl denken. Schäle mit den Zähnen ein bisschen Lack von meinen Nägeln, finde es plötzlich gar nicht so übel, bei

meiner Delphin-Lektüre gestört worden zu sein. Süße Sommersprossen – wow! Für einen Dienstag gar nicht übel, wenn man Reckturnen, Regen und piewarme Colas abzieht.

Als ich nach Hause komme, hockt Erik auf dem Fußboden und verstaut Mamas Keimboxen in der hintersten Ecke des Küchenschranks.

»He, lass das!«, fahre ich ihn an. Immerhin hängt Mamas gesamte Lebensphilosophie von ihren Keimschützlingen ab.

»Solange Mama nicht zu Hause ist, mache ich mit den Dingern, was ich will.«

»Machst du nicht!« Ich schubse ihn vom Schrank weg und hole die Keimboxen wieder raus.

Nicht dass ich auf Keimlinge stehe, aber um Erik eins auszuwischen, würde ich freiwillig einen kompletten Urwald davon züchten und sie in der Pause an Gudrun, unsere blässliche Ökomaus verscherbeln.

»Was ist denn mit dir los? Sonst stopfst du dich doch auch lieber mit Kartoffelchips voll.«

»Halt die Klappe und kümmere dich um deine Pickel!« Wenn ich will, bin ich das Biest aller Biester.

»Wie kindisch!« Erik lässt sich auf einen Küchenstuhl fallen, steckt die Nase in eine Computerzeitschrift.

Ich hole Alfalfa aus dem Schrank, schütte eine gute Hand voll in die Keimbox, dann Wasser drauf.

Von der Seite Eriks Ultragriesgramblick.

»Was gibts denn heute zu essen?«, fragt er.

»Weiß ich doch nicht«, antworte ich. Warum soll die Fütterung der Männer immer meine Aufgabe sein?

»Koch doch Spaghetti.«
»Mach du's doch!«
Ich für meinen Teil beschließe, ab sofort in den Kochstreik zu treten. Notfalls fahre ich zu Angie, bei der bekomme ich wenigstens ein Spiegelei mit Käse drauf.
»Wenn ich koche, gibts doch bloß eine mittelschwere Sauerei, und die musst du dann wegmachen.«
»Und du bist ein mittelschwerer Idiot, wenn du glaubst, ich putze deinen Dreck weg!« Hochnäsig verlasse ich die Küche. Manchmal staune ich, wie Mama es hingekriegt hat, Erik dermaßen zur Unselbstständigkeit zu erziehen.
Mama. Vielleicht sollte ich zu ihr ins Krankenhaus fahren. Mich über ihre unmöglichen Erziehungsmethoden beschweren. Aber wahrscheinlich trifft sie noch nicht mal die Schuld, wahrscheinlich ist Erik einfach ein Arschloch, fertig aus, so was soll es geben.
Ehrlich: Sechzehn Jahre mit einem Arschloch von Bruder zu verbringen ist eine harte Sache.

Mama trinkt gerade Kaffee, als ich kurz nach drei bei ihr reinschneie. Fröhlich sieht sie aus, richtig aufgeblüht, mit einer Wohnungseinrichtungszeitschrift vor der Nase, Kuchenteller auf dem Schoß. Der Krankenhausaufenthalt scheint ihr gut zu bekommen. Sonderurlaub auf Krankenschein.
»Hallo, Spatz«, ruft Mama, »was machen die Geschäfte?«
»Die gehen blendend«, sage ich so mürrisch wie möglich. Soll Mama ruhig mitkriegen, dass Spatz allein mit den Männern nicht gerade in »Friede-Freude-Spaghetti-koch-ich-gerne«-Stimmung ist.

»Ist was nicht in Ordnung?«

Mein Stichwort. Ich jammere eine ganze Weile, böser Bruder, fauler Vater, keiner macht auch nur einen Finger krumm, ich, die Putze. Frau Völkers im Nachbarbett schaut interessiert herüber. »Ja, ja«, kommentiert sie, »kenn ich.« Die Oma zu Mamas Rechten schnarcht.

»Ich hab die Nase gestrichen voll«, schließe ich meinen flammenden Monolog.

Mama blickt mich aus großen traurigen Augen an. »Da kannst du mal sehen, wie es mir schon seit Jahren ergeht. Manchmal jedenfalls, nein, oft.«

»Mama!« Wütend picke ich ein paar Kuchenkrümel von ihrem Teller. »Da bist du selber schuld! Wenn man es zulässt, ausgebeutet zu werden, wird man auch ausgebeutet. Ist doch klar!«

»Wie soll ich das jetzt noch ändern?« Ihre ganze »Ein-paar-Tage-von-der-Familie-fern«-Frische schwindet.

»Kannst ja einen Küchendienst einführen, in den du Sohn und Mann mit einbeziehst. Putzen, kochen, bügeln, alles wird aufgeteilt. Schließlich arbeitest du auch ...«

»Kleines!« Mama nimmt meine Hand, ganz fest drückt sie zu, deutet auf ihren Gips. »Wenn der hier runter ist, das sage ich dir, dann wird alles anders.«

»Versprochen?«

»Versprochen.«

Die neugierige Schnecke von Völkers hängt mittlerweile so weit aus dem Bett, dass ein kleiner Schubs genügen würde ... Ich frage mich, wie Mama ausgerechnet hier aufblühen kann. Links diese Schnecke, rechts Geschnarche, Geruch von Käsefüßen und Medizin.

Wenn ich mal ins Krankenhaus muss, dann nur inklusive Walkman und Erfrischungstüchern.

»Und wer kocht nun heute?«, nerve ich Mama weiter. Schließlich ist das Problem noch nicht gelöst.

»Papa. Der kommt heute sowieso früher aus dem Büro. Ich rufe ihn gleich an …«

Mama ist die Größte. Ich habe es gewusst.

Auf dem Heimweg fällt mir wieder dieser Felix ein. Sein Gerede über meine Sommersprossen. Na, Klasse. Wenn ich's mir recht überlege, hat sich noch kein Junge über irgendwas an mir geäußert. Ich habe auch noch nie einen Freund gehabt, und wenn jetzt irgendein dahergelaufener Typ einen Kommentar über meine Sommersprossen abgibt, dann kann es ebenso gut sein, dass er sich über mich lustig machen will. Erik meinte einmal, man müsste den Jungs noch einen Hunderter geben, damit sie mich gnädigerweise mit der Kneifzange anfassen. Dabei ist Erik ein blasierter Klugscheißer mit meist fettigen Haaren und ohne Mädchen, die sich – in puncto Liebe – für ihn interessieren. Meine Freundin Angie behauptet sogar, Erik würden schwarze Haare aus der Nase wachsen. Ist schon möglich, so genau schaue ich da nicht hin.

Mama sagt, ich solle mich mit Erik vertragen. Tue ich aber nicht, solange er sich nicht mit mir verträgt.

Zu Hause empfängt mich eine Sinfonie aus Jazzmusik, hysterischem Männergeschrei und Brutzelgeräuschen. Außerdem riecht es ziemlich angebrannt.

Ich stecke meinen Kopf durch die Küchentür, Qualm und nochmals Qualm, trotzdem erkenne ich, dass Papa vor dem Herd steht. Er reißt gerade eine Pfanne mit Rührei von der Platte, er

flucht. »Bring mir mal einen Topflappen!«, ruft er. Erik angelt nach dem Geschirrtuch, schmeißt dabei die Keimbox runter. Ehrlich, so schlechte Slapstick-Szenen gibts nicht mal im Kino.
»Kannst du nicht helfen?«, blökt Erik mich an. »Statt hier rumzugaffen!«
»Lass sie in Ruhe.« Papa sieht streng aus. Vermutlich hat Mama ihm eine ordentliche Standpauke gehalten nach dem Motto: Nieder mit den Männern.
Ich nicke Papa zu und decke stumm den Tisch.
Unter uns gesagt, die Eier schmecken scheußlich. Papa hat es gut gemeint und etwa ein Pfund Pfeffer reingekippt. Um ihn nicht zu beleidigen, esse ich brav mein Anstandsportiönchen und halte mich dann an Brot mit Mettwurst. Da kann er nichts falsch gemacht haben.
Erik hört Walkman, Papa fragt, wie es Mama geht.
»Ganz gut«, sage ich. Wie kann er nur so scheinheilig tun! Als ob er von sich aus auch nur einen Fuß in die Küche gesetzt hätte. »Sie telefoniert gern und viel. Manchmal auch mit dir.«
Papa grinst.
Ich verziehe mich vor den Fernseher. Manchmal frage ich mich, warum in unserer Familie so wenig Klartext gesprochen wird.

Am nächsten Morgen auf dem Schulweg treffe ich Yeliz aus meiner Klasse. Ich kann nicht behaupten, dass ich mit Yeliz befreundet bin. Nicht direkt. Wir sprechen nur manchmal über Delphine und so. Ich glaube, Yeliz ist der einzige Mensch an unserer Schule, mit dem man sich über Tiere, Umwelt und diesen ganzen Kram auslassen kann. Ansonsten redet Yeliz nicht viel. Sie redet eigentlich mit niemandem, hat keine Freundin.

Yeliz ist schön. Schön und Türkin. Das heißt, ihre Eltern sind Türken, Yeliz ist hier geboren. Ich weiß nicht, ob sie einen deutschen Pass hat, wie sie sich selbst sieht, als Deutsche oder als Türkin, und ob sie Angst hat vor den Neonazis. Ich habe sie nicht gefragt, traue mich nicht. Warum eigentlich nicht? Weil sie so unnahbar ist, so schön und manchmal überlegen wirkt? Angie hat mir erzählt, nach dem Schulabschluss muss sie in die Türkei zurück. Vielleicht, kann sein, ich weiß es nicht.
Yeliz verzieht kaum das Gesicht, als ich ihr ein für frühmorgendliche Verhältnisse gut gelauntes »Hallo!« nachrufe. Sie dreht sich nur kurz um und eilt dann gleich weiter, ihr wadenlanger, altmodischer Blumenrock schlabbert ihr um die Beine. Trotzdem sieht sie toll aus. Ihre kinnlangen Haare liegen glatt und glänzend am Kopf an.
»Hast du Französisch gemacht?«, brülle ich, während ich hinter ihr herjage.
»Ja, logisch.«
Schweigend rennen wir weiter. Yeliz macht es mir nicht leicht, ein Gespräch in Gang zu bringen. Schon am frühen Morgen von den Atmungsproblemen der Delphine anzufangen ist nicht gerade meine Sache. Als Yeliz weiter stumm bleibt, raffe ich mich auf und frage sie, ob sie schon mal in einem Delphinarium war, eine reine Verzweiflungsfrage, peinlich, aber ich hasse vermurkste Morgenmuffel.
»Das ist doch Tierquälerei«, antwortet sie gereizt. So viel Temperament hätte ich ihr zu dieser Stunde gar nicht zugetraut. »Diese Delphinshows sollte man allesamt verbieten, kein Wunder, wenn die Tiere aggressiv werden.« Yeliz sieht mich feindselig an, als wäre ich auf die glorreiche Idee gekommen,

Delphine zur Freude der Menschheit in Becken zu stecken und durch Reifen springen zu lassen.
»Hast ja Recht«, versuche ich einzulenken. Konnte doch nicht ahnen, dass Yeliz gleich so hochgeht.
Dann entdecke ich Angie auf der anderen Straßenseite – meine Rettung. Dünn und drahtig führt sie ihre neueste Jeans spazieren.
»Angie!«, kreische ich mit plötzlicher Gleichgültigkeit allem gegenüber, was mit schönen Türkinnen und Delphinen in Schwimmbecken zu tun hat.
Angie blickt zu uns herüber und wechselt die Straßenseite. »Hallo, ihr beiden!« Sie lacht uns vergnügt an, während ich zum dreitausendstenmal neidisch ihre schlanken Beine in Augenschein nehme.
Yeliz murmelt ein unfreundliches »Hallo« – wahrscheinlich ist sie immer noch sauer, weil ich es gewagt habe, so ein verwerfliches Wort wie »Delphinarium« in den Mund zu nehmen.
Soll sie doch!, denke ich und widme mich ganz meiner Freundin. Schon längst wollten wir den männlichen Zuwachs unserer Schule – Max, Superheld mit Bartwuchs und Führerschein – durchdiskutieren, da kann mich Yeliz mal mit ihrer Überempfindlichkeit!
Als wir in der Schule ankommen, haben Angie und ich es tatsächlich hingekriegt, kein einziges Wort mit Yeliz zu wechseln. Zu gerne wüsste ich, warum sie nie von sich aus spricht, sich immer drängen lässt, bevor mal ein Wort über ihre Lippen kommt.
Andererseits bin ich froh, als sie dezent in Richtung Klo entschwindet, das gebe ich zu.

Natürlich möchte ich Angie von gestern erzählen, von den Sommersprossen und der laschen Cola.
»Kennst du diesen Felix noch?«, frage ich beiläufig.
»Felix? War der nicht mal auf unserer Schule? Brille? Braunes welliges Haar?«
»Locken«, verbessere ich Angie. Wir wollen die Dinge doch immer beim Namen nennen.
»Quatsch, Locken!« Angie fängt laut an zu lachen, ein paar Mädchen aus unserer Klasse kriegen Stielohren.
»Doch, Locken! Im Übrigen würde ich noch lauter schreien ...«
In diesem Moment betritt die Qualle, unsere Französischlehrerin, den Klassenraum.
Ätschibätsch, Angie, jetzt musst du dich eben gedulden.
Heute beginnen wir mit einer neuen Lektion. Ich muss vorlesen, strample mich so durch, schon mal schlechter gelesen. Dann kommt Yeliz dran, liest wie eine Eins. Ich wette, sie strebt zu Hause vor, oder sie hat in ihrer Familie auch noch französische Vorfahren. Klar bin ich neidisch. Weil ich im Leben nicht so eine Aussprache wie sie haben werde. Ja, Yeliz, sehr gut, Yeliz, lies doch auch noch den nächsten Abschnitt, weiß jemand von euch, was »sottise« bedeutet? Ja richtig, Yeliz, Dummheit, vielleicht kann uns Dani den Subjonctif von »faire« sagen, nein? Dani? Yeliz? Ja richtig ... Blablabla. Ich schalte einfach ab und nehme mir vor, im nächsten Leben ein Französisch-Ass zu werden.
In der kleinen Pause klebt Angie wieder an mir dran, will unbedingt meine Geschichte über das Für und Wider von Locken im Allgemeinen und im Besonderen hören.
»Ich weiß nicht, ob du sie verdient hast«, sage ich hoheitsvoll. »Nicht jeder hat meine genialen Geschichten verdient.«

»Oh Mann!« Angie sieht so genervt aus, dass ich mit meiner Story rausrücke. Ich erzähle brav, wie sich Felix im »Max« zu mir gesetzt hat, berichte über sein blödes Gequatsche und über die Sommersprossenarie.
»Im Ernst?«, fragt Angie ehrfürchtig. »Das ist ja genial. Jetzt hast du einen richtigen Verehrer.«
»Ja, stell dir vor, so einen, von denen du hundert hattest.«
»Quatsch mit Soße. Mir hat noch nie einer derartige Komplimente gemacht.«
»Und wenn er mich nur verarschen wollte?«
»Glaub ich nicht.« Angie beißt von einem verschrumpelten Apfel ab. »Warum sollte er?«
»Was weiß ich?« Ich zucke mit den Schultern.
»So intelligent sind die Jungen meistens nicht. Kannst du mir glauben.«
Es klingelt. Wir schlendern zurück in die Klasse. Ich bin noch nicht mal dazu gekommen, mein Brot auszuwickeln.
»He, sag mal, bist du jetzt verknallt?«
»Ach was!«
»Ich komm nach der Schule mit ins ›Max‹. Opfere mich.«
»Klasse«, kommt es schlaff aus meinem Mund. Ich kann mir lebhaft vorstellen, wie das ausgeht. Angie, die laut peinliche Bemerkungen macht und dann …
Was dann? Was ist mit mir, dass ich diesen Typen nicht aus dem Kopf kriege und gar nicht weiß, wie er da reingekommen ist?
Während sich Schneider in der sechsten Stunde abmüht, uns über die Gefahren der Scientology-Sekte zu informieren, wird mein Puls schneller und schneller.
Eigentlich will ich nicht ins »Max«, eigentlich will ich doch,

eigentlich nicht mit Angie, eigentlich unbedingt mit Angie, eigentlich habe ich Schiss, ziemlich sogar.
Angie, die hat es gut mit ihren Verehrern und Erfahrungen. Über Erfahrungen kann man zwar berichten, sagt sie altklug, aber dann sinds für den anderen noch lange keine Erfahrungen. Also hält sie lieber den Mund.
Ich bete, dass es endlich klingeln möge.
Was weißt du über die Scientology-Sekte, Yeliz? Ach, du bist auch angesprochen worden? Persönlichkeitstest? Gut, Yeliz, erzähl doch mal, wie es dir ergangen ist.
Kotzen könnte ich. Dieses Gelaber! Als ob jemand ernsthaft glauben könnte, ich würde mich auf so einen Sektenmist einlassen! Darüber zu reden heißt für mich, denen eine Beachtung zukommen zu lassen, die sie gar nicht verdient haben. Aber das behalte ich lieber für mich. Ich weiß, wie oberwichtig Schneider sich und seine angeblich so modernen Themen nimmt.
Fünf Minuten vor dem Klingeln räume ich bereits Bücher und Hefte ein. Mein Herz poltert, dass ich es im ganzen Körper spüre, verschont nicht mal meine Zehen. Wie kann ein stinknormaler Besuch im »Max« meine Hormone nur so durcheinander bringen?
Wie immer werde ich mit Angie am Fenster sitzen. Gabi wird uns Cola oder Pfefferminztee bringen, eine Laufmasche krabbelt an ihrem Bein runter, auf dem Boden Kaugummipapier. Angie liest mir die neuesten Produkte ihrer dichterischen Ergüsse vor, ziemlich albernes Zeug, werde ich sagen, und nach einer Dreiviertelstunde spazieren wir wieder hinaus. Die Welt ist genauso wie zuvor. Meine chaotischen Männer warten zu Hause und wollen ihr Fressi ...

Es klingelt, macht euch mal Gedanken, ob und wie man die Öffentlichkeit über die Scientology-Sekte informieren sollte, vielleicht durch eine kleine Flugblattaktion, vielleicht möchte Yeliz uns beim nächsten Mal einen Entwurf präsentieren?
Sie möchte. Sie nickt. Sie sieht einfach toll aus. Schneider lächelt selbstgefällig in sich hinein.
Beim Rausgehen ist Yeliz plötzlich neben mir und fragt mich, ob wir uns mal treffen wollen. Nachmittags, wegen der Delphine und überhaupt.
Donnerwetter, hat das Mädchen Power! Heute ergreifen wir mal die Initiative! Selbsterfahrungskurs, Stufe 2 b.
Ich muss zugeben, es schmeichelt mir, dass Yeliz mich fragt. Warum nicht? Ein bisschen fachsimpeln kann nicht schaden, das habe ich bei den idiotischen Männern zu Hause längst verlernt. »Also gut, wann?«
»Jetzt gleich im ›Max‹? Ich mein, wenn du Zeit hast.«
Mein Herz fährt Achterbahn. Ausgerechnet heute. Heute geht es nicht. Wenn Felix heute kommt, unmöglich!
»Tut mir Leid«, sage ich mit einem verzweifelten Seitenblick auf Angie. »Vielleicht morgen?«
»Okay.« Yeliz lacht mir zu, ja, ich nehme auch Denta-med – für meine Zähne nur das Beste. Warum kann sie nicht immer so freundlich sein?
Dann lassen wir Yeliz stehen, gehen die paar Schritte ins Café. Mein Herz hockt mittlerweile in den Kniekehlen, und wenns noch in die Füße sackt, dann kneife ich, dann gehe ich gar nicht erst rein.
Felix ist nicht da. Glück für mein Herz, das prompt wieder in normalen Regionen schlägt.

Gabi kommt grinsend an unseren Tisch. »Na? Die Liebesschwüre gut verdaut?« Ich sehe sie nur fragend an, möchte wissen, von wem die Kuh das erfahren hat. Wird Zeit, dass sie endlich ihren Studienplatz bekommt. Pubertäres Gesabbel konnte ich noch nie ausstehen.

Wir bestellen zweimal schwarzen Tee. Angie kramt einen Stapel Zettel aus ihrer Tasche, den neuesten Entwurf unserer Pinkelbeckengeschichte.

Ich starre zur Tür. Nicht, dass er unbemerkt hereinkommt.

»Wahnsinn, Wallung, wortloses Wüten«, liest Angie.

»Was soll das sein?«, frage ich entsetzt.

»Die Überschrift.«

»Sag mal, spinnst du total? Das kannst du nicht schreiben, wir hatten uns doch auf ›Die Entscheidung‹ geeinigt.«

Wenn das so weitergeht, kriege ich mit Angie noch Streit.

»Die Entscheidung!« Angie zieht ihr berühmtes Saure-Zitronen-Gesicht. »Das klingt viel zu nüchtern.«

»Und was hat dein Wallungsgeschwafel mit unserer Geschichte zu tun?«

»Bis jetzt noch nicht viel, klar. Aber immerhin wird der Leser gleich in die Story reingezogen, er kann sich nicht dagegen wehren weiterzulesen, das ist doch grandios.«

»Ja, grandios«, sage ich und schaue nervös zum Tresen. Niemand zu sehen.

Wahrscheinlich habe ich Pech, und Felix war eine Fata Morgana. Soll vorkommen, so was. Ich lese schon die Schlagzeilen: Halluzinationen! Teenager in den Wechseljahren. Erster nachweisbarer Fall seit der Entstehung der Menschheit.

»Hörst du heute noch mal damit auf?«, quengelt Angie.

»Aber deshalb sind wir doch hier ...«
»Wegen unserer Geschichte.«
»Unsere Geschichte! Von wegen. Langsam wirds immer mehr deine Geschichte.«
Angie zieht arrogant die Augenbrauen hoch. »Wer hat hier das Talent?«
»Du. Ich bin sowieso der Idiot. Weiß ich doch.«
Angie glaubt, dass sie mal eine berühmte Dichterin wird, ihr ist es wirklich ernst mit dem Schreiben. Sie meint immer, ihr Herz quelle über vor Empfindungen, sie bekomme Schmerzen, wenn sie nicht schreiben dürfe. Ich kriege nur einen schmerzhaften Lachkrampf, wenn sie von ihrem überquellenden Herzen anfängt.
»Okay«, sagt Angie. »Fassen wir zusammen: Es geht also um zwei Jungen, die sich zufällig beim Pinkeln treffen. Sie fangen ein lockeres Gespräch an, werden immer philosophischer, bis einer feststellt, dass er sein Leben umkrempeln muss.«
»Ja, klar, aber wissen wir denn, warum er das muss?«
»Hm, vielleicht, weil ... Sagen wir, der eine hat allem entsagt, Mädchen und Sex und so, und der andere merkt, dass er einfach zu viel rumgevögelt hat in seinem Leben.«
»Mensch! Ich denke, die Geschichte soll in die Schülerzeitung.«
Unauffällig schiele ich wieder zur Tür. Ich könnte mir in den Hintern beißen. Hier herumzuhocken und meine Zeit zu vertun! Kein Felix ist zu sehen, nur Gabi, die blondgelockt zwischen den Tischen hin und her springt.
Manchmal zweifle ich daran, ob aus dem Schreibprojekt mit Angie tatsächlich mal was wird. Immer will sie ihre eigenen Ideen durchdrücken.

Wir kombinieren noch etwa eine halbe Stunde, einer der Jungen könnte gerade von seiner Freundin verlassen worden sein oder Angst vor dem Sitzenbleiben haben, alles müsste sich ganz beiläufig im Gespräch entwickeln, nicht mit der Holzhammermethode. Das wird schwierig, unke ich. Angie lacht nur.

Dann gehen wir.

Bäh, Felix. Bäh, Gabi, hör auf, so blöd zu grinsen.

Um ehrlich zu sein, ich bin frustriert. Warum ist er nicht gekommen, wenn ihm wirklich etwas an mir liegt? Nicht, dass ich ihn toll finde, ehrlich nicht. Aber schön wäre es schon, wenn es tatsächlich einen Jungen auf dieser Welt gäbe, der auf rotblonde Haare und Sommersprossen steht.

Kaum betrete ich die Wohnung, gibt es Stunk.

Erik will mich zum Wäschewaschen anheuern, sagt, er habe keine frischen Unterhosen mehr.

Klasse, denke ich nur und verziehe mich in mein Zimmer. Zwar hatte ich ohnehin vorgehabt, einen Gang zu waschen, aber jetzt? Ende. Ich werfe mich aufs Bett, höre Erik draußen fluchen, schließlich an der Waschmaschine hantieren, Mist, jetzt wäscht er meine Unterhosen nicht mit.

Trotzig bleibe ich liegen und stelle mir vor, wie Felix in Unterhosen aussehen mag. Vielleicht wäre der Anblick ein Erlebnis, muskulöser Oberkörper, glatte Haut. Hauptsache, er macht kein Bodybuilding, das finde ich albern.

Später kommt Papa. Er bringt Hamburger und Cola mit. So was gibts bei Mama nicht.

Erik sieht mich triumphierend an, als käme er mit seiner Waschaktion ins Guinness-Buch der Rekorde.

»Kannst du nicht woanders hingrinsen?«, meckere ich ihn an.
»Warum sollte ich?«
»Tine!« Papa sieht mich fast böse an. »Hör doch auf, deinen Bruder zu piesacken.«
Typisch, jetzt bin ich wieder schuld. Dass die Männer immer zusammenhalten müssen! Nach dem Motto »Marmor, Stein und Eisen bricht...«
Während ich den letzten Rest Hamburger auf Verdauungsreise schicke, stehe ich auf, um demonstrativ Keimlinge zu ernten und neue anzusetzen – auch auf die Gefahr hin, dass Erik einen Brechanfall bekommt.
»Wozu das, Tine?« Ich merke, wie Papa sich abmüht, seinen strengen Zug um den Mund beizubehalten. »Die landen doch wieder im Mülleimer.«
»Tun sie nicht«, lüge ich. »Die landen auf meinem Frühstücksbrot.«
»Wers glaubt...«, schaltet sich Erik ein. Mit Hamburgersoße um den Mund sieht er einfach grässlich aus. Ich wünsche, dass ihn nie im Leben ein Mädchen wird ertragen müssen.
»Okay«, sagt Papa. »Wenn du so lieb bist, mir morgen ein Brot zu schmieren, dürfen auch Keimlinge drauf.« Ein Blick zu Erik. »Und du wäschst jetzt ab.«
»Was denn?«, fragt Erik entgeistert und deutet auf das zusammengeknüllte Papier, das vor ihm auf dem Tisch liegt.
»Schau doch mal in die Spüle.«
»Oh Mann! Doch nicht den ganzen Kram!«
»Doch, genau.«
Ich sehe Papa mit offenem Mund an. Vielleicht habe ich mich mit der »Marmor-Stein-und-Eisen«-Theorie geirrt.

Um halb sechs fahren Papa und ich ins Krankenhaus. Erik will lieber seinen Computer hüten. Und unsere Keimlinge, vermute ich. Die brauchen Pflege.
Im Supermarkt kaufen wir Blumen und Schokolade. Mama wird sich wegen ihrer Figur wieder künstlich aufregen. Was soll ich da sagen? Gegen sie bin ich ein mittelprächtiges Nilpferd.
Heute sieht Mama noch besser aus. Das reinste Schönheitsfarmgesicht. Ich kann jedem empfehlen, sich ein Bein zu brechen – neueste Beauty-Formel, Frischzellenkur im Dreibettzimmermief. Ich setze mich auf Mamas Bett, Papa nimmt sich einen Besucherstuhl, Frau Völkers kriegt neugierige Augen.
Mama fragt mich, wie es in der Schule geht.
»Bestens, wie immer«, sage ich, warum soll ich sie beunruhigen, Französisch kapiere ich eh nicht mehr. Zu Hause läuft natürlich auch alles wie geschmiert. Wir essen fleißig Keimlinge und überhaupt: alles wunderbar.
Als Papa anfängt, von seiner Bank zu reden, gehe ich für einen Moment raus.
Auf dem Flur ist es leider auch nicht spannender. Ab und zu ein wandelnder Bademantel, gedrückte Stimmung, eigentlich will ich gar nicht hier sein. Gehe zum Fahrstuhl, steige gedankenverloren ein, vielleicht ist unten beim Kiosk mehr los.
»Und? Hat man jetzt bessere Laune?« Plötzlich diese vertraute Stimme an meinem Ohr.
Ich schaue mich um, drücke aus Versehen Tiefparterre. »Ja, ich meine, nein ...«
Tatsächlich steht dieser Felix vor mir, er trägt einen weißen Krankenhauskittel. Verzweifelt versuche ich, meine Hormone in den Griff zu bekommen.

»Willst du in den Keller?«
»Was machst du hier?«, frage ich, ohne auf seine idiotische Frage einzugehen.
»Arbeiten. Und du?«
»Fahrstuhl fahren.« Langsam kehrt meine angeborene Frechheit wieder.
»Und sonst?«
»Meine Mutter. Zimmer dreihundertzwei.«
»Das lachende Bein?«
Ich verstehe nicht ganz, nicke aber.
Jetzt geht die Fahrstuhltür auf, Felix spaziert raus, dreht sich noch einmal um. »Deine Mutter hat jedenfalls bessere Laune als du.«
Peng. Die Tür fällt zu.
Bin ich wirklich immer so mies drauf?
Mist. Warum musste ich ihn völlig unvorbereitet treffen, warum nur?
Ich drücke auf drei, fahre wie benommen hoch.
Mama vertilgt gerade ihre Quarkzulage, als ich ins Zimmer komme. »Ist dir ein Geist begegnet, oder was?«
»So ähnlich«, sage ich mürrisch und setze mich zum Zwecke einer Schweigeminute auf Mamas Bett.
Gott sei Dank fängt Papa wieder mit seinen Langweilerthemen an, so brauche ich nicht näher auf das Fahrstuhlphantom einzugehen.
Doch dann geht die Tür auf und Felix huscht ins Zimmer. »Fieber messen, meine Damen!«, ruft er, um mich im gleichen Atemzug zu fragen, wann ich wieder ins »Max« käme.
Mama sieht mich erstaunt an, Papa auch, die Völkers erst

recht. Diesmal kann ich nicht verhindern, dass ich eine rote Birne kriege.
»Also?«, hakt Felix nach.
»Weiß noch nicht.«
Aller Augen kleben erwartungsvoll auf mir. Selbst die Völkers kapiert, wie der Hase läuft.
Kaum ist Felix draußen, fängt Mama an zu kichern. »Du kennst ihn?«, fragt sie.
»Quatsch.«
»Sieht mir gar nicht nach Quatsch aus.«
»Sieht es doch.«
Mama legt mir ihre Hand aufs Bein. »Felix ist nett. Ein sehr netter Pfleger.«
»Wie schön für dich.« Für dich, für mich, für uns.
Für mich?
Am Abend kann ich lange nicht einschlafen. Da ist so ein Lachen, das ich nicht aus meinem Gesicht rauskriege.

N◆O◆V◆E◆M◆B◆E◆R

Heute ist der erste November. Eigentlich hasse ich den November, meistens ist er trübe und kalt und es regnet in einer Tour. Heute ist aber ein besonderer erster November, sozusagen ein »Total-verwirrt-sein-erster-November«. Draußen flattern die Blätter durch die Luft.
Papa macht ein klasse Frühstück, aber ich habe keinen Appetit, nicht mal auf Honigpops, die ich sonst kiloweise in mich reinschütten könnte.

Nach der fünften Stunde tapse ich mit Yeliz ins »Max«. Eigentlich ist mir nicht danach, weder nach Yeliz noch nach Delphinen, aber manchmal muss man eben Dinge tun, die einem gegen den Strich gehen.

Yeliz läuft stumm neben mir her. Ich verachte sie dafür, dann wieder meldet sich mein schlechtes Gewissen, weil ich so denke, ich gemeines Aas. Auch im »Max« will kein richtiges Gespräch aufkommen. Die Delphine – das merke ich – haben wir längst abgehakt. Aber warum um Himmels willen muss ich immer diejenige sein, die sich Worte aus den Rippen saugt, hohles Blabla, nur damit irgendwelche Töne zwischen uns hin und her schwingen?

Ich sehe aus dem Fenster, würde lieber einen Blick auf die Uhr werfen, da steht Felix plötzlich an unserem Tisch, auf den Lippen dieses »Muttis-und-Tanten-brech-ich-schnell-mal-das-Herz«-Lächeln.

»Yeliz!« Kumpelhaft schlägt er ihr auf die Schulter. »Deinen Namen kenne ich noch nicht«, sagt er zu mir.

»Tine«, antworte ich kühl und frage mich, woher er Yeliz' Namen weiß.

Fiasko. Der Nachmittag ist gelaufen. Yeliz kriegt reizende Rotbäckchen, Felix bestellt galant Cola für uns drei. Ich verabscheue ihn immer mehr, diesen ersten November.

»Wie gehts dir?« Wusste ich's doch, dass er sich lieber mit nicht sommersprossigen Mädchen unterhält.

»Ach, nicht schlecht«, antwortet Yeliz mit zumindest angetautem Herzen.

Blablabla. Die Schule, ja, das Krankenhaus und überhaupt. Soll ich hier Komparsin spielen wie in einem schlechten Film?

Ich sinne über einen Fluchtweg nach.
»Entschuldigt mich einen Moment«, sagen sie im Film immer, wenn sie zum Klo müssen oder sich durch dessen Fenster verkrümeln wollen. Ich renne zur Theke, drücke Gabi drei Mark in die Hand, und schon bin ich draußen.
Vielleicht haben sie es gesehen, egal.

Wenn ich schon mal einen Jungen mag, das kann ja nur in die Hose gehen.
Angie meint, ich soll ihn mir einfach »nehmen«. Wie geht das, bitte schön, wie »nimmt« man sich einen Jungen? Soll ich ihn vielleicht am Ohr packen und in meinen Kleiderschrank sperren? Oder Erik engagieren, damit er ihn entführt? Ich wette, Felix hat tausend Freundinnen, die ihn Tag und Nacht umlagern. Da spiele ich nur die tausendunderste Rolle – wenn dieser Rang nicht schon von Yeliz besetzt ist.
Außerdem bin ich gar nicht in Felix verknallt. Ist doch alles Blödsinn, was man mir da anhängen will, nur wegen dieser lächerlichen Sache mit den Sommersprossen. Kann sein, dass ich einfach schlecht gelaunt bin – eine Klassenarbeit nach der anderen, da könnte man die Wände hochgehen! Heute regnet es wieder in Strömen, kalter Wind, ein Kilo mehr auf der Waage. Einziger Lichtblick: Mama wird nächste Woche aus dem Krankenhaus entlassen. Wird unseren Chaotenladen wieder auf »Vordermann« bringen. Höchste Zeit. Langsam hängen mir die Keimlinge, die ich zur Verteidigung ihrer Ehre aufziehe, zum Hals heraus.
Am Nachmittag fahre ich zu Angie. Das einzig Vernünftige, was man an einem verregneten Sonntag tun kann. Vorausgesetzt

allerdings, Angie hat keinen neuen Freund, mit dem sie gerade knutschen muss, weil ihre Eltern nicht zu Hause sind.
Ich klingle in der Hartungstraße. Wir trinken Tee in ihrem Zimmer, das voll gestopft ist mit Flohmarktmöbeln.
Angie ist zur Zeit solo.
An unserer Kurzgeschichte zu arbeiten habe ich nicht die geringste Lust, also beschwere ich mich über Erik. »Vielleicht gehe ich aus Schönheitsgründen auch noch ein paar Tage ins Krankenhaus zu Mama«, füge ich hinzu, während Angie dieses seltsame Grinsen auflegt, das nur eins bedeuten kann: dass sie bald nicht mehr solo sein wird.
»Wer ist es?«, frage ich mit größtmöglicher Anteilnahme. Da Angie häufiger die Objekte ihrer Begierde wechselt, fällt mir die Anteilnahme bisweilen schwer.
»Georg.«
»Wer ist Georg?«
»Der Schwimmer aus dem dritten Semester.«
»Kenn ich nicht«, sage ich, um sie zu provozieren. Natürlich kenne ich Georg, Supermann mit Superfigur. Die Mädchen kippen reihenweise um, wenn er ihnen ein Lächeln schenkt.
»Doch!«, braust Angie auf. »Ich wette, du warst auch mal in ihn verknallt.«
»Kann schon sein.«
Es interessiert mich nicht, wie die Dinge mit Angie und diesem Muskeltyp stehen. Ich denke an Felix, an Yeliz und frage mich, was da alles in meinem Kopf herumtobt.
»Er hat mir heute zugezwinkert«, drängt sich Angies Stimme in mein Ohr. Auch das noch! Nichts läuft zwischen den beiden. Jedes Mädchen glaubt, dass Georg ihm zugezwinkert hat.

»Angie! Hör mir auf mit diesen Kindergeschichten!«
»Und was ist mit deinem Felix?« Angie klingt beleidigt.
»Wieso mein Felix? Frag doch mal Yeliz, was mit ihrem Felix ist! Die tut so, als wären wir nie zusammen im ›Max‹ gewesen, als wäre ich nie abgehauen.« Ich schlucke. »Wahrscheinlich läuft bei denen die ganz große Sache.«
Wir sitzen da und starren in den trüben Nachmittag, der Regen klatscht gegen die Fensterscheibe. Ich schiebe mir ein Plätzchen in den Mund.
»Wollen wir ins Kino, Angie? Irgendetwas Sinnvolles tun, von mir aus auch an der Kurzgeschichte weiterarbeiten?«
Angies Augen kriegen einen eigentümlichen Dichterglimmer. »Okay, ich les dir vor, was ich bisher geschrieben habe.«
Stummes Wühlen in ihrer Dichtertasche. Dann: »Wahnsinn, Wallung, wortloses Wüten. Eine Kurzgeschichte in drei Akten von Tine Wenk und Angie Koltmann.«
Ich verdrehe die Augen. »Eine Kurzgeschichte hat nie drei Akte«, sage ich.
»Ja und?« Angie sieht mich mit kugelrunden Augen an. »Dann revolutionieren wir sie eben.«
»Wenn man noch nie eine geschrieben hat, ist es dann nicht anmaßend, gleich mit dem Revolutionieren anzufangen?«
»Warum denn?« Immer will Angie mit dem Kopf durch die Wand. Wir reden noch eine komplette Stunde übers Revolutionieren, dann reicht es mir und ich beschließe, den Abend vorm Fernseher zu verbringen. Mit ein bisschen Glück werde ich das Wohnzimmer für mich allein haben.
Auf dem Weg zum Bus kommen mir ein dunkelhaariger Junge und ein Mädchen mit Kopftuch entgegen. Einen Moment glau-

be ich Yeliz erkannt zu haben – die starken Augenbrauen, unverwechselbar. Dann denke ich, das kann nicht sein. Yeliz trägt kein Kopftuch. Ich drehe mich noch einmal um, aber schon sind die beiden in einer Nebenstraße verschwunden.
Starke Augenbrauen haben viele, geht es mir durch den Kopf, und ich kämpfe mich durch die Nässe zum Bus.

Am nächsten Morgen beschließe ich, Nägel mit Köpfen zu machen. Nägel mit Riesenköpfen. Das bin ich mir und meinem Mauerblümchen-Ego schuldig.
Angie lasse ich nach der sechsten links liegen. Ich sprinte durch die Gänge der Schule, will ins Krankenhaus. Mama besuchen, Felix aufsuchen. Dieses »Ich-lieb-dich-ich-lieb-dich-nicht-was-ist-nur-los?« -Spiel muss ein Ende haben.
Was für ein Ende? Bin ich verrückt geworden? Wie komme ich nur darauf, Felix könnte mich prima finden? Nur wegen dieser albernen Sommersprossensache? Vielleicht sagt er das hundertmal am Tag, und alle Mädchen haben diesen Spruch gehört!
Nein, beschließe ich. Mama besuchen ist okay, aber kein Blick nach links oder rechts.
Draußen scheint die Sonne, eine klare Wintersonne, und auf einmal steht Felix vor mir – ich habe ihn nicht kommen sehen.
»Tag, Tine«, sagt er. Automatisch halte ich nach Yeliz' dunklem Pagenkopf Ausschau, nichts zu sehen.
»Hast du gehört? Deine Mutter kommt einen Tag eher raus.«
Ich schüttle den Kopf. Im grellen Tageslicht sieht Felix ganz anders aus. Nackt, ein bisschen gerupft, vielleicht war er auch beim Friseur. Ich drücke mich an ihm vorbei.
Er lässt sich nicht abhängen. »Wohin gehst du?«, fragt er.

»Zum Bus. Ich will ins Krankenhaus.«
»Darf ich dich begleiten?«
Ich lächle nur. Beim besten Willen, ich kann mir nicht erklären, was diese Gratisvorstellung bedeuten soll. Mich zum Bus begleiten! Mit so was hat es Papa früher bei Mama versucht.
»Musst du nicht arbeiten?«, frage ich, um das Schweigen nicht länger ertragen zu müssen.
Wir biegen in die Brandstwiete ein.
»Nö.« Felix nestelt an seiner Brille. »Ich hatte Spätschicht.«
Was will er? Wartet auf mich, um mir dann lang und breit und unaufgefordert von seinem Beruf zu erzählen: Eigentlich habe er vorgehabt, Chirurg zu werden, um den Menschen zu helfen, natürlich! Blabla, nach der Zehnten sei es allerdings aus gewesen mit Schule, keine Lust, miese Noten, da sei ihm die Idee mit dem Krankenpfleger gekommen, der helfe auch viel eher den Menschen, als Chirurg gehe man nur mit Fleisch um, anonymes Aufschneiden von Körpern, die Seele bleibe auf der Strecke. Ja, ja ... Ausgezogen sei er auch gleich von zu Hause, habe sich ein Zimmer in einer Wohngemeinschaft gesucht.
»Macht dir dein Beruf Spaß?«, frage ich. Wir stehen jetzt vorm »Max«, die Bushaltestelle haben wir einfach links liegen gelassen. Drinnen huscht Gabi in Gesundheitslatschen und Minirock von Tisch zu Tisch.
»Na klar.« Felix' Gesicht sieht auf einmal ernst und erwachsen aus. »Eine Cola?« Er öffnet die Tür.
Ich nicke, ignoriere die Blicke von links und rechts, während ich vor Felix reingehe.
»Obwohl«, fährt er fort, »manchmal ist es härter, als man es ertragen kann.«

Ich nicke wieder. Wenn ich an die Völkers denke und an die Oma, die nicht mehr zum Klo kann: Freiwillig würde ich so einen Beruf nicht wählen.
Gabi kommt an unseren Tisch.
»Was wollt ihr denn, ihr beiden Hübschen?«
Das Grinsen kannst du dir sparen.
»Zweimal Cola«, sagt Felix. »Mit viel Eis.«
»Zu Befehl.«
Eigentlich wollte ich jetzt bei Mama sein, hocke stattdessen mit ihrem Lieblingskrankenpfleger im Café herum. Ich starre Felix an. Der hat so nette Grübchen, wenn er lächelt. Kann sein, dass ich wirklich verknallt bin.
Blödsinn! Bin ich nicht! Nur weil Angie mir einzureden versucht, mit sechzehn würds aber Zeit? Noch nie verliebt gewesen? Doch, war ich schon, einmal in einen Lehrer und dann mal in den einen und den anderen, nie länger als ein paar Tage.
Und Felix? Woher soll ich wissen, wie ich zu ihm stehe? Kenne ihn doch gar nicht, weiß nicht, wie viele Brötchen er zum Frühstück isst, wie viele Yelize er am Abend vernascht. Weiß nur, dass er gerne und hastig Cola trinkt, dass er es offenbar nötig hat, sich mit dem Helferberuf wichtig zu machen.
Der Ventilator an der Decke dreht sich in irrsinnigem Tempo, es gelingt mir nicht, die einzelnen Flügel auszumachen. Als ich meinen Blick wieder senke, schaut Felix mir in die Augen, so eine Art Tiefseetauchen macht er mit mir, rein und immer tiefer, ich finde es unfair, ehrlich. Zu schweigen, als sei es die normalste Sache der Welt, und mich mit so einem Blick aus dem Konzept zu bringen. Ich schaue weg, ich dumme Kuh.
Felix atmet geräuschvoll. Wir schweigen immer noch. Ich weiß

nichts zu sagen, da ist nur Grießbrei in meinem Kopf. Kann sein, dass ich Felix bewundere. Weil er nicht so ein Korinthenkacker von Schulbub ist, der sich an Vokabeln und Formeln die Finger wund schreibt. Einer, der sein eigenes Geld verdient, das finde ich toll. Einer, der nicht mehr zu Hause wohnt.
Ich will ihn nicht mit meinen Schmachtblicken einwickeln. Ich beschließe also zum zweiten Mal an diesem Tag, Nägel mit Köpfen zu machen.
Ich stehe auf, sage, ich müsse jetzt ins Krankenhaus. Verdammt, klingt das cool!
»He, Moment!«, ruft Felix hinter mir her, als ich Gabi schon das Geld für meine Cola zugesteckt habe.
»Was denn?«
»Nichts denn!«
Felix probiert die Tiefseemasche. »Kriege ich deine Nummer?«
»Wenk, Axel. Steht im Telefonbuch.«
»Ist das dein Mann?«
»Blödkopf!« Jetzt muss ich doch lachen.
Ich gehe. Felix starrt mir nach, ich spüre es.
Mit meinem dicken Hintern wird er sich abfinden müssen.
Klar, meine Sommersprossen sind unschlagbar, sagt Mama.

Felix ruft gleich am nächsten Tag an.
»Tine, so ein Typ für dich!«, brüllt Erik durch die Wohnung. Wunderbar, was für ein offenes Wesen mein Bruder in heiklen Situationen wie diesen an den Tag legt.
»Ja?«, hauche ich ins Telefon.
»Hier ist Felix, hi!«
»Hallo!«

»Grüß dich, Tine.«
»Ja, hallo.« Meine verschwitzte Hand klebt am Hörer.
»Wie gehts?«
»Großartig.« Junge, komm zur Sache!
Er kommt nicht zur Sache, der Junge. Erzählt lang und breit von Mamas Bein, von ihrem Appetit, beiden gehe es prächtig, und entlassen werde sie fünfzehn Uhr zwei, nein fünfzehn Uhr vier, also, ehrlich gesagt, der Entlassungszeitpunkt lasse sich nicht genau vorherbestimmen.
»Ach so«, murmle ich in den Hörer.
»Wenn du magst, komm doch mal vorbei.« Felix' Stimme ist plötzlich so laut geworden, dass ich den Hörer vom Ohr abhalte.
»Ja, vielleicht. Mal sehen.« Cool muss man sein, unbedingt – auch wenn ich gerade kurz vor einer Ohnmacht stehe.
»Ja, vielleicht oder mal sehen? Was denn nun?«
Leider kann ich sein Gesicht nicht sehen. Möglich, dass das scherzhaft gemeint war.
»Mal sehen und ja«, antworte ich. »Vielleicht auch.«
Komisch, seit ein paar Minuten schüchtert er mich nicht mehr ein, ganz schön mutig fühle ich mich. »Vielleicht morgen. Oder übermorgen.«
»Morgen.« Dem Herrn pressierts. Menschenskind, ich bin Superfrau kurz vor dem Abheben. Felix wiedersehen, morgen, übermorgen, alles liegt in meiner Macht.
Frauen sind mächtig, sagt Mama immer und meint damit, dass sie sich in unserer Familie die Organisation nicht aus der Hand nehmen lässt.
»Übermorgen«, bestimme ich. Mein letztes Wort. »Ruf mich gegen zwei Uhr an.«

Ich weiß, ich werde morgen schrecklich leiden. Aber mir bleibt übermorgen, ein wahnsinniges Übermorgen. Und außerdem – ich bin sowieso kein bisschen verknallt.

Nie läuft alles nach Plan, immer kommt etwas dazwischen. Man freut sich, hört nicht mal hin, wenn sich der große Bruder über Keimboxen und ungeputzte Spülbecken auslässt, und dann – dann stellt einem das Leben ein Bein, einfach so. Yeliz heulend auf dem Klo. Zwischen Französisch und Mathe.

Ich kann sie nicht so einfach stehen lassen. Felix hin, Felix her, manchmal muss man alte Delphingespräche aufwärmen, da führt kein Weg dran vorbei.

»He, Yeliz!« Ich berühre zaghaft ihre Schulter.

Sie steht am Waschbecken, Rotz und Wasser laufen ihr übers Gesicht.

»Was ist?«

»Nix!«, schreit sie und gibt sich hemmungslos einem neuen Heulanfall hin.

Ich lasse meine Hand ein paar Zentimeter hin und her wandern, fühle mich ziemlich aufgeschmissen.

»Kann ich dir helfen?«, frage ich und schiebe ein hilfloses »Irgendwie« hinterher.

Yeliz lässt kaltes Wasser über ihre Handgelenke laufen, schneuzt kräftig die Nase. Wie ein Depp stehe ich daneben, schirme sie gegen neugierige Blicke ab.

Plötzlich sieht sie mich mit glasigen Augen an. »Kommst du nach der sechsten mit ins ›Max‹?«, fragt sie schniefend.

Automatisch nicke ich, im selben Moment fällt mir Felix ein – ein Dilemma, aus dem ich jetzt nicht mehr rauskomme. Ich schätze, dass Yeliz mich heute braucht, Felix kann ich morgen noch treffen. Er wird sauer sein, vielleicht, aber er kann nicht mitkommen, unmöglich, nicht noch einmal zu dritt bei einem Kaffeeplausch.

Und ich? Was will ich denn? Ich hatte mich gefreut. Und jetzt stehe ich im Regen. Immer steht man im Regen, wenn man sich nach den anderen richtet, wenn man sich nicht selbst zum Maßstab macht.

Sobald wir im »Max« sind, rufe ich zu Hause an.

»Sag Felix bitte, er soll mich später noch mal anrufen«, trage ich Erik auf.

»Wieso denn?«, fragt er dummdreist zurück.

»Wieso, wieso? Mein Gott, einfach später, so gegen drei!«

»Aha.«

»Kann ich mich auf dich verlassen?«

»Denke schon.«

Ich lege auf, bin keineswegs überzeugt.

Yeliz bestellt heiße Schokolade mit Schlagsahne plus Schlagsahne extra. Für uns beide. Schon immer habe ich Sahne in heißer Schokolade gehasst, sage aber nichts. Seit ein paar Stunden fühle ich mich wie Yeliz' Leibeigene. Seelensklavin auf Bestellung. Ich nehme mir vor, ihr die Zügel in die Hand zu geben. Ich will sie nicht ausfragen, mir reicht Angie, der ich immer ihre Seelenqual aus der Nase ziehen muss.

Mit Yeliz ist es einfacher. Vorerst. Sie tut, als sei vorhin im Klo gar nichts gewesen. Vielleicht stimmts sogar und ich hatte nur eine Sinnestäuschung.

»Da war neulich ein Artikel in der Zeitung, Abendblatt oder so. Ein Delphin soll in einer Show einen anderen umgebracht haben, regelrecht zerfleischt. Hab ich dir doch gesagt ...«

»Ja«, antworte ich und starre Yeliz an. Schwarzer Pulli, schwarze Haare, Schneewittchenblässe, zu lange Fingernägel, finde ich. Komisch, bei ihr habe ich immer Angst, dass uns der Gesprächsstoff ausgeht. Wie lange kann man über Delphine reden und über die Becken, in denen sie herumschwimmen? Persönlichere Themen kommen bei Yeliz nicht in Frage – jedenfalls nicht, solange sie nicht von selbst damit anfängt.
Nein, Yeliz fängt nicht damit an. Das bestätigt sich nach zwanzig öden Minuten. Alles, was ich zum Thema Tiere im Allgemeinen und im Speziellen weiß, habe ich bereits zum Besten gegeben. Langsam schreibe ich meine guten Vorsätze in den Wind.
»Und?«, frage ich schließlich.
Yeliz schaut mich mit großen Augen an. Sie weiß ganz genau, was ich meine. Der Blick in die Tasse, wieder hoch. Sie fixiert einen Punkt an der Bar.
»Also?«
»Meine Familie«, sagt sie.
»Hab ich mir gedacht.«
Dann wieder Schweigen, an die hundert Sekunden lang.
»Die wollen aus mir eine Bilderbuchtürkin machen!«, platzt es auf einmal aus Yeliz raus.
Gabi spaziert an unserem Tisch vorbei, immer dieses überlegene Grinsen auf dem Gesicht.
»Zu Hause ist ewig putzen, kochen, kochen, putzen angesagt. Und dann Erhan, der wie ein Schießhund auf mich aufpasst …«
»Erhan?«
»Mein Zwillingsbruder. Spielt sich auf wie ein Pascha.«
»Mein Bruder ist auch ein Idiot«, sage ich. Vielleicht beruhigt sie das. »Sag mal, warst du das neulich mit Kopftuch?«

Yeliz schaut weg, wird rot. »Eigentlich trage ich nie ein Kopftuch. Nur manchmal bind ich eins um. Wenn meine Eltern zu viel rumnerven. Dann denke ich, was solls, später nimmst du's eh wieder ab.«
Ich verstehe nicht, nicke aber. Was soll dieses Zugeständnis: nur manchmal und dann auch nur halb?
»Macht dein Bruder dich auch zur Sau, wenn er dich mit einem Jungen auf einem Fahrrad erwischt?« Yeliz blickt mich an, als sei sie gerade erst zehn geworden.
Ich muss lachen. Wenn ich mir vorstelle, Erik würde auch nur ein Wort über so eine Sache verlieren, dem würde ich mit einem Kilo Keimlinge das Maul stopfen.
»Ich hab ihm gesagt, lassen wir das lieber mit der Fahrradstange, aber Felix hat darauf bestanden. – Vater hat gedroht, mich von der Schule zu nehmen, wie kannst du da noch lachen?«
Felix? Ich lache kein bisschen. Yeliz auf Felix' Fahrradstange, das darf nicht wahr sein. Alle Mädchen hält er sich warm, dieser miese Kerl! Komm doch mal vorbei, flöt, flöt, mit anderen gibts wohl wilde Nächte.
Felix und Yeliz, Yeliz und Felix. Ich lache nicht, ich heule gleich! Yeliz sieht mich erwartungsvoll an. Als ob ich im Schnellverfahren ihre Probleme lösen könnte. Dabei bin ich nur eine Klassenkameradin, die keine Lust hat, sich da einzumischen.
»Ich lache gar nicht«, bringe ich mühsam hervor, tue so, als sei nichts weiter geschehen. Lass dir bloß nichts anmerken, Tine Wenk, das hast du nicht nötig!
Ich setze mich aufrecht hin und denke mir blitzschnell einen klugen Satz aus.
»Du musst mit deinen Eltern reden«, sage ich cool, während

sich ein faustgroßer Kloß in meiner Kehle breit macht. »Du musst ihnen erklären, dass du hier lebst, in Deutschland, dass sie dich nicht mit türkischem Maß messen können.«
»Das sagst du so einfach. Ich bin Türkin! Wenn Papa seine Rente bewilligt kriegt, gehen wir zurück.« Yeliz ist den Tränen nahe. »Vielleicht kann ich nicht mal mehr mein Abitur machen.«
Irgendwie tut sie mir Leid, trotz rasender Eifersucht. Schließlich kann ich keine Erlebnisse auf Fahrradstangen vorweisen, ich nicht!
Yeliz klemmt ihre Haare hinter die Ohren.
»Papa will so schnell wie möglich zurück in seine Stadtwohnung nach Antalya. Mama auch. Die argumentieren mit dem schönen Wetter, das muss man sich mal vorstellen! Was da wirklich abgeht, wissen die doch gar nicht mehr, so lange, wie sie schon hier sind.«
»Die Türkei ist eben ihre Heimat«, entgegne ich trocken.
»Aber nicht meine. Ich bin hier geboren.«
Wie ich, denke ich. Ich würde auch nicht wegwollen.
»Und Erhan?«
»Erhan geht mit, klar, obwohl er eigentlich auch nicht will. Das ist der einzige Punkt, in dem wir uns einig sind. Und Ayse, meine ältere Schwester, ist schon seit Jahren mit einem Deutschen verheiratet, hat zwei Kinder. Natürlich kommt die nicht mit.«
»Solange du nicht volljährig bist, hast du schlechte Karten«, sage ich.
»Ja.« Yeliz. Ein Drama in drei Akten.
»Und Frau Schröpfel?« Ich meine das ganz im Ernst, denn unserer Deutschlehrerin liegen Frauenfragen besonders am Herzen. Mädchen, wehrt euch, sagt sie immer, es ist euer Leben!

»Glaubst du im Ernst, meinen Vater interessiert das Geschwafel einer Frau Schröpfel? Für den gehört sie genauso hinter den Herd wie alle anderen Frauen.«
Ich kann dir auch nicht helfen, denke ich, erkläre ihr aber im Zuge eines Anflugs von Mitleid, dass es einen Versuch wert sei.
»Mein Vater kann noch nicht mal vernünftig Deutsch.« Yeliz klingt verächtlich. Finde ich unfair. Vielleicht war es für ihren Vater nicht einfach, Deutsch zu lernen. Er ist als Gastarbeiter gekommen, hat sein Leben lang geschuftet, seine Kollegen ebenfalls Ausländer, nur der Chef spricht deutsch. Deutsche Freunde hat man nicht, die wollen lieber unter sich bleiben – im Urlaub ists was anderes, da fährt man gerne mal in die Türkei.
Es macht mich rasend, wie Yeliz seelenruhig dasitzt und mir ihr Leid klagt, während Felix vielleicht gerade bei mir zu Hause anruft. Oder ist es Yeliz' Nummer, die er stattdessen wählt?
Vielleicht spielt er uns gegeneinander aus. Warum weiß Yeliz nicht, was zwischen Felix und mir ist?
Andererseits – was ist da schon groß, was? Ein zufälliges Treffen, ein Telefonat, eine mickrige Verabredung, die ich nicht mal einhalten konnte. Vielleicht will er Yeliz, vielleicht bin ich nur ein Kumpel zum Pferdestehlen, ein Kumpel mit süßen Sommersprossen, so was soll vorkommen.
Yeliz fragen, geradeheraus? Unmöglich. Ich gebe mir keine Blöße vor ihr, nicht nach einem einzigen Gespräch, das ein bisschen nach Vertrauen schmeckt. Vielleicht ist alles nur eingefädelt, pure Taktik: Erst will sie mich auf ihre Seite ziehen, damit ich dann kein Herz mehr habe, ihr Felix auszuspannen.
»Hast du keine türkische Freundin?«, frage ich.
Yeliz schüttelt den Kopf.

»Ich meine, kennst du nicht ein türkisches Mädchen, das ähnliche Probleme hat?«
»Nein, verdammt!« Sie rauft sich die Haare. »Kennst du den Türkinnenklub in unserer Schule? Nein, natürlich nicht. Die stecken alle den Kopf in den Sand, wenns darauf ankommt. Die würden jeden heiraten, wenn sie müssten.«
»Und warum versuchst du nicht, was zu ändern?«
»Wie denn? Da redest du dir den Mund fusselig, die Mädchen nicken und zwei Stunden später ist wieder alles beim Alten. Hast du schon mal versucht, einem Scheuerlappen die Emanzipation beizubringen?«
Unglaublich, Yeliz lächelt. Hätte nicht vermutet, dass sie so etwas wie ein Witzchen zustande bringt. Trotzdem – ich will nicht mehr hier herumsitzen, mir reichts. Habe keine Lust, mit ihr in Selbstmitleid zu baden.
»Ich muss los«, sage ich. Möglich, dass es barsch klingt.
»Okay.« Yeliz klappt ihre »Mich-kratzt-das-alles-nicht«-Maske runter, die nur einen kurzen Moment lang auf Halbmast gestanden hat. Sie erhebt sich etwas schwerfällig, geht zum Tresen. Als wäre alles nicht gewesen, die Heulerei im Waschraum, unsere Unterhaltung. Sie winkt mir kurz zu, und schon ist sie verschwunden. Blöde Pute.
»Na, alles klar?«, fragt Gabi, als ich meine Schokolade zahle. Ihr Gesicht ist eine Mischung aus Monster und Barbiepuppe. Haha! Ich weiß genau, was sie meint.
»Ja, klar«, sage ich und lege drei Mark in ihre Hand.

Zu Hause ist ein mittelschweres Putzchaos ausgebrochen. Wegen Mama, die morgen nach Hause kommt.

Papa hat sich extra frei genommen. Er klebt irgendwo zwischen Küchenschrank und Waschmaschine auf dem Boden, wischt hektisch, während Erik unendliche Geschirrberge spült.
Selber schuld, denke ich. Ich habe meine Pflicht und Schuldigkeit getan und immer gleich meinen Dreck weggemacht.
»Tine, kannst du nicht einkaufen gehen?«, ruft Papa. Ein paar Schweißperlen krabbeln über seine Stirn.
»Klar.« Ich bleibe wartend stehen. Warum sagt niemand, dass Felix angerufen hat? Hat er etwa nicht angerufen?
»War sonst noch was?«, frage ich zögernd.
»Nein. Doch, dieser, wie heißt er noch . . ., der war vorhin am Telefon«, sagt Papa.
Puh! Mein Herz klopft.
»Ab drei kannst du ihn erreichen. Hier – seine Nummer.«
»Vorher ist er noch auf Miezenfang«, schaltet sich Erik ein. Überflüssigerweise.
Ich schnappe mir die Einkaufstasche und verlasse die Wohnung. Ein kalter Wind fährt mir ins Gesicht. Felix, du Schurke, bist du vielleicht schon zu Hause?
Im Supermarkt ist es angenehm leer. Leise rieselt eine schwachsinnige Melodie über die Regale. Tomaten, Kartoffeln, Lauch, Petersilie – alles landet schwungvoll in meinem Wagen, während mir schon wieder diese Null von Felix nicht aus dem Sinn geht.
Der kann mich mal, denke ich, schließlich bin ich nicht auf so einen Niemand angewiesen. Keinen Freund zu haben finde ich immer noch besser als einer Reihe von miesen Typen verfallen gewesen zu sein – auch wenn Angie da anderer Meinung ist.
Felix, der Mistkerl, der laufend Mädchen gegeneinander aus-

spielt. Ich steigere mich derart hinein in dieses Wutgefühl, dass ich gleich nach dem Bezahlen in eine Telefonzelle stürze und mit der nötigen Portion Aggressivität seine Nummer wähle.
»Hallo!«, sage ich dann lammfromm ins Telefon.
»Tine! Wo warst du?«
»Tut mir Leid. Ich hatte was Wichtiges zu erledigen. Ließ sich nicht aufschieben.«
Kein Wort über Yeliz. Die Sache schmier ich ihm ein anderes Mal aufs Butterbrot.
»Echt schade. Ich hatte schon ein Gefühl wie Ferien im Bauch.«
Einfach so sagt er diese anderthalb Sätze und schafft es, dass ich schmelze, dass irgendetwas in mir auftaut, was sich vorher wie ein Eisklotz im Tiefkühlfach anfühlte.
»Ich habe eine neue Idee.« Pause.
Felix macht es wirklich spannend.
»Wir könnten morgen essen gehen. Ich kenne eine phantastische Pizzeria, draußen in Wandsbek Ost.«
»Ach ja? Und wie kommen wir da hin?«
»Ich hole dich ab. Mit meiner Vespa.«
Aha. Der Herr ist ein ganz Feiner. Die meisten Mädchen lassen sich nach einer Vespafahrt zu einem Kuss erweichen. Ich nicht. Das kannst du dir abschminken, Felix!
Aber von mir aus, was hab ich zu verlieren, hätte nur gern mal sein WG-Zimmer gesehen. Das mit dem Lotterbett, wo er die Mädchen reihenweise zu Fall bringt.
»Komm halt um sechs vorbei«, ordne ich an.
»Gebongt.«
Halb genervt, halb erleichtert lege ich auf.
Wenn ich nur wüsste, woran ich bin.

Als ich am nächsten Tag aus der Schule komme, riecht es nach frisch gebackenem Kuchen. Entweder Erik hat sich in der Haushaltsschule angemeldet oder Mama ist wieder zu Hause. Ich tippe auf Letzteres, stürme in die Küche, da steht sie mit ihrem Gipsbein, die Blöde – klar, dass sie gleich wieder den Laden managt.

»Mama!«

Ich umarme sie so schwungvoll, dass sie beinahe umfällt.

»Kleines!« Mama strahlt. Ohne angeben zu wollen: Ich glaube, sie hat mich ganz schön vermisst. Es wurde Zeit, dass sich die Frauenfraktion unserer Familie wieder vereint.

»Und wie lange musst du noch mit dem Gips rumrennen?«

Ich habe Angst, dass Mama sich gleich übernehmen könnte.

»Ich weiß nicht genau. Nicht lange. Ein Jahr vielleicht.«

»Haha!«

Mama holt den Kuchen aus dem Ofen, Apfel, gedeckt, mein Lieblingskuchen. Sie schneidet zwei Stücke ab. Dampfend liegen sie auf meinem Teller.

Ich haue rein, barocke Formen hin oder her. Schließlich habe ich Sommersprossen, süße Sommersprossen, auf denen man sich ein Leben lang ausruhen kann.

Mama erzählt Anekdoten aus dem Krankenhaus. Lieblingsthema: Frau Völkers. Die sei ihr fürchterlich auf die Nerven gegangen, den lieben langen Tag Gequatsche, alle Themen rauf und runter, klar, sie hat keinen Mann mehr, nur noch eine Schwester in Amerika, klar, sie ist einsam. Mama wisse jetzt alles, wer wann mit wem eine Affäre hatte, und im schwedischen Königshaus gehe es auch drunter und drüber. Immerhin habe sie drei dicke Romane gelesen, den »Zauberberg«, das neue

Buch von der Fallaci und einen Frauenbestseller, in dem es hauptsächlich um Sex ging, und wenn Felix nicht gewesen wäre ...
Ich verschlucke mich beinahe an einem Krümel. Es ist mir peinlich, dass sie von Felix spricht. Sie weiß doch alles, meiner Mama kann ich nichts vormachen.
»Felix ist ein prima Kerl.« Sie lacht in mein Peinlichkeitsgesicht, das Alarmstufe zehn anzeigt. »Er bleibt immer ruhig, selbst wenn die Völkers zum zwanzigsten Mal eine ihrer Stuhlganggeschichten erzählt, er ist so ein positiver Mensch.«
Felix, der Schauspieler. Genauso ruhig bei der Arbeit wie beim Mädchenaufreißen und wer weiß denn auch, wie viele gebrochene Herzen er schon im Krankenhaus zurückgelassen hat.
»Was machst du für eine Miene?« Mama legt ihre Hand auf meine. Das hat mir noch gefehlt. »Hast du Probleme mit ihm?«
»Mama!« Ich pfeffere meine Kuchengabel auf den Teller, stehe auf, renne raus, in mein Zimmer und schließe mich ein. Das ist wieder ihre linke Art, Dinge aus mir herauszuquetschen, klammheimlich und ganz nebenbei, das kann ich nicht leiden.
Nach einer Weile klopft es. »Tine, komm, lass mich rein.«
Ich stehe auf und öffne.
»Es war nicht so gemeint, Tine, ehrlich. Ich finde Felix nur ganz süß, er wäre ein prima Freund für dich.«
»Sag bloß, du willst mich verkuppeln!«, fauche ich sie an. »Felix ist ein Arschloch.«
Mama zieht die Augenbrauen hoch.
Ich erzähle ihr die Yeliz-Felix-Fahrradstangen-Geschichte und füge erbost hinzu, dass ich nicht mehr weiß, was ich von ihm halten soll.
»Erstens heißt das noch gar nichts, und zweitens kannst du es

klären. Ich halte ihn jedenfalls nicht für einen Draufgänger. Und außerdem hat er immer von dir geschwärmt. Von deinen Sommersprossen.«
»Pah, Sommersprossen!«, winke ich ab. »Die Story kenne ich bereits. Der kann mir viel erzählen. Und du, du fällst doch nur drauf rein, weil du selber mit Sommersprossen gestraft bist.«
»Papa hat früher auch anderen schöne Augen gemacht.« Mama zeigt ihre perfekten Zähne, die ich leider nicht geerbt habe.
»Kann ich mir gut vorstellen«, sage ich bitter. »Aber so einen will ich nicht, da bleibe ich lieber allein, bis ich hundertfünfundsiebzig bin.«
Mama steht auf und humpelt zur Tür. »Das wird wohl kaum passieren.«
»Wollen wir wetten?«
»Klar!« Mama lacht. Ich kann ihr nie lange böse sein.

Später wursteln wir beide in der Küche herum und bereiten das Abendbrot vor. Ich esse zwar nicht mit, genieße es aber, einfach so mit Mama zu reden. Da gibt es irrsinnig viel nachzuholen, all das, was wir uns sonst jeden Nachmittag bei einer Tasse Tee erzählen. Mama ist wie eine Freundin für mich, ich brauche kein Blatt vor den Mund zu nehmen.
Mama und Erik sitzen am Abendbrottisch und essen Gemüsesuppe mit Sprossen. Ich stehe in den Startlöchern: Rouge und Lippenstift, die Haare antoupiert, eine rote Schleife prangt an meiner Schläfe. Ich kann mich nicht entscheiden, ob ich mir toll oder einfach nur dämlich vorkommen soll. Erik meint, ich sähe aus wie Daisy Duck auf Beinen wie Litfaßsäulen – der muss es ja wissen, Adonis unter den Brüdern.

Es klingelt. Ich sprinte zur Tür, aber Papa ist schneller – weiß der Himmel, wie er das macht – und öffnet die Tür. Mein Besuch marschiert schnurstracks in den Flur, rote Turnschuhe an den Füßen, mitten im Winter.
Papa fragt ihn, ob Mama im Krankenhaus auch immer schön brav gewesen sei.
Felix lacht. Ich lache mit.
Haha, sind wir heute wieder lustig.
»Kommen Sie doch kurz rein«, sagt Papa.
Felix nickt. Ich könnte ihn dafür erschlagen.
Dann sitzen wir zu fünft um den Abendbrottisch. Friede, Freude, Eierkuchen.
Felix nippt schwiegersohnmäßig am Mineralwasser, Mama und Papa führen sich auf, als würde er in den nächsten fünf Minuten um meine Hand anhalten. Nur Erik beteiligt sich nicht am Gespräch, schlingt sein Essen hinunter und lässt ausnahmsweise sein dämliches Grinsen.
Mir ist das alles zu viel. Dieses Familiengetue – grauenvoll.
Nach einer nervigen Viertelstunde fordere ich Felix durch einen dezenten Tritt ans Schienbein zum Gehen auf.
Felix kapiert endlich. Auf Wiedersehen, wir sollten mal …
»Fahrt vorsichtig«, sagt Papa.
Wir sind doch keine Babys mehr.
Felix lächelt zuckersüß, seine Brille hängt auf halb acht.
»Versprochen.«
Ich ziehe meine wattierte Jacke über und schubse Felix in Richtung Haustür.
»Ich hab dir einen Helm mitgebracht.«
»Danke.«

Das Ungetüm sitzt knalleng an meinem Kopf, wahrscheinlich ist jetzt die Schleife hin.
Wir fahren los, ohne Worte, der eisige Fahrtwind pustet mir durch sämtliche Organe. Ich könnte Felix von hinten umfassen, wenn ich wollte, ich will aber nicht. Ich will lieber, dass meine Hände an den seitlichen Griffen abfrieren. Natürlich habe ich meine Handschuhe vergessen, Mama mit ihrem Schwiegermamagetue ist schuld, wenn ich mir jetzt den Tod hole.
Wir düsen raus aus der City, eine dunkle Straße entlang. Ich weiß nicht, warum man zum Pizzaessen in die Walachei muss.
»Meinst du, dass wir richtig sind?«, brülle ich Felix ins Ohr.
»Klar.«
»Ich glaub, wir müssen gleich nach rechts.«
»Nein!«
»Doch!«
»Wetten?«
»Und worum wetten wir?« Ich löse meine Hände, klammere mich an Felix, die Kälte macht mich ganz krank.
»Um einen Kuss.«
Ich antworte nicht. Ich weiß nicht, ob ich um einen Kuss wetten will, ich habe noch nie einen Jungen geküsst. Angie sagt, das ist so, wie wenn man mit einer Packung Gummibärchen im Bauch in einen Whirlpool steigt ... Ob ich das so genial finde?
»Gleich«, schreit Felix, »gleich sind wir da!«
Nur Dunkelheit, Bäume um uns herum, ich glaube, Felix spinnt total. Doch dann tauchen Lichter auf, Mist, er hatte Recht.
Zwei Minuten später fahren wir bei »Mario« auf den Hof. Ich steige ab, mit zittrigen Knien, die Finger tiefgefroren, und tue so, als hätte es nie eine Wette gegeben.

Wir gehen rein. Voll ists.
»Ich muss erst mal zum Klo«, sage ich.
»Ich auch.« Felix lächelt. Der perfekte Schwiegersohn und Gentleman. Wenn ich ehrlich bin, muss ich gar nicht. Ich will mich nur vor dem Kuss drücken, lungere eine Weile in der Kabine herum, ziehe ab, wasche mir ausgiebig die Hände, richte halbwegs meine Schleife, die eh hinüber ist.
Als ich die Tür öffne, steht Felix draußen. Der Mistkerl hat auf mich gewartet. Ich werde rot, Felix zupft an der Schleife und versucht, sie wieder aufzupeppen.
»Ich habe die Wette gewonnen«, sagt er triumphierend. »Eigentlich könnten wir sie gleich einlösen.«
»Nein.«
»Gut, dann oben.«
»Vor allen Leuten? Nein.«
Felix nimmt einfach meinen Kopf, drückt seine Lippen auf meine, das mit der Zunge geht wie von selbst. Komisches Gefühl, halb schön, halb nicht, Gummibärchen im Whirlpool, wir hören Schritte, Felix lässt meinen Kopf los, lacht. Ich glühe.
Hand in Hand gehen wir nach oben.
Die meisten Mädchen lassen sich nach einer Vespafahrt zu einem Kuss erweichen, und ich gehöre jetzt auch zu denen. Zum Klub der Rückgratlosen.
Und Yeliz? Klappe halten, Tine, mal sehen, was kommt.
Ich bestelle Pizza Funghi, Felix eine Marinara. Ich mag keine toten Fischchen, die sich auf Pizzen rekeln.
»Was war gestern los?«, fragt er, als die Getränke kommen.
»Och, weißt du ...«, ich schenke mir schnell ein bisschen Wasser ein, »es war nur ...«, dass etwas dazwischengekommen ist,

etwas Wichtiges. Unaufschiebbar, weißt du?« Habe mal gelesen, dass solche Sprüche einen interessant machen. Hauptsache, Yeliz petzt nicht.
Felix spielt wieder Tiefseetauchen, die Brille steht ihm. Er fragt nicht nach, Taktgefühl oder mangelndes Interesse, was weiß ich. Dann erzählt er von seiner Schwester, sechzehn, hübsch, Sommersprossen wie ich, zierlich, Tänzerin wolle sie werden.
Zierlich, aha. Habs doch gewusst, immer diese versteckten Anspielungen auf meine Litfaßsäulenbeine.
»Sie trainiert wie eine Wahnsinnige«, berichtet Felix weiter, »demnächst geht sie zum Vortanzen.«
»Wo?«, frage ich. Nicht, dass mich die Tanzkarriere seiner Schwester interessiert, aber stockende Gespräche kann ich erst recht nicht leiden.
»Hamburg, München, Berlin. Ich wünsche ihr, dass es klappt. Anka wird bestimmt mal ganz groß rauskommen.«
Ich nicke, fixiere gierig die duftenden Pizzen, die der Kellner vor uns hinstellt. Felix fängt sofort an zu futtern. Beinahe wie Erik, immer hastig rein. Nach jedem dritten Bissen sieht er hoch, lächelt kurz. »Schmeckts denn?«, fragt er, um sofort weiterzuschlingen. Sehr romantisch. Fehlt nur noch ein mittelalterlicher Rülpser.
Nach zehn Minuten ist Felix fertig. Ich habe erst ein Drittel geschafft, esse tapfer weiter.
»Und du? Machst du auch Sport?«
»Nö«, antworte ich und bekomme ein Peinlichkeitsgesicht, Alarmstufe vierundzwanzig.
Warum muss er mich so quälen?
»Yeliz sieht auch aus wie eine Tänzerin«, fährt er fort.

Die Pizza klebt in meinem Mund, sie quillt zu einem zähen Brei auf, den ich nicht runterschlucken kann.
»Findest du nicht auch?«
»Ja.« Ich blicke Felix an, befördere die Pizzapampe in meinem Mund von der linken in die rechte Backe und umgekehrt. Aus Verzweiflung frage ich ihn, ob er die Reste aufessen möchte.
»Gerne.« Ein Lachen. Unschuldsengel, scheinheiliger.
Felix zieht mein Holzbrett zu sich hinüber, seziert zuerst ein Basilikumblatt vom Teig, bevor er, wie gehabt, anfängt zu schlingen.
»Magst du kein Basilikum?«
»Doch, gerne.« Felix zeigt mir seine Zähne. »Das hebe ich bis zum Schluss auf, sozusagen als Nachtisch.«
Komischer Typ. Ich sollte ihn mir aus dem Kopf schlagen, ihn wenigstens fragen, warum er das eben mit Yeliz gesagt hat, ob er mich vielleicht ärgern will oder was.
»Weißt du«, fährt er kauend fort, »ich glaube, sie mag mich ziemlich gern.«
Wumm! Tiefschlag.
Meine Ohren fangen an zu glühen, mein Gesicht verzieht sich zu einem starren Lächeln.
»Sie hat es nicht leicht mit ihrer Familie. Der Vater ist sehr streng.«
Wie schön! Also war ich nicht die Erste, der Yeliz sich anvertraut hat. Blöder Felix – ist er mit mir zum Essen gefahren, um mir das zu sagen? Dass Yeliz ja so hübsch ist, dass ich nur die zweite Geige spiele. Oder will er mich doch, sozusagen aus der Not heraus, weil es mit Yeliz wegen ihrer Familie Probleme geben könnte?

Felix' braune Knopfaugen. Ich halts nicht aus, ehrlich! Ich schaue weg, fange an, mit meiner Gabel zu spielen.

»Du sagst ja gar nichts!«

»Was soll ich denn sagen?«

Der Kerl geht mir langsam auf die Nerven.

»Zum Beispiel was über uns.«

Über uns, mein Gott! Erst schwärmt er stundenlang von Yeliz und meint dann, ich würde ihm irgendwas über »uns« sagen?

»Ist wohl nicht ganz passend in diesem Zusammenhang«, erwidere ich kühl.

»Also, dann sag ich mal was.« Felix setzt dabei so einen Schmelzblick auf, ich weiß nicht, ob ich ihm trauen kann.

»Tu das. Sag mal was. Ehrlich, ich brenne drauf.«

»Mit Yeliz bin ich befreundet, nur so, wenn du weißt, was ich meine. Und mit dir ...« Er hält inne, streichelt meine Fingerspitzen, ganz leicht. »Ich glaube, Yeliz braucht eine Freundin, eine richtige Freundin.«

»Ja und?«

»Ihr versteht euch doch gut.«

Sein Grinsen geht mir auf den Wecker. Da hat er sich ja eine großartige Sache ausgedacht.

»Ich habe bereits eine Freundin – falls du mich verkuppeln willst. Yeliz ist für einen kleinen Umweltplausch ganz okay, aber mehr ist nicht drin.« Von meiner Eifersucht und all dem sage ich natürlich nichts.

»Umweltplausch?«

»Delphine«, murre ich. »Hast du schon mal gehört, dass die beim Thunfischfang grausam umkommen? Na ja, den Rest der Welt scheints nicht zu kümmern.«

»Ehrlich?« Felix spitzt die Lippen und saugt schmatzend die Luft ein. Zweimal hintereinander, bevor er zu einem neuen Wortgebilde ansetzt. Er lächelt wie einer vom Jugendamt, der gerade einen Ausreißer hinter Gitter gebracht hat. »Finde ich interessant.«
»Ich bin mit meiner Freundin ganz zufrieden. Sie ist eine geniale Schriftstellerin. Sie ist überhaupt genial.«
»Ich mein ja nur.«
Wir schweigen, nippen am Mineralwasser.
Vielleicht ist Felix doch nichts für mich. Krankenpfleger, Helfersyndrom in jeder Lebenslage. Mag mich, weil ich das ewige Mauerblümchen bin, das Pummelchen. Danke, verzichte. Vielleicht hat Mama ihn bestochen, mit einem lebenslangen Abo auf ihre Keimlinge, alles ist möglich.
»Ich will nach Hause«, sage ich barsch.
»Wie du möchtest.«
Wieder der verständnisvolle Felix! Versucht nicht mal, mich zum Bleiben zu bewegen. Machts allen recht, mir und Yeliz, hält um aller Leute Hand an.
Felix zahlt, ich lege ihm fünfzehn Mark hin, Trinkgeld inklusive. Wir gehen raus, diesmal nehme ich meine Schleife aus dem Haar, bevor ich den Helm aufsetze.
Felix braust los, viel zu schnell, ich halte mich an den seitlichen Griffen fest. Die ganze Fahrt über sprechen wir kein Wort.
Ich starre auf diesen stummen Steppjackenrücken, spüre die Kälte und Nässe.
Erst als Felix mich vor unserer Haustür absetzt, findet er wieder ein paar Worte, zögernd, abgehackt. »War schön.«
»Na ja«, antworte ich.

»Doch.«
»Wieso?«
»Eben so. Ging die Wette nicht noch weiter?«
»Nicht dass ich wüsste«, fahre ich ihn an.
»Darf ich dich anrufen?«
»Hm.« Ich tippe ihn an die Schulter, gehe ins Haus.
Wenn ich ehrlich bin, hätte ich doch gern noch mal die Gummibärchen im Whirlpool probiert.

Angie will sich kaputtlachen, als ich von meinem Pizzaabend mit Felix erzähle.
Wir hocken auf meinem Bett, vor uns Früchte aus der Dose, die ich nicht mag, aber im ganzen Haus gibts sonst nichts Süßes – nur Keimlinge in allen Variationen.
»Seltsam«, meint sie mit altklugem Augenaufschlag, »was du so mit den Jungen erlebst. Bei mir geht immer alles wie von selbst. Erst küsst man sich, und dann ist die Sache geritzt. Dieses Herumproblematisieren, das kann doch nicht gesund sein.«
»Und was soll ich deiner Meinung nach tun?«
Ich sitze im Schneidersitz, knibbele an den Zehen herum.
»Vor allen Dingen mehr küssen!« Angie kichert. »Nein, ich meine, du solltest Felix so nehmen, wie er ist. Schluss machen kannst du immer noch, falls er mit Yeliz ...«
»Mit Yeliz? Was?«
»Du weißt schon, wie ich das meine.« Angie nimmt ein Pfirsichstückchen von meinem Teller. »Soll ich dir mal meinen neuesten Anfang vorlesen?«
»Oh ja, bitte«, sage ich grimmig. Darauf habe ich die ganze Zeit sehnlichst gewartet.

Angie erhebt sich, schiebt sich noch schnell ein Stück Pfirsich in den Mund, dann liest sie: »Zum ersten Mal trafen sie sich am Pissoir. Als gäbe es keinen anderen Ort, um über das Leben im Allgemeinen und im Besonderen zu reden. Kurt war schon beim Pinkeln, als Felix ...«

»Angie!«, unterbreche ich ihre gebührenfreie Dichterlesung. »Lass bitte diesen Namen aus dem Spiel.«

»Wieso denn? Ich meine doch gar nicht deinen Felix.«

»Ich will das aber nicht. Basta.«

»Okay, okay. Aber sonst schockt der Anfang doch, oder?«

»Ja, der schockt«, sage ich lahm. Ich hatte mir vorgestellt, wir würden die Geschichte zusammen schreiben.

Angie liest weiter, fast drei Seiten hat sie schon, ganz ordentlich, aber es ist nicht das, was wir ursprünglich schreiben wollten. Eigentlich geht es bei der Unterhaltung die ganze Zeit um Mädchen, der eine will seine Freundin loswerden, der andere ist gerade verlassen worden, möchte sie zurückgewinnen.

»Und wo kommt zum Ausdruck, dass einer der beiden sein Leben umkrempeln will?«

»Das kann man ja noch einbauen.«

»Ich dachte, wir würden über ein bedeutsameres Thema als Mädchen und Liebe schreiben.«

»Hör mal zu.« Angie baut sich vor mir auf. »Was gibts denn Wichtigeres als Liebe?«

»Umwelt zum Beispiel. Kriege. Delphine.«

»Aber das hat doch alles mit Liebe zu tun, im weitesten Sinn.«

Vielleicht hat Angie Recht. Vielleicht dreht sich alles im Leben nur um Liebe. Vielleicht würde keiner Delphine umbringen und die Umwelt zerstören, wenn es genug Liebe gäbe.

Und Yeliz? Müsste ich mich nicht um sie kümmern? Auch wenn es nicht ehrlich gemeint wäre, wenn ich sie eigentlich nicht mag, nicht mögen will?
»Was hältst du von Yeliz?«, überfalle ich Angie.
»Sie könnte ganz nett sein …«
Habe ich mir gedacht. So denken viele aus unserer Klasse: Entweder ist sie eine blöde Kuh und hat deshalb keine Freunde, oder sie ist eine blöde Kuh, weil sie keine Freunde hat.
Ich weiß es nicht. Will es jetzt auch nicht wissen. Will nur, dass das Telefon klingelt. Wie konnte es so weit kommen, dass dieser Typ alle meine Gedanken beherrscht?
Das Telefon klingelt nicht, ist stumm. Den ganzen Nachmittag lang, den Abend und noch ein paar Tage. Eine Ewigkeit.

DEZEMBER

Ich stehe vor dem Kaufhaus und reiß mir ein Loch in den Kopf. Würde es zum Beispiel gehen, Erik nichts zu Weihnachten zu schenken, obwohl ich ihm was schenken möchte, weil er mein Bruder ist, und dem schenkt man eben was. Auch im Härtefall, meine ich, und Computerschädigung ist doch ein Härtefall. Und wenn ich mich dafür entscheide, ihm was zu schenken, was kriegt er dann von mir? Spitzenwäsche? Einen Auswanderungsantrag? Eine 3-D-Brille? Oje, ich drehe durch! Staune über die Massen, die sich durch die Drehtür schieben. Ich fahre etliche überfüllte Rolltreppen hoch, bis ich in der Herrenabteilung ankomme. Hosenträger, das ist es! Ich kaufe weinrote, ganz altmodisch sehen sie aus.

Als ich wieder draußen bin, weiß ich, dass ich sie Felix schenke. So was Schönes kann nur Felix kriegen!
Ich denke an die Gummibärchen im Whirlpool, die es gestern wieder gab.
Felix hat nicht angerufen, er ist einfach gekommen. »Ich konnte mich gar nicht wehren!«, würde Angie sagen. Ich sage es auch. Keine großen Worte, dafür Küsse und Händchenhalten, Mannomann!
Das ist vielleicht ein Gefühl, durch die weihnachtlich erleuchteten Straßen zu laufen, die Lichter sind heller, als sie eigentlich sein können, der Himmel ist dunkler, alles ist wie mit Tuschkastenfarben überpinselt, und dazu das idiotische Grinsen, das nicht aus meinem Gesicht will. Angie hats mir prophezeit, ich wollte es nicht glauben.
Yeliz ist mir auf einmal egal, auch dass sie sich immer von mir wegdreht, ihre glänzenden Haare hinters Ohr geklemmt. Wenn sie meint, dass sie was Besonderes ist, okay, von mir aus.
Mama putzt Gemüse, als ich nach Hause komme. Ich schwebe in die Küche, merke kaum, dass sie bedrückt aussieht. Während ich Teewasser aufsetze, fängt Mama an, über Felix zu sprechen. Wie er mir denn gefalle, ob überhaupt ... – Sieht ganz nach einem »Von-Mutter-zu-Tochter«-Gespräch aus.
»Mama!«, warne ich sie. Schon immer habe ich solches Geplänkel gehasst.
»Sag, Tine ... « Ihre Stimme kriegt einen bedeutungsvollen Tonfall. »... wenn du die Pille brauchen solltest ...«
Stellen alle Mütter solche Fragen?
»Nein, danke.« Ich gieße das Teewasser auf, halte die Diskussion für beendet.

»Aber wenns nötig ist, sagst du doch Bescheid?«, fährt Mama ungerührt fort.
»Ich denke, heutzutage nimmt man sowieso Kondome.«
»Mag sein, aber ... ob die Jungs damit umgehen können?«
Weiß ich nicht. Will ich auch nicht wissen. Wo drängt Mama mich da rein? Ich könnte mich nicht mal vor Felix ausziehen, ihm meine wabbeligen Speckrollen zeigen.
Fürchterlich, der Gedanke.
»Du wirst jetzt langsam eine Frau«, hat Papa neulich zu mir gesagt. Ich frage mich, wie der das wissen will. Als ob mir jemand das Wort »Frau« mitten auf die Stirn gebrannt hätte. Den Busen verstecke ich unter weiten Pullis, daran liegts nicht.
Ohne Mama zu antworten, beiße ich vom Vollwertkuchen ab. Ich möchte wirklich nicht auf die Frage eingehen, ob Jungs mit Kondomen umgehen können oder nicht.
Vielleicht sollte man in der Schule einen Kurs anbieten: Kondombenutzung für Anfänger und für Fortgeschrittene. Dann suche ich mir immer die Typen aus dem Fortgeschrittenenkurs aus – was kann mit denen noch schief gehen?
»Lade doch mal Felix zu uns ein.«
»Damit du ihn mit deinen Schwiegermutterkrallen zu fassen bekommst?«
Mama lacht wie ein Schulmädchen. Immerhin hat sie Humor.
»Ich mag ihn wirklich und würde ihn gerne mal wieder sehen.«
»Wenn es sich ergibt«, antworte ich ausweichend und gehe in mein Zimmer, um Hausaufgaben zu machen.
Am nächsten Tag nach der Schule hetze ich wieder durch die Lichterstadt, natürlich immer noch ohne Geschenk für meinen Bruder. Heute sieht wieder alles genauso aus wie immer. Viel-

leicht liegt es daran, dass ich Felix nun schon eine halbe Ewigkeit nicht mehr gesehen habe.
Ich streife durch die Kaufhäuser, grase eine Abteilung nach der anderen ab, nichts für Erik dabei. Vielleicht ein Halstuch, blau mit weißen Punkten und Streifen? Blödsinn, so was trägt er im Leben nicht. Ein Buch? Keine Ahnung, was er liest, wer ist mein Bruder eigentlich?
Genervt mache ich im Coffee-Shop Station und trinke eine heiße Schokolade. Sie schmeckt viel zu süß, aber sie wärmt mich wenigstens auf. Ich rieche Weihnachten, Lebkuchen und all das, und ganz plötzlich freue ich mich. Nichts kann mir mehr auf den Geist gehen. Auf dem Nachhauseweg komme ich an einem Buchladen vorbei. Ich beschließe, Erik eine Computerzeitschrift zu kaufen. Damit kann ich nichts falsch machen.
Als ich mich an der Kasse anstelle, sehe ich Yeliz. Zwei Meter von mir entfernt, die Hände in den Taschen vergraben, den Blick stur geradeaus. Sie hat mich gesehen, sie muss mich gesehen haben, verdammt, warum tut sie immer so, als wäre sie allein auf der Welt?
»Yeliz!«, rufe ich und stopfe die Zeitschrift in meine Tasche. Wenn ich will, bin ich gnadenlos.
Keine Reaktion. Na warte!, denke ich, renne hinter ihr her und verstelle ihr den Weg.
»Oh, hallo!« Yeliz verzieht keine Miene. »Ich habe dich gar nicht gesehen.«
»Ich dich aber«, sage ich und kopiere ihren »Ich-bin-so-schön«-Augenaufschlag.
Von einem Schwall Menschen werden wir aus dem Buchladen geschoben. Wir stehen in der Dämmerung, ich träume schon von

Tannenbaum und Gänsebraten und habe eigentlich keine Lust, mich mit Yeliz abzumühen.
»Hast du schon Geschenke für alle?«, frage ich sie.
»Wir feiern nicht so wie ihr.«
»Ach so.« Hätte ich mir denken können, dass eine Muslimin nicht aufs Christkind wartet.
Dann verstummen wir beide, schlendern ein Stück Wegs zusammen. Vielleicht sollte ich sie einmal zu mir einladen, überlege ich, schließlich feiern wir das Fest der Liebe. Vielleicht sollte ich mit gutem Beispiel vorangehen und den ersten Schritt tun.
»Also dann.« Yeliz bleibt auf einmal stehen, deutet in die andere Richtung.
Los, spring über deinen Schatten, Tine, frag sie! Sie hats nicht leicht im Leben, bestimmt nicht. Ich schaue sie von der Seite an, irgendwie sieht sie traurig aus, oder meine ich das nur vor lauter Sentimentalität? Über uns die Weihnachtsbeleuchtung, fleischige Engelchen. Schließlich frage ich sie, ob sie mich mal besuchen will. Sie senkt den Blick, nickt. Wir verabreden uns für den zweiten Weihnachtstag, fünfzehn Uhr. Angie wird sauer sein, wir wollten an unserer Geschichte weiterarbeiten.

Heiligabend ist die reinste Katastrophe.
Mama steht von morgens an in der Küche, Papa liegt stundenlang auf dem Sofa, liest Zeitung. Bis Mama ihn anschnauzt, er solle endlich den Tannenbaum schmücken. Erik ist in Klausur gegangen, wahrscheinlich hockt er am Computer. Jetzt bleibt wieder alles an uns Frauen hängen.
Mama hat so ein Stressgesicht, da frage ich mich, wo ist die Wirkung ihres Beauty-Krankenhausurlaubs geblieben?

Ich putze Möhren, mische Hackfleisch mit Kräutern und Parmesan, wasche ab, kratze angeklebte Tomatensoße vom Herd, kümmere mich liebevoll um eine neue Ladung Sprossen – Mama hat eine Stinklaune.

Zum Mittag gibt es Brote mit Quark, Erik meckert, Papa isst gar nicht erst mit, Klasse. Später zünden wir Kerzen an und stopfen uns mit Weihnachtskeksen voll. Es will kein richtiges Gespräch aufkommen. Schon gar kein Weihnachtsgespräch, eins über Familie und Liebe. Papa schaltet den Fernseher an, ich schaue nach draußen, wo es große Flocken zu schneien beginnt. Ein klitzekleiner Spaziergang mit Felix, einseifen und erste Schneebälle werfen, das wäre was.

Aber Felix hat Dienst, Heiligabend und die ganzen Feiertage über. Danach fährt er zu alten Freunden.

»Lasst uns etwas spielen«, schlägt Mama vor.

»Pst«, sagt Papa. »›Manche mögens heiß‹ hat angefangen.«

Mama sieht mich an, genervt. Ich lächle ihr zu und versuche, sie ein bisschen aufzuheitern. Irgendwie habe ich das Gefühl, dass zwischen Mama und Papa Zoff ist. Ausgerechnet Weihnachten. Dabei liegt Mama ein gelungenes Fest immer so am Herzen.

Als Papa aufs Klo geht, hake ich nach.

»Lass mal, Tine.« Mama schaut unglücklich drein.

»Was ist denn?«

Mama lehnt sich vor, es sieht so aus, als wolle sie was sagen, da kommt Papa zurück.

Mist. Ich hasse es, wenn es zwischen meinen Eltern Knatsch gibt. Ich mag keinen Streit und auch kein eisiges Schweigen. Früher hat es öfter geknallt, in den letzten Jahren weniger, hab immer geglaubt, das ist jetzt vorbei.

Punkt acht serviert Mama das Essen: toskanischer Hackbraten mit Möhren und Tomatennudeln. Beim Essen geben sich alle ganz versöhnlich. Papa erzählt, er wolle noch eine Fremdsprache lernen, Russisch oder Spanisch, fragt jeden von uns, ob er nicht mitmachen wolle.
Kein Bedarf, danke. Mir reichen Englisch und Französisch in der Schule. Und dann mit Papa – ich weiß nicht.
Erik will natürlich auch nicht, Mama sagt gar nichts – was das nun wieder zu bedeuten hat!
Zum Nachtisch gibt es Tiramisu, ich platze gleich. Mamas Wangen sind wieder rosig, vielleicht vom Wein, manchmal sehe ich sie sogar lächeln.
Papa erzählt, wie er als Kind immer heiße Bananen im Schinkenmantel essen musste. Einmal im Jahr wird er sentimental.
Dann packen wir unsere Geschenke aus. Leise, ohne großes Oh! und Ah! Von Mama und Papa bekomme ich Bücher. Ich freue mich drauf, auf dem Bett zu liegen und zu schmökern – wenn ich schon nicht mit Felix im Schnee herumtoben kann.
Ich lese gerade den Klappentext eines Buches über eine Mädchenliebe, als Mama in Tränen ausbricht. Sie springt auf und rennt aus dem Zimmer, Papa hinterher.
Erik und ich sitzen verdattert da.
Auf dem Wohnzimmertisch liegt ein halb ausgepackter Schlafanzug, Frottee, geblümt.
Ich weiß, dass Mama sich seit Jahren eine verrückte Uhr wünscht.
»Meine Güte, ist die empfindlich«, murmelt Erik, während er in der Zeitschrift blättert – ich glaube, er freut sich wirklich darüber. »Dass Frauen so nah am Wasser gebaut haben!«

»Haben sie das?« Ich weiß nicht, wo Erik plötzlich so viel Erfahrung hernimmt.
Erik nickt. »Mama ist jedenfalls ein Ass im Heulen. Und du bist es doch auch.«
»Stimmt nicht«, sage ich beleidigt. Obwohl mir klar ist, dass ich öfter heule, als mir lieb ist. Besonders in den unmöglichsten Situationen.
Aus der Küche hört man gedämpfte Stimmen.
Ich kann nichts verstehen, möglich, dass Mama immer noch weint. Gerne würde ich das Ganze beenden, schließlich ist nur einmal im Jahr Weihnachten. Warum muss es in unserer Familie immer so ein Theater geben? Mama tut mir echt Leid. Ich wäre auch sauer, wenn Felix mir alljährlich die hässlichsten Feinrippunterhosen des europäischen Binnenmarkts schenken würde, obwohl ich mir Träume aus Seide und Spitze wünsche. Ob Felix auch so ist, unsensibel wie ein Stück Holz?
Als ich mich gerade in mein neues Buch eingelesen habe, kommen Mama und Papa zurück ins Wohnzimmer. Mama sieht verheult aus, ich glaube nicht, dass die beiden sich weihnachtlich versöhnt haben.
Als wolle er etwas wieder gutmachen, fängt Papa von Weihnachten vor zwei Jahren an, als wir nach Portugal gefahren sind. Dreimal am Tag essen, Spaziergänge am Meer, Wind und Sonne, nicht ein böses Wort die ganze Zeit über. Damals haben sich Mama und Papa ziemlich lieb gehabt, glaube ich. Und obwohl ich mein Zimmer mit Erik teilen musste, wurde es ein super Urlaub. Kein Streit; Tage, die wie im Flug vergingen.
Trotzdem ist die Stimmung dahin. Streit liegt in der Luft, immer noch, legt sich messerdick auf unsere Gefühle.

Gegen zehn gehe ich zu Bett. Wozu großartig Harmonie vortäuschen? Mama und Papa müssen alleine miteinander zurechtkommen. Erik und ich sind hier nur Statisten – einmal über die Bühne huschen, und dann wieder ab in die Garderobe.
Am zweiten Weihnachtstag hat sich die Lage beruhigt. Ich sitze im Wohnzimmer, lese, finde den Tannenbaum albern und warte mit Magendrücken auf Yeliz.
Zwischendurch gibts Mittagessen, massenweise Fleisch. Und noch mehr Magendrücken. Ich wette, Mama will sich auf Teufel komm raus wieder mit Papa vertragen.
Es ist halb drei. Ich werde immer nervöser. Warum habe ich mir das eingebrockt, worüber soll ich mit Yeliz reden, worüber nur? Lieber würde ich mich mit Angie und ihrem quellenden Herzen beschäftigen.
»Komm doch auch«, habe ich sie durchs Telefon angefleht. Angie würde schon Leben in die Bude bringen.
»Was, um Himmels willen, habe ich mit deinem Nächstenliebe-Tick zu tun?«, hat sie entgegnet. »Wenn Yeliz dabei ist, reden wir eh alle um den heißen Brei herum.«
Richtig. Um den heißen Brei herumreden – das ist eine meiner Lieblingsbeschäftigungen. Besonders bei Yeliz. Warum gelingt es mir bei ihr nicht, die Dinge beim Namen zu nennen? Warum habe ich so einen Respekt vor diesem Mädchen, dass ich innerlich erstarre oder einfach wütend auf sie werde? Trotzdem hat sie irgendetwas, was mich anzieht, an dem ich mir die Finger verbrennen könnte, würde ich nur nahe genug herangehen. Yeliz.
Draußen pfeift der Wind durch die Bäume. Es ist milder geworden, kein Schnee mehr zu sehen.

Erst am späten Nachmittag klingelt es, über eine Stunde später als verabredet. Der Tee, den ich gekocht habe, ist inzwischen kalt. Ich sitze über den letzten Seiten meines letzten Weihnachtsbuches, würde jetzt lieber weiterlesen.
Ich öffne, Yeliz steht verfroren da, hält mir ein kleines Geschenk entgegen.
»Danke«, sage ich verlegen. Natürlich habe ich nichts, was ich ihr schenken könnte.
Als wir in mein Zimmer gehen, laufen wir Erik über den Weg. Ich sehe, wie er sich in Yeliz' Augen verfängt; der kann mir nicht mehr erzählen, dass ihn nur Computer interessieren.
»Erik, das ist Yeliz«, sage ich und halte ihn am Arm fest. »Und das ist mein Bruder.«
»Hallo.« Erik hat eine hochrote Birne, noch nie habe ich ihn mit so einer roten Birne gesehen.
»Ich kenne deinen Bruder vom Sehen«, erklärt Yeliz ruhig und gelassen, während ich die Tür meines Zimmers hinter uns schließe. »Hat er nicht den Asylantenartikel im ›Sponx‹ geschrieben?«
»Ich weiß nicht.« Dass sich Erik schon mal in der Schülerzeitung ausgelassen haben soll, ist mir neu. Ich wusste nicht mal, dass er einen Bleistift halten kann.
»Er nennt sich doch Timo?«
»Ja, schon, sein bester Freund sagt Timo zu ihm.«
»Na also.« Yeliz lacht schrill. »Mir war bislang nicht klar, dass er dein Bruder ist.«
Erik und politisches Engagement! Ich glaube, ich spinne. Spielt er nur zu Hause den Kotzbrocken? So was soll vorkommen.
»Woher weißt du das alles?«, frage ich.

»Ist 'ne komplizierte Geschichte.« Yeliz winkt ab. »Packst du das Geschenk aus?«
»Ja«, sage ich, obwohl ich es lieber nicht auspacken würde. Ich finde es unangenehm, mich für etwas bedanken zu müssen, was mir vielleicht nicht gefällt.
Ich reiße das Papier auf, zum Vorschein kommt eine Art Strohstern mit einem roten Stein in der Mitte.
»Danke«, sage ich unsicher. Schön sieht er schon aus, nur weiß ich nicht, was ich damit anfangen soll.
»Hab ich selbst gebastelt.«
»Hübsch«, entgegne ich und lege das seltsame Gebilde auf den Tisch. Dann sitzen wir da. Es fällt mir mal wieder irrsinnig schwer, mich mit Yeliz zu unterhalten. Ich denke an Mama und Papa in ihrem Wohnzimmer, frage mich, ob sie sich gerade angiften. Denke an Felix, der jetzt arbeitet. Und an das Mädchen, das mir so still gegenübersitzt. Was wohl in ihrem Kopf vorgeht? Großes Rätsel.
Wir trinken kalten Tee, Yeliz will keinen frischen. Sie hat fröhliche Augen, als sie von dem großartigen Menü erzählt, das sie am Vierundzwanzigsten gekocht hat.
»Ihr habt also doch gefeiert.«
»Aber ohne Geschenke.«
»Feiern ist feiern.«
»Na ja, es ist halt blöd, wenn alle Nachbarn vor ihrem Weihnachtsbaum sitzen ...«
Aha. Verstehe. Mein Geschenk ist die Ausnahme, ich soll mich wohl geschmeichelt fühlen, weil Yeliz sich hinsetzt und für mich bastelt. Aber vielleicht bastelt sie auch für die anderen, für Felix zum Beispiel, ohne dass ich etwas davon weiß. Bei mir

bastelt sie wohl ihr schlechtes Gewissen weg – weil sie's mir nicht sagen mag, was zwischen ihr und Felix läuft.

»Hast du schon von der Ausstellung über Delphine in Heidelberg gehört?«, frage ich, nur um die Wut zu bekämpfen, die unwillkürlich in mir aufsteigt.

»Nee.«

Ich erzähle ihr, dass Künstler zum Thema »Die Farbe Blau« Bilder gemalt haben, die später zugunsten des World Wildlife Fund versteigert werden sollen.

»Toll. Da würde ich gerne hinfahren.«

»Und?«

»Ich weiß nicht. Ist doch teuer.«

Die nehme ich ihr nicht ab, die Sache mit dem Geld. Geld kann man verdienen. Zum Beispiel Zeitungen austragen. Yeliz würde niemals fahren dürfen, das ist der Grund.

»Sag doch, dass dein Vater es nicht erlaubt!«, platze ich plötzlich heraus.

»Spinnst du?« Yeliz schaut mich feindselig an.

»Du hast gesagt, dass du kein Geld hast. Hast du gesagt!«

»Und du? Hast du welches?«

»Nein, im Moment nicht.«

»Siehst du!«

»Mensch!« Ich nehme einen Schluck Tee. »Darum gehts doch jetzt gar nicht.« Irgendwie habe ich Mist gebaut.

Yeliz' Augen sind matt, weg der Glanz, der sie eben noch so schön gemacht hat. »Ich glaube, ich muss los.«

Gut, denke ich, halb erleichtert, halb von schlechtem Gewissen angeknabbert. Hat ja nicht sehr lange gedauert, unser Rendezvous. Und gebracht hats auch nichts.

Als wir endlich auf dem Flur stehen, überfällt sie mich mit der Frage, auf die ich schon den ganzen Nachmittag gewartet habe.
»Und wie gehts so mit Felix?« Eiskalt fragt sie das, ihre Wärme hat sie auf meinem quietschgrünen Sofa zurückgelassen.
»Schön«, sage ich und »tschüs« und »bis bald«. Auf einmal will ich sie nur noch loswerden. Was soll denn das? Wir trinken Tee, reden über Delphine und die Welt, und dann will sie Neuigkeiten aus mir herausquetschen, Felix-Klatsch!
Yeliz dreht sich noch mal um, starrer Schlangenblick, sie hebt die Hand zum Gruß.
Ermattet gehe ich über den Flur. Wie zufällig kommt Erik aus seinem Zimmer geschlichen, fragt nach Yeliz' Namen, den er vorhin nicht richtig mitgekriegt hat.
»Ihr kennt euch doch, denke ich.«
Ein mürrisches »Nein«.
Ich lache gehässig. Kleine Schwester, die den Bruder quält.
»Also, wie heißt sie nun?«
»Yeliz.« Bloß nicht losprusten. »Willste ihre Telefonnummer? Ihr Bruder hat sein Schlachtermesser für eventuelle Bewerber schon gewetzt.«
Mürrisches »Nein« Nummer zwei, und schon ist Erik in seinem Zimmer verschwunden. Soll er sich doch mit Yeliz abgeben, denke ich, dann bin ich ein Problem los.

Den kommenden öden Ohne-Felix-Ferientag verbringe ich mit Angie. Stundenlang hängen wir im Hallenbad herum, ich mit einer Fettrolle mehr, Angie grazil wie immer. Wir spielen Personenraten und lesen uns unsere Jahreshoroskope vor, die wir aus allen möglichen Zeitschriften ausgeschnitten haben.

»Hier steht ...« Angie fängt an zu lachen und zu kreischen. »Die Zwillinge-Frau sollte öfter ihren Verstand einschalten.«
»Großartig.« Ich hülle mich ganz in mein Handtuch. »Und wie soll das gehen, wenn die Gefühle immer ihren Spaß wollen und einem auf der Nase herumtanzen?«
»Verstand gehört bei jeder Liebesgeschichte dazu. Ehrlich. Sonst bist du verloren.«
Aha. Trotzdem haben wir noch nicht geklärt, wie das gehen soll, wie man seine Gefühle in den Griff kriegt.
Später gehen wir Chicken McNuggets essen, verabreden uns für morgen wieder zum Schwimmen. Ich bin froh, wenn ich nicht zu Hause sein muss, wo einen die dicke Luft glatt erstickt.
Am nächsten Morgen stehe ich früh auf und fahre nach einem langen Frühstück ins Schwimmbad.
Angie ist nicht da. Sie kommt nicht um elf, nicht um zwölf, nicht um eins. Nicht dass ich mir Sorgen mache, ich bin einfach nur sauer. Angie »passiert« nie etwas, Angie wird nur durch nicht vorherzusehende Ereignisse unzuverlässig. Dies können sein: amouröse Zwischenfälle, verlockendes Kinoprogramm, ihre ältere Cousine, die sie auf irgendeinen Wichtikus-Empfang mitnimmt. Ich schwimme allein meine Bahnen, ein paar für Felix, ein paar für meine Linie. Freue mich dabei schon auf den Kühlschrank und auf das, was drin ist.
Angie ruft spät an. Ziemlich spät. Genau gesagt, um halb ein Uhr nachts. Mama steht plötzlich fauchend in meinem Zimmer, ich habe das Klingeln gar nicht gehört.
»Spinnst du?«, attackiere ich Angie.
»Tine!« Angie hört sich heiser und aufgeregt an. »Stell dir vor, ich habs hinter mir!«

»Was, ›es‹?« Nach der ersten Tiefschlafphase bin ich meistens etwas schwer von Begriff.
»Das, wovon du schon lange träumst! Mensch, Tine, was kann ›es‹ bedeuten, überleg mal.«
»Ich bin nicht aufgestanden, um mitten in der Nacht Ratespielchen zu machen«, sage ich kühl. »Und wenn du Sex und dergleichen meinst, so spannend ist das auch nicht – jedenfalls nicht um diese Uhrzeit.« Ich lege einfach auf.
Kaum bin ich in meinem Zimmer, klingelt das Telefon wieder. Mama und ich schießen gleichzeitig auf den Flur.
»Sorry, Mama, ich fürchte, Angie ist verrückt geworden.«
»Dann ruf die Klinik an oder leg den Hörer daneben.« Mama zieht die Tür hinter sich zu.
»Spinnst du?«, schreie ich gleich in den Hörer, ohne abzuwarten, dass Angie sich meldet.
»Da geschieht ein Jahrhundertereignis, und du legst auf!«
»Nur dass dein Jahrhundertereignis millionenmal und überall auf der Welt passiert.«
Angie lacht. Klar hat sie gut lachen. »Du bist nur sauer, dass es bei dir noch nicht passiert ist.«
Bin ich nicht, ehrlich, vielleicht bleibt mir das erspart, ein Leben lang.
»Und wer ist der Glückliche?«
»Georg natürlich.«
Georg. Das haut mich tatsächlich um.
Angie hat Recht, jedes Mädchen träumt einmal im Leben von Georg. Das ist eine Art Naturgesetz, ich würde es nur niemals zugeben.
»Und falls du wissen willst, wie es war, es ging alles zu schnell,

ich weiß nicht, was ich sagen soll, es war …, also, glitschig war es auf jeden Fall.«
Ich will nicht wissen, wie es war, denke ich, frage aber brav, ob Georg jetzt ihr Freund ist.
»Was weiß ich.«
»Gute Nacht, Angie, wir können doch morgen …«
»Ja.«
»Ich rufe dich morgen an, okay?«
Ich taumle zurück ins Bett, hundemüde bin ich und aufgekratzt. Natürlich geht es nicht spurlos an mir vorbei, dass meine beste Freundin jetzt von Dingen was versteht, von denen ich nie was verstehen möchte.
Aber ich werde wohl nicht drum herumkommen, zwei Kinder müssen es sein, mindestens.
In dieser Nacht habe ich einen aufregenden Traum. Ein Junge, nicht Felix, nicht Georg, eher eine Mischung aus beiden, legt sich zu mir ins Bett, nackt, wir sind zwei warme Körper, so warm, es ist wunderbar. Dann fliege ich über einen See, nehme diese Wärme mit, diese Zärtlichkeit, plötzlich ist es Felix, der vor mir steht, mein Gesicht in seine Hände nimmt. Den Kuss erfinde ich beim Aufwachen dazu.
Es ist stockfinster im Zimmer, so kalt, dass ich es nicht wage, auch nur einen Finger rauszustrecken. Ich höre Mama in der Küche rumoren oder Papa, es muss nach acht sein.
Vielleicht sollte ich ›es‹ auch tun, warum nicht jetzt schon? Wenn man lange wartet, wirds auch nicht einfacher, ganz bestimmt nicht.
Noch fünf Tage bis Silvester. Silvester ist ein guter Termin. Rein in ein neues Jahr. Rein in ein neues Leben.

Felix ruft am 31. Dezember an.
Es ist spät, ich bin verzweifelt, warum hat er nicht einmal in den letzten Tagen zum Hörer gegriffen? Angie will mich zu Georgs Silvesterparty mitnehmen, nein, hab ich gesagt, vielleicht meldet sich Felix.
Vielleicht. Vielleicht auch nicht. Warum warte ich darauf, was er entscheidet? Warum entscheide ich nicht selbst? Warum bin ich nicht einfach schon verplant, sorry, aber es stehen drei Partys an, alles klasse Einladungen, und jetzt gehe ich mit Angie zu Georgs Schlafanzugparty oder, mal sehen, vielleicht auch zu der Piranhaparty bei Freddie-Maus.
Mist!
Immer rennt das Leben an mir vorbei, immer bin ich diejenige, die wartet. Es könnte ja was passieren, und wenn es passiert, dann habe ich doch nicht dran teil. Angie, ja, die nimmt sich, was sie braucht. Liebe, Spaß, das Leben ist zu kurz, um lange zu fackeln. Ich finde es endlos lang, das Leben. Manchmal schleichen sich die Tage durch den Monat, durch ein Jahr, durch eine halbe Ewigkeit.
»Und? War Weihnachten schön?«, säuselt Felix.
»Geradezu grandios. Oder mittelprächtig. Und bei dir?«
»Es war irrsinnig viel zu tun in der Klinik. Die Patienten wollen Programm, verstehst du? Die kann man an Weihnachten nicht einfach so abstellen.«
Und ein kleiner Anruf bei mir war nicht drin? Oder hat das Telefon gestreikt? Oder sein Herz?
»Magst du heute Abend nicht vorbeikommen? Ich habe eine Flasche Sekt gekauft, wir können reinfeiern, einfach so, ohne großes Brimborium.«

Mag ich. Auch wenn die Angst dabei ist, der Horror der Gefühle. Dass man immer Angst hat vor dem Unbekannten, vor Nebel und Dunkelheit, obwohl das Licht doch oft dahinter liegt.
»Ja, gerne«, sage ich. Kann sein, dass mein Herzklopfen durchs Telefon zu hören ist. »Wann?«
»Wann du willst.« Samtstimme. Verrückt. Seine Stimme mochte ich vom ersten Moment an. Wolf im Schafspelz. Felix, der tonnenweise Kreide frisst.
»Also gut, dann komme ich in zwei Stunden.« Lege auf. Rein in die Badewanne. Parfüm von Mama. Klaue Papa ein Kondom aus der Schachtel im Badezimmerschrank, besser zwei, man weiß ja nie, ob was schief geht. Bin plötzlich so cool, dass ich mich nur wundern kann. Hauptsache, Papa zählt die Dinger nicht – das wäre eine Blamage.
»Ich fahre gleich zu Felix«, sage ich später zu Mama, die allein von einem Spaziergang wiederkommt.
»Pass auf dich auf, Kleines.«
Mama streicht mir über den Kopf, ihrer kleinen Tine, die zum ersten Mal allein den Zebrastreifen überquert, die zum ersten Mal allein zum Flötenunterricht muss, zur Schule, zum Gymnasium. Wie meint sie es, meine Mama? Meint sie, dass ich, wenn ich wiederkomme, vielleicht nicht mehr ihre kleine Tine bin? Sondern eine Frau? Dass ich mich abnable von ihr? Ich werde mich nie von Mama abnabeln, ich will es gar nicht, sie wird immer meine Freundin bleiben.
»Bringt Felix dich nach Hause?«
»Klar.«
»Wir werden dann vielleicht noch nicht da sein. Bei Brenders wirds meistens spät.« Sie lacht verlegen. Mir kommt in den

Sinn, wie sie einmal mit Herrn Brender geflirtet hat: Ach, wissen Sie, Paris ist so eine phantastische Stadt und das kulturelle Angebot, ja, da habe ich mal einen Molière gesehen, »Der Menschenfeind«, ach ja, und danach in die Bar, blabla … Ich gönne es ihr, ehrlich. Papa ist schon lange nicht mehr charmant.

Felix wohnt irgendwo in einem heruntergekommenen Altbau. Ich klingle, auf der Stelle ertönt der Summer.
Im Treppenhaus riecht es nach Essen, Lamm oder Schwein. Die Tür ist angelehnt, als ich oben ankomme. Ich hasse es, in fremde Wohnungen einzudringen. Kein Felix, der nach mir schaut. Vorsichtig stoße ich die Tür auf, schiebe als Erstes meine Nase in die Wohnung, nein, hier riecht es nicht nach Braten, dafür nach ausgelaufenem Rasierwasser. Ich gehe nicht rein, verharre halb im Hausflur. Vor mir stapeln sich Winterjacken, Schuhe, Taschen in einem heillosen Durcheinander, daneben Berge von Zeitungen, die vermutlich seit einem halben Jahrhundert hier gesammelt werden.
»Das war Alex«, sagt er und zeigt auf einen Stapel. Felix hat es irgendwie geschafft, auf dem Flur zu erscheinen. Ich habe ihn nicht kommen hören. Er grinst über beide Ohren. Gut sieht er aus in seinem langärmeligen Ringel-T-Shirt, mein kleiner Matrose, und vor allem riecht er gut. Er war es also, der sich eine Flasche Eau de Toilette über den Kopf gekippt hat.
»Hallo!« Ich ziehe meine Jacke aus, werfe sie auf den Kleiderhaufen. Mit wackeligen Knien folge ich ihm in sein Zimmer. Madame schreitet zur Hinrichtung, den Präser fühle ich in meiner Hosentasche. Vielleicht passiert ja auch gar nichts, vielleicht bilde ich mir nur ein, dass etwas passieren könnte, und

vielleicht machen mir auch meine Speckrollen im letzten Moment einen Strich durch die Rechnung.
»Ich habe das kleinere Zimmer.« Felix schließt die Tür hinter sich. »Liegt allerdings nach hinten raus und hat einen Balkon.«
»Schön«, sage ich automatisch, bevor ich mich überhaupt umgesehen habe.
Als Erstes fällt mir das Bett ins Auge, kein kleines Kinderbett, nein, eine richtige Bettwiese, Lustwiese, fast so groß wie Mamas und Papas Bett, einmal Lieben im Quadrat, die bunte Decke drauf erinnert an Reiseprospekte, Marokko und Tunesien.
»Magst du was trinken?«
»Ja.«
»Jetzt schon den Sekt?«
»Hm.«
»Also ja.«
Felix geht raus, gerne würde ich ihm folgen, die Küche sehen, die anderen Räume, aber ich mag nicht fragen, ob ich darf. Schaue mich stattdessen im Zimmer um: am Fenster ein kleiner Schreibtisch; brennend interessieren mich die Fotos, die unter der Glasplatte kleben. Exfreundinnen? Mama, Papa plus Geschwister? Rechter Hand das Bücherregal, Thomas Mann neben Stephen King, Patricia-Highsmith-Krimis, ein paar Reclamhefte, wahrscheinlich noch aus der Schule. Ein großer Leser scheint Felix nicht zu sein. Dafür Musikfan, das beweist seine CD-Sammlung. Ganz viel Klassik, Namen, die mir nichts sagen. Kein Pop, nur französische Chansons und Jazz.
Plötzlich steht Felix hinter mir. Ich spüre seinen warmen Atem im Nacken, im nächsten Moment pflanzt er mir ein Küsschen auf den Hals.

»Spatz«, sagt er. Und: »Setz dich doch.«
Spatz! Fürchterlich. So was sagen Mamas und Papas und Tanten. Aber doch nicht Jungs, mit denen man gedenkt, heiße Liebesstunden zu verbringen.
Ich drehe mich um. Felix steht dicht vor mir, zwei Sektgläser in der Hand. Ich dränge mich an ihm vorbei, setze mich aufs Bett. Auf die äußerste Kante. Es gibt keine anderen Sitzgelegenheiten, nicht mal einen Schreibtischstuhl oder so.
Felix folgt mir, lässt sich am anderen Ende nieder, jetzt sitzen wir etwa einen Meter voneinander entfernt. Umständlich öffnet er die Flasche, ein bisschen Sekt schäumt aufs Bett.
»Aufs alte Jahr.« Felix prostet mir zu.
»Aufs alte Jahr.« Ich nippe am Sekt, kühl und prickelnd rinnt er in den Magen.
Und jetzt? Wie geht es jetzt weiter? Noch drei Stunden bis Mitternacht, drei lange Stunden mit Felix allein.
Wir trinken, reden über seine Arbeit, was die Alten jetzt wohl machen, schlafen, ein bisschen feiern, wenn das Leben zu Ende geht, gibt es meistens nichts mehr zu feiern.
»Besuchst du deine Eltern nie?«
»Nein.«
»Warum nicht?«
»Manche besuchen ihre Eltern eben nicht.«
Schweigen. Felix sitzt unverändert weit von mir weg, putzt seine Brille.
Ich weiß nicht, ob ich weiterfragen soll. Was mag das bedeuten, »manche besuchen ihre Eltern eben nicht«?
»Möchtest du Käse und Weintrauben?« Felix springt hektisch auf. »Ich habe welche eingekauft. Und Baguette.«

Bevor ich antworten kann, verschwindet Felix in Richtung Küche, er scheint Hummeln im Hintern zu haben.
Ich bleibe auf der Marokko-Decke sitzen und zähle Fusseln. Möglich, dass ich ihm jetzt Silvester versaut habe, vielleicht habe ich ihn an etwas erinnert, an das er nicht denken will. Ich höre ihn in der Küche mit jemandem reden, bestimmt mit seinem WG-Fritzen, komisch, dass ich den nicht sehen darf.
Felix kommt mit einem voll beladenen Tablett zurück, lachend, anscheinend wieder gut gelaunt. Er hält mir den stinkenden Käse unter die Nase.
»Gorgonzola, eine Spezialität.«
Ich nehme ein Stück davon, nur um Felix nicht zu beleidigen, Hunger habe ich nicht. Der Käse schmeckt scharf, nicht mein Fall. Ein paar Weintrauben dazu. Felix fängt wieder von seinen Eltern an. Offensichtlich sind sie schon sehr alt, haben nie Verständnis für ihn aufgebracht. Vielleicht war er kein Wunschkind – aber das sind viele nicht, kein Grund zum Jammern.
Seine Mutter ist krank, der Vater führt Gespräche mit dem verstorbenen Opa ... Ziemlich wirres Zeug, was er da zusammenstammelt.
Irgendwann habe ich die Nase voll. Wir sind jung, noch nicht mal volljährig, und reden über Alter, Krankheit und Tod, das ist doch Wahnsinn! Da verstehe ich Erik, der sich auf seinen Computer stürzt, oder Angie mit ihrem Lebensprinzip »Carpe diem – nutze den Tag – und die Jungs dazu«.
Als es klopft, bin ich beinahe erleichtert.
Alex. So ein Typ mit Fusselbart und Knopfaugen. Er pflanzt sich zwischen Felix und mich aufs Bett.
»Du bist also Tine«, sagt er und nimmt sich vom Käse.

Ich schweige, sehe zu, wie Alex kaut und schwatzt.
Da er jetzt weiß, dass ich Tine bin, scheint für ihn die Sache erledigt zu sein. Felix steigt voll ein auf den Unsinn, den Alex ohne Punkt und Komma von sich gibt – ich könnte ihm dafür eins über die Rübe geben. Was habe ich hier noch zu suchen?
Was interessieren mich Alex' Studium und irgendwelche irren Kneipen, in die man unbedingt nach Mitternacht rein muss?
Als er schließlich den Fernseher einschaltet, ist bei mir der Ofen aus. »Felix hat mich eingeladen«, sage ich mit garstiger Stimme.
Alex blickt mich überrascht an. »Wenn ich störe, musst du es nur sagen.«
»Ja, du störst, genau das meine ich!« Es ist das erste Mal in meinem Leben, dass ich keine gute Miene zum bösen Spiel mache – auf die Konsequenzen pfeife ich.
Alex steht auf. »Dann noch viel Spaß«, sagt er, »wollte sowieso auf 'ne Fete.« Geht raus. Beleidigte Miene.
Puh! Mein ganzer Anstand, meine Erziehung und all das Zeug hängen in der Höhe der Kniekehlen.
Felix rutscht zu mir rüber, legt den Arm um mich.
»Gut gemacht. Alex ist ein Quatschkopf, ein lieber zwar, aber er ist einer. Ich kriege es nie fertig ihn rauszuwerfen.«
Ich setze mich auf, schalte den Fernseher aus, gehe zum Fenster. »Bist du mir nicht böse?«
»Ach wo.«
Noch eine halbe Stunde bis Mitternacht, draußen schießen vereinzelt Böller durch die Nacht. Entschlossen nestle ich das Kondom aus meiner Hosentasche – wenn ich schon mal dabei bin, mein mädchenhaftes Benehmen über Bord zu werfen …

Ich setze mich aufs Bett.
Felix sieht mich erstaunt an. »Was hast du da?«
Ich halte ihm meine geschlossene Hand hin, Felix öffnet sie. Da liegt ein unschuldiger Gummi in der Silvesternacht.
Felix kichert, ich schätze, keiner von uns weiß so recht, was er damit anfangen soll.
»Warum lachst du?«
»Ich meine, es ist doch nicht so, dass wir müssen.«
»Ist es nicht ...?«
»Nein.«
»Wir könnten aber«, sage ich tapfer. Welcher Teufel reitet mich da eigentlich!
»Tine!« Felix zieht meinen Kopf zärtlich auf seinen Schoß, krault meinen Nacken. »Warum willst du etwas erzwingen, was noch Zeit hat?«
Ich antworte nicht. Kann nicht antworten. Fühle mich erleichtert und zugleich abgewiesen. Wahrscheinlich hat er Recht, es ist einfach noch nicht an der Zeit. Vielleicht aber ist alles nur Gerede, vielleicht gefalle ich ihm gar nicht, und Yeliz ist es, an die er ran will, mit der würde er es tun.
Felix' Hand brennt an meinem Nacken, mein Hals ist wie zugeschnürt. Jetzt nicht weinen, um Himmels willen, nicht in diesen letzten Minuten vor dem Jahreswechsel. Dafür gibt es keinen Grund. Immerhin bin ich aus dem Schneider, eigentlich will ich doch gar nicht mit ihm schlafen.
Mit der anderen Hand arbeitet sich Felix zu meiner Brust vor, greift unter den Pullover, hält kurz vorm BH inne.
Warum das nun? Warum tut er das Gegenteil von dem, was er sagt? Ich mache mich automatisch steif, wehre mich aber

nicht, als er meine Füße aufs Bett hebt. Er öffnet zielstrebig meine Jeans, streichelt meinen Bauch, meine kleine Trommel, für die ich mich schäme. Felix scheint an ihr Gefallen zu finden. Wir küssen uns. Dann vergräbt er sein Gesicht an meinem Hals, sein Atem geht laut und unregelmäßig, er springt auf, zieht sich hastig aus. Ich sehe staunend zu. Hager ist er, ein paar Haare tanzen Menuett auf seiner Brust, sein Penis erscheint mir riesig, noch nie habe ich einen in natura gesehen. Er reißt die Bettdecke weg, kugelt sich darunter.

»Zieh dich aus«, flüstert er.

Ich gehorche, fange an, mich unter der Decke auszuziehen, irgendwie geht ein Sog von seiner Stimme aus, er wird schon wissen, was wir tun.

Da preschen die Böller los, plötzlich, es ist zwölf.

»Prost Neujahr.« Felix erstickt mich mit einem Kuss auf den Mund. Draußen ein Feuerwerk, das den Himmel erleuchtet, da gerät die Welt aus den Fugen. Auch meine Kinderwelt. Als Felix sich den Gummi überstreift, sich zwischen meine Beine drängt.

»Nein!«, höre ich mich rufen, im gleichen Moment.

»Warum nicht?« Seine Stimme klingt ganz zärtlich.

»Weißt du nicht, was du eben noch gesagt hast?«

»Die Dinge ändern sich schneller, als man glaubt.«

Er rückt von mir ab, ich starre auf den Gummi, der wie ein zu enger Regenmantel auf ihm klebt.

»Du bist so sexy.« Felix sieht mich nicht an, während er mit mir redet, ich bin kurz davor, in hysterisches Gelächter auszubrechen. Ich und sexy? Irgendwas verwechselt er da. Mich kann er doch nicht meinen. Säulenbeine und Speckbauch – was soll daran sexy sein?

»Was ist denn, Tine?«
Der zärtliche Tonfall ist auf einmal flöten.
»Dass ich sexy sein soll ...« Ich gluckse vor mich hin.
»Bist du.«
»Blödsinn.«
»Doch.«
»Klappe.«
Felix beißt mich leicht ins Ohrläppchen. Wahrscheinlich bin ich doch sexy.
»Lass uns trotzdem noch warten«, beschließe ich, »heute ist alles so verzwickt, und gleich muss ich nach Hause.«
»Warum denn? Kannst du nicht hier schlafen?«
»Geht nicht. Mama wartet.«
»Mama, Mama. Wann willst du dich abnabeln von deiner Mama, wenn nicht jetzt?«
»Hat das nicht bis morgen Zeit? Ich habe ihr gesagt, dass du mich nach Hause bringst.«
Felix murmelt etwas Unverständliches, spielt ein bisschen beleidigte Leberwurst.
»Wie alt warst du eigentlich, als du von zu Hause ausgezogen bist?«, frage ich.
»Siebzehn. Nein, sechzehndreiviertel.«
»So jung?«
»Ja.« Das klingt ziemlich barsch. So barsch, dass ich nicht weiter fragen mag.
»Sag deiner lieben Mama, beim nächsten Mal schläfst du bei mir, basta, keine Diskussion. Richte ihr aus, dass ich dich schon nicht auffressen werde.«
»Mal sehen.«

Umständlich ziehe ich mich unter der Decke an.
»Morgen! Wie wärs, wenn du gleich morgen, also genau genommen heute bei mir übernachtest?«
»Mal sehen.«
Als wir kurz darauf rausgehen, ist es fast eins. Es nieselt, um die null Grad, fieses Wetter. Ich hake mich bei Felix ein. So schlittern wir durch die Neujahrsnacht, ab und zu kracht ein Böller, es riecht nach Neuanfang. Das wird mein schönstes Jahr, nehme ich mir vor.
Felix legt den Arm um mich, fragt mich nach Yeliz, ausgerechnet jetzt. Es hätte so schön sein können.
Pflichtgemäß berichte ich von unserem Treffen, schummle ein wenig bei dem Ergebnis unserer Verhandlungen.
Felix nimmt alles kommentarlos hin. Nur seine Hand fängt in meiner Jackentasche immer mehr an zu schmelzen. Was soll dieses Yeliz-Gerede? Ich will nicht, dass Yeliz immer wieder dazwischenfunkt.
»Mein Bruder scheint von ihr ziemlich angetan zu sein«, füge ich hinzu, um Felix' Reaktion zu testen.
»Echt?«
»Ja, echt.«
Dann sprechen wir nicht mehr, stapfen schweigend durch die Kälte, ich bin eine andere geworden. Obwohl eigentlich noch nichts passiert ist. Aber ich weiß, dass es gehen wird – dieser Schritt zur Frau. Mir kommt es vor, als wäre ich in den letzten Stunden um Jahre gealtert, fühle mich plötzlich wie ein Uraltgouda, falls es möglich ist, sich wie ein Käse zu fühlen.
Ich verwünsche Yeliz, und ich verwünsche meine Eifersucht. Yeliz hat keine Chance mehr bei mir, das schwöre ich.

Eine halbe Stunde später stehen Felix und ich vor unserer Haustür. In Eriks Zimmer brennt Licht, sonst ist alles dunkel. Ich trete von einem Fuß auf den anderen, Felix macht keine Anstalten, sich zu verabschieden.

»Und wie kommst du jetzt nach Hause?«

»Taxi.« Verschmitztes Grinsen.

»Ist das nicht zu teuer?«

»Ist es nicht.«

Ich krame nach meinem Schlüssel, drehe mich zur Haustür.

»He, Baby!«

Felix, mein Held, nimmt mich in den Arm. Er riecht auf einmal nicht mehr nach Felix. Eher nach Winter und viel Einsamkeit.

»Wann sehen wir uns wieder?«

Ich zucke mit den Schultern. Von mir aus heute nach dem Ausschlafen, aber so was sagt man nicht. Nicht als Frau von Welt.

»Morgen?«

Felix entlässt mich nicht aus seinem Klammergriff.

»Meinst du heute?«

»Ja, klar. Heute.«

»Also dann. Ruf mich an, wenn du wach bist.«

»Mach ich. Und bewahr das Ding, du weißt schon …, gut auf.«

»Macho«, sage ich leise und schließe die Haustür auf.

J◆A◆N◆U◆A◆R

Erst gegen Mittag komme ich wieder zu mir. Ich recke und strecke mich, ertappe mich bei einem Grinsen. Verrückt! Habe von Felix und von unanständigen

Sachen geträumt, von Georg ebenfalls und schönen Fremden – Mannomann –, wie man sich selbst austricksen kann!
Langsam schäle ich mich aus dem Bett und tapse im Nachthemd in die Küche.
Mama sitzt einsam am Frühstückstisch, vor sich einen Becher Tee. Ihre Augen sind verquollen. Entweder hat sie geheult oder nicht ausgeschlafen.
»Frohes neues Jahr!« Ich umarme sie von hinten, kuschele mich in ihr duftendes Haar.
»Dir auch! Komm, setz dich, iss was.«
»Wo sind Papa und Erik?«
»Erik schläft noch und Papa ist unterwegs.« Mama sieht ganz komisch aus, wie sie das sagt.
»Unterwegs?«
»Frühschoppen. Bier trinken oder so.«
»Das ist ja was ganz Neues.« Ich setze mich hin, schütte mir Müsli in eine Schale.
»Und wie wars gestern?«, frage ich.
»Mittelprächtig.« Mama lässt ihre Nase im Teebecher verschwinden. »Aufgemotzte Nachbarn, feuchtfröhliches Gegrapsche. Stell dir vor, Bohrmann hat versucht, meinen Po zu tätscheln ... Das soll der Einstieg ins neue Jahr sein!«
»Und Papa?«, frage ich kauend. »Was hat der gemacht?«
»Der hat sich aus dem Staub gemacht. Irgendwelche Fachgespräche mit Dombrowskis & Co. geführt. Politik im Allgemeinen und im Besonderen und so weiter. Ich habe ihn nur kurz beim Anstoßen zu Gesicht bekommen.«
»Hm.« Hastig löffle ich das Müsli in mich rein.
Gerne würde ich wissen, was los ist zwischen Papa und ihr, aber

ich mag nicht fragen. Es ist ihre Sache, und wenn sie nicht von allein anfängt, will ich auch nichts aus ihr rausquetschen.
Mama nimmt sich ein Vollkornbrot und bestreicht es im Zeitlupentempo mit Butter.
»Hast du noch nichts gegessen?«
Sie schüttelt den Kopf. »Keinen Appetit.« Langsam fängt sie an zu kauen.
»Magst du Honig?«, frage ich.
Wieder schüttelt sie den Kopf, starrt durch mich hindurch. Dann eben nicht, denke ich und genehmige mir eine zweite Portion. Eine Figur wie Felix' Schwester wird mir eh niemals vergönnt sein.
»Und wie wars bei dir?«, fragt Mama, als ich schon jegliche Hoffnung auf eine Unterhaltung aufgegeben habe.
»Schön und schwierig«, antworte ich wahrheitsgemäß.
»Das heißt?«
Doofe Frage. »Zum ersten Mal einen Freund zu haben ist eben nicht einfach. Basta.«
»Versteh schon. Und was ist mit der Türkin?«
»Gar nichts.« Ich nehme mir eine Scheibe Brot, bestreiche sie dick mit Butter und Honig. »Die ist ausgeblendet«, sage ich und fühle im gleichen Moment so einen Stich, fühle, dass es auch anders sein könnte, dass ich keine Gewißheit habe, dass ich sie nie haben werde. Wenn nicht Yeliz, dann ist es eben jemand anderes – so sieht das Leben wohl aus.
Ich stupse meinen Zeigefinger in die Milch, lecke ihn ab. Vielleicht täte man gut daran, sich gar nicht erst mit Jungen einzulassen. Das bringt nur Kummer und Eifersucht. Bisher haben mir Angie und Mama, der Fernseher und mein Spezialmüsli doch

auch gereicht. Wozu also einen Felix, dem ich meine Speckpolster präsentieren muss, einen Felix, der mir eines Tages zeigen wird, dass ich in seinem Leben nicht mehr die erste Geige spiele, wozu das?

»Ihr passt gut zusammen«, meint Mama schon eine Spur fröhlicher. »Das sagt mir mein Riecher. Außerdem ist Felix Spitze. Schade, dass ich nicht mehr ...«

Ich finde, das geht eindeutig zu weit.

Mama und Felix, die große Liebe. Mama wandert mit ihrem Schatz aus. Einmal im Jahr darf ich sie besuchen, meine Mutter und meinen neuen Stiefvater. »Tine, weißt du noch ...?«, wird Felix dann sagen. »Damals an Silvester. Das war unvernünftig, ich weiß, hoffentlich hast du mir verziehen.« Er wird seinen wallenden Bart streicheln und seine fünf Kinder, die er von Mama hat, um sich scharen.

»'tschuldigung, war nur ein Scherz.« Mama lacht.

Während ich eine zweite Scheibe Brot mit Honig bestreiche, kommt Erik in die Küche geschlurft.

»Frohes neues Jahr«, brummt er, als hätte er gerade eine Familienpackung Unfreundlichkeit geschluckt.

Damit ist unser Gespräch für den Rest des Morgens vorbei, die traute Zweisamkeit mit Mama dahin.

Während Erik ungeniert seinen Neujahrsmorgenkater spazieren führt, legt Mama wieder ihr Frustgesicht auf. Kein Wunder, dass sie jetzt erst recht nichts über Papa erzählt.

Ich hasse ältere Brüder, die immer im unpassenden Moment hereinplatzen.

Ich esse das Brot auf und räume das Feld. Musik auf volle Lautstärke, irgendwie habe auch ich einen Kater. Einen Verliebt-

heitskater. Er schwirrt mir im Kopf herum, Mamas Schatz, ich kann nichts dagegen tun.
Wie sich seine Haare kringeln. Seine Augen . . . Nicht dass ich behaupten will, Tränensäcke törnen mich an, aber Felix hat leichte Schwellungen unter den Augen, die finde ich sexy – ich glaube, jetzt spinne ich total. Wenn Angie mir so etwas erzählte, ich würde sie auslachen.
Später probiere ich vor dem Badezimmerspiegel Yeliz' Frisur aus. Ich nehme Gel, streiche die Haare glatt und klemme sie hinter die Ohren. Wie ein Arsch mit Ohren, denke ich und verwuschele meine Haare wieder.
Als das Telefon klingelt, sprinte ich aus dem Bad. Angie ist dran, schade. Gesäusel einer Frischverliebten.
Ich erzähle ihr nichts über mein Chaossilvester, Angie fragt auch nicht nach. Frischverliebte denken nur an sich – eine bittere Erkenntnis.
»Können wir uns heute sehen?«, schließt Angie ihren flammenden Monolog. »Die Kurzgeschichte. Außerdem muss ich dir was zeigen.«
»Geht heut nicht.«
»Warum nicht?«
»Felix und so.«
»Wie, ›und so‹? Läuft was bei euch?« Angies Stimme überschlägt sich.
»Nein, Quatsch«, lüge ich. »Ich hab doch gesagt, dass ich mich nicht vor Jungen ausziehe.«
»Das wirst du schon noch. Ist nämlich gar nicht so übel.«
Gar nicht so übel, gar nicht so übel! Wenn man dünn wie eine Bohnenstange durchs Leben spaziert, ist es wohl nicht übel.

Angie soll mich doch endlich damit in Ruhe lassen. Sex ist nur eine Erfindung der Erwachsenen, die von den wirklich wichtigen Dingen im Leben ablenken soll. Vom Delphinsterben zum Beispiel. Von Mord und Totschlag und Ausländerhass.

»Also dann«, sage ich.

»Ciao, Tine.«

Ich lege auf, im selben Moment klingelt wieder das Telefon. Felix. Ich spüre meinen Herzschlag da, wo er nun wirklich nichts zu suchen hat.

»Morgen, Süße. Gut geschlafen?«

»Danke, bestens«, sage ich und muss an die wirren Träume denken.

»Ich auch.« Felix schweigt einen Moment lang. »Du, mit heute, das wird nichts – leider. Ich muss gleich ins Krankenhaus, einen Kollegen vertreten, der krank geworden ist.«

»In Ordnung«, sage ich und meine genau das Gegenteil. Irgendwie hört sich die Geschichte erfunden an. Kollege krank! Klar ist es einfach, einen kranken Kollegen zu erfinden, wenn man keine Lust hat.

Mist. Da ist sie wieder, meine grässliche Eifersucht, die ich eigentlich mit allen Raketen und Böllern dieser Welt in die Luft jagen wollte. Dass man es nie schafft, sich an seine eigenen Vorsätze zu halten!

»Ich ruf dich an.«

»Ja.« Wiederhören. Einsamkeit.

Ich ruf dich an! Jetzt darf ich warten. Warten, bis der gnädige Herr sich wieder meldet, ausharren, bis ich grün werde, grün vor Wut und vor Eifersucht! Warum bin ich immer diejenige, die wartet, warum nicht die anderen? Ich hasse es zu warten.

Ich knalle den Hörer auf, wähle Angies Nummer.
»Ich hab doch Zeit«, sage ich. »Treffen wir uns bei ›Max‹?«
»Tut mir Leid. Eben hat Georg angerufen ...«
»Ach so.«
Mein ganzer Körper ist Schmerz und Wut, Tränen schießen mir in die Augen. Ich lege schnell auf. Angie soll nicht merken, dass ich weine. Ich rotze ein paarmal ins Taschentuch, nehme meine Winterjacke und verlasse die Wohnung. Die kalte Luft schneidet mir ins Gesicht, ich kicke die Überreste eines Feuerwerkskörpers vor mir her.
Allmählich geht es mir besser. Am Neujahrstag ist immer so eine seltsame Stimmung, alle Möglichkeiten liegen vor einem in den leer gefegten Straßen, und doch ist alles wie sonst, wenn mans genau nimmt. Wie an einem gewöhnlichen Feiertag.
Ich will die Dinge neu anpacken – das nehme ich mir fest vor. Ich will mir vom Leben nehmen, was ich möchte, aus einer Speisekarte die Leckerbissen herauspicken und nicht darauf warten, dass die anderen sie mir vor der Nase wegschnappen.
Gott sei Dank hat das »Max« geöffnet. »Max«, das Auffangbecken aller Heimatlosen. Meine Rettung. Ich setze mich ans Fenster, bestelle bei der neuen Aushilfsbedienung einen Milchkaffee. Wenig los heute. Ein paar Mädchen, die ich schon mal in unserer Schule gesehen habe, kichern am hinteren Ecktisch. Ein hässlicher Typ mit fettigen Haaren, »Marke Erik«, sitzt mit dem Rücken zum Tresen und glotzt mich an. Besser kein Verehrer als so einer, denke ich und drehe mich weg.
Der Kaffee tut gut. Löst die Wut in mir drin, ich denke an neue Sachen, die ich in diesem Jahr machen könnte. Greenpeace beitreten oder dem World Wildlife Fund, mich dafür einsetzen,

dass die Eisbären nicht aussterben. Könnte ich alles tun. Oder ein paar Jungs aufreißen, nur so zum Spaß, soll ja Mädchen geben, die das hinkriegen. Mich nicht an Felix klammern, nicht an Angie. In eine Sportgruppe gehen. Mit Mama öfter ins Theater. Mehr Spaß haben!

Nachdem der Fetthaartyp gegangen ist und der Anblick der Mädchen mich auch nicht vom Hocker reißt, breche ich auf. Fahre in die Innenstadt. Auf einen Hamburger zu McDonald's. Wenigstens hier ist was los. Ich steige die Stufen in den Keller hinab, hole meinen lilafarbenen Lippenstift heraus. Den für besondere Momente, so wie jetzt. Ein ganz entscheidender »Selbstbewusstseinsmoment«. Auch wenn er sich nur in einer Plastiktoilette bei McDonald's abspielt.

Als ich mich im Restaurant anstelle, fühle ich mich wie eine Königin; der Lippenstift tut seine Wirkung. Ich ordere Chicken McNuggets, einen Hamburger, Pommes und eine kleine Cola – bei einem einzigen Hamburger bleibt es schließlich nie. Egal. Meine Figur finde ich toll. Toll weiblich. Das beschließe ich mal eben so zum neuen Jahr. Man muss das Beste draus machen.

Beim Essen blicke ich mich ungeniert um. Ein paar interessante Jungs am Nebentisch, da kann man ja mal lächeln, schaden wirds schon nicht.

Heute ist mein Tag. Es muss solche Tage geben, an denen man das Gefühl hat, dass alles anders wird.

Kaum habe ich aufgegessen, setzt sich einer der Jungen an meinen Tisch. »He! Prost Neujahr!«

»Hallo!« Ich proste ihm mutig mit meiner Cola zu.

»Kommst du mit ins Kino?«

»In welchen Film?«

»Mal sehen. Wir gehen erst mal hin.«
»Okay«, sage ich. Ein bisschen Lippenstift, und schon rennen einem die Jungs hinterher. Scharenweise.
Minuten später stehen wir zu fünft vorm Ufa-Kino. Die Jungen wissen nicht mal meinen Namen.
Eine Weile laufen wir vor den Kinoplakaten auf und ab, der eine will einen Horrorstreifen sehen, zwei andere den neuesten Trickfilm.
»Warum gehen wir nicht in ›Von Mäusen und Menschen‹?«, frage ich.
»Ja, warum nicht?«, sagt der Junge, der mich angesprochen hat. Die anderen erkundigen sich, was für ein Film das ist.
»Nach einem Buch von John Steinbeck«, sage ich lässig. Die fünf nicken einmütig. Klar, dass keiner von denen weiß, worum es geht. Wir haben den Roman dieses Jahr in der Schule angelesen.
»Also gut, John Steinbeck«, sagt der Längste und Dünnste, er scheint so was wie ein Anführer zu sein.
Wir kaufen Karten, stiefeln ins Ufa 10, die Werbung läuft schon. Wie selbstverständlich platziert man mich in der Mitte, zwischen den Langen und meinen speziellen Freund, der sich mir als Tim vorstellt.
Jetzt fehlt nur noch Popcorn.
Als der Film beginnt, legt Tim seinen Arm um meine Schulter. Gut, Felix hat es ja nicht anders gewollt.
»Mann, ist das 'ne langweilige Kiste«, murmelt der Große. »So 'n Scheiß müssen wir uns deinetwegen ansehen.«
»Ein bisschen Bildung kann dir nicht schaden«, flüstere ich zu ihm rüber. Daraufhin ist er still.
Tims Arm lastet zentnerschwer auf meiner Schulter. Mit einer

Hand grapscht er an meinem Knie herum. Ich empfinde nichts. Pure Rache an Felix. Es dauert eine ganze Weile, bis ich mich auf den Film konzentrieren kann, bis ich die Jungs und die komischen Gerüche nach Rauch und Kneipe vergesse.
Plötzlich habe ich Tims Hand zwischen meinen Beinen. »Was fällt dir ein!«, schreie ich und klebe ihm eine. »Schwein, du!«
Ich springe auf, klettere über die zwei Jungs rechts von Tim, trete nach Händen, die mich greifen wollen, stolpere schließlich aus dem dunklen Kino. Die Kartenabreißerin straft mich mit einem Blick, als ob sie am liebsten die ganze Jugend dieser Welt ausrotten wollte.
So sieht er also aus, mein großer Tag. Ist man spontan und folgt allein dem Lustprinzip – frei nach Angie –, hat man gleich fremde Pfoten zwischen den Beinen. Widerlich.
Wutentbrannt renne ich zur U-Bahn, da sehe ich sie auf der anderen Straßenseite. Sie stehen vor einer Boutique und kleben ihre Nasen an die Scheiben. Yeliz. Unverkennbar Yeliz, die schwarzen Haare hinter den Ohren. Neben ihr Erik. Mein Bruder.

Es wird mir immer ein Rätsel sein, wie er es geschafft hat, Yeliz anzusprechen, sie zu diesem Spaziergang zu bewegen. Das bestüberwachte Mädchen unserer Schule.
Er sitzt am Abendbrottisch, wortkarg, muffelig wie immer. Trotzdem hat er sich verändert, sieht adretter aus, nicht gerade »verführerisch«, aber, sagen wir, keimfreier – vielleicht weil seine Haare zur Abwechslung mal gewaschen sind.
Ich starre ihn an, hoffe, dass er etwas sagt. Umsonst.
»Ich war heute im Kino«, sage ich schließlich. »Im Ufa. ›Von Mäusen und Menschen‹.«

Für den Bruchteil einer Sekunde glaube ich, Erik in der Falle zu haben, seine Mundwinkel zucken, aber dann ist er schon wieder cool wie eh und je.
»Ist das nicht der Steinbeck-Roman?«, fragt Mama.
Ich nicke.
»Und wie ist der Film?«
»Spitzenklasse«, lüge ich. »Ganz tolle Bilder. Lohnt sich.«
Mama blickt Papa an. »Wir könnten auch mal wieder ...«
»Ins Kino?«, fragt Papa zwischen zwei Bissen.
»Warum denn nicht?«
»Aber ins Ufa gehe ich nicht.«
Mama steckt ihre Nase wieder in den Salat.
Warum schweigt meine Mama? Warum schaut sie seelenruhig zu, wie ihre Ehe den Bach runtergeht?
In das eine Kino will man nicht, also geht man auch nicht in ein anderes, also geht man überhaupt nicht ins Kino, also braucht man auch nicht groß miteinander zu reden, was ist denn das für eine Logik, verdammt noch mal!
Papa sitzt eh am liebsten zu Hause, er ist wie Erik versessen auf Computer, Hauptsache, irgendein Bildschirm flimmert. An Mamas Stelle würde ich ihn viel öfter nach draußen zerren, aber sie lässt ihn in Ruhe, und manchmal habe ich fast das Gefühl, sie traut sich nicht, sie will nichts aufreißen, was zu einer Wunde werden könnte, die nicht mehr zu heilen ist.
Um halb acht klingelt das Telefon.
Felix. Ob ich nicht noch vorbeikommen könne, er vermisse mich so, ich solle am besten gleich über Nacht bleiben.
Ich merke, wie ich am Telefon dahinschmelze, alle Wut vergessen. »Also gut«, sage ich.

»Und bringst du auch deine Zahnbürste mit?«
»Weiß ich noch nicht.«
»Na gut, ich empfang dich auch ohne.«
»Haha!« Ich lege auf.
Schnell packe ich ein paar Sachen zusammen, Schlafanzug, Handtuch, Zahnbürste, Schminksachen, Unterwäsche. Gott sei Dank treffe ich Mama in der Küche alleine an.
»Ich bleibe über Nacht bei Felix.«
Mama sieht mich mit großen Augen an.
»Keine Angst«, sage ich. »Da läuft nichts.«
»Papa wird das nicht gut finden ...«
»Der braucht doch nichts zu erfahren. Außerdem sollte er endlich mal damit anfangen, mir zu vertrauen.«
»Das ist keine Frage des Vertrauens. In bestimmten Situationen tut man, was man besser nicht tun sollte.«
»Mama!«
»Also gut, Tine. Schlaf schön und ...« Mama muss auf einmal lachen. »Keine Ahnung, was man seiner Tochter rät, wenn sie zum ersten Mal beim Freund schläft. Mach keine Dummheiten, vielleicht.«
»Versprochen.«

Eine halbe Stunde später stehe ich in Felix' Treppenhaus. Meine Knie wackeln. Eigentlich wackeln sie immer, wenn ich Felix treffe. Ich muss mir dringend abgewöhnen, mit Puddingbeinen durchs Leben zu laufen.
Felix öffnet die Tür, nimmt mich in den Arm. Hoffentlich habe ich Mama nichts versprochen, was ich nicht halten kann.
»Was ist in der Tüte drin?«, fragt Felix sofort mit einem

sehr gespannten »Was-hat-der-Weihnachtsmann-denn-mitgebracht?« -Gesicht.
»Nix, was dich etwas anginge«, sage ich, werfe meine Jacke auf den Klamottenberg im Flur und laufe voran in sein Zimmer.
Hier ist heute ebenfalls das Chaos ausgebrochen. Auf dem Fußboden verstreut liegen Bücher, Zettel, das Bett ist beladen mit Taschen und Zeitungen.
»Komm, lass uns zuerst in die Küche gehen. Ich habe was zu essen gemacht.«
»Echt?« Ich glaube, ich blicke dämlich drein. Noch nie hat ein Junge für mich gekocht, das war immer nur Mama, in seltenen Ausnahmefällen Papa.
In der Küche sieht es lustig aus. Alles ist rot. Der Küchentisch, die Stühle, selbst der Fußboden ist rot lackiert. Auf dem Tisch stehen Kerzen, wunderschönes Licht.
»Bin leider nicht zum Abwaschen gekommen«, entschuldigt sich Felix.
»Kein Problem.«
Bei uns zu Hause geht mir die Putzerei auf die Nerven, immer muss alles picobello aussehen.
Felix zieht einen goldbraun gebackenen Auflauf aus dem Ofen, öffnet eine Flasche Wein. Sieht ganz nach Verführung aus. Nach Erwachsenwerden vielleicht.
Wie lange wird es noch dauern, bis ich von zu Hause ausziehe? Was wird Mama dazu sagen? Wahrscheinlich werde ich sie wie wahnsinnig vermissen, das spüre ich jetzt schon, da ich noch im warmen Nest hocke.
»Was denkst du gerade?«, fragt Felix, während er mir auflegt.
»Dass ich diese Frage hasse«, sage ich wahrheitsgemäß.

»Aber davor? Was hast du davor gedacht?«
»Dass es schön ist in dieser Wohnung.«
»Du lügst. Du hast noch viel mehr gedacht.«
»Ach ja?«
Warum will er irgendwas aus mir herausbringen, was besser in mir drinbleiben sollte? Ich möchte ihm nicht sagen, dass ich mich nie von Mama werde trennen können.
Ich fange an zu essen. Jeder Bissen heiß und würzig. Felix schaut mich lauernd an.
»Schmeckts dir?«
»Großartig.« Ich bemühe mich, ein normales Gesicht zu machen. Nicht so eins, bei dem man fragen muss: »Was denkst du gerade? Sag doch mal!«
»Du könntest hier einziehen«, überrumpelt mich Felix.
»Bist du verrückt geworden? Ich bin sechzehn.«
»War nur so eine Idee. Wenn man selbst so früh ausgezogen ist, kann man sich eben schwer vorstellen, dass andere noch zu Hause wohnen wollen.« Er stochert in seinem Essen herum. »Ich habe noch nie mit einer Freundin zusammengewohnt.«
Na und? Noch nie mit einer Freundin zusammengewohnt! Ich hatte noch keinen Freund, so ist das! Kenne Felix gerade mal seit ein paar Wochen, gehe brav zur Schule, wohne brav bei meinen Eltern – ich bin brav! Will auch noch eine Weile brav zu Hause wohnen bleiben.
»Ich war noch nie mit einem zusammen«, erkläre ich ihm ruhig die Lage.
»Wirklich nicht?« Felix sieht mich ungläubig an, als hätte ich ihm gerade weismachen wollen, ich wäre in ein Spiegelei verliebt. »Ich wusste nicht …«

»Doch.«
»Warum? Du bist so hübsch, so … zum Anbeißen.«
Bin ich das? Nein. Vielleicht doch? Vielleicht sehe ich im Spiegel eine andere, nicht die, die ich bin. Wie kann Felix so etwas sagen? Zum Anbeißen! Man beißt in einen knackigen Apfel, nicht in eine vermatschte Avocado. Und außerdem – wer sagt denn, dass man mit sechzehn unbedingt was laufen haben muss, jungsmäßig, meine ich?
Felix kommt zu mir rüber, ich habe noch gar nicht aufgegessen, er zieht mich zu sich hoch in seine Arme. Küsst mich. Zwischen die Augenbrauen, auf die Nasenspitze, auf den Mund. Er schmeckt nach Lauchauflauf und nach ziemlich viel Liebe.
Später liegen wir angezogen auf seinem Bett und reden. Ich erzähle ihm von Angie, er von seinem besten Freund Philipp, der mit seinen Eltern vor zwei Jahren nach Köln umgezogen ist. Sie waren zusammen im Ruderverein, dreimal pro Woche auf dem Wasser – so einen guten Freund hat er nie wieder gefunden.
Ich kann ihn verstehen.
Auch wenn mir Angie manchmal entsetzlich auf die Nerven geht mit ihren ewigen Jungengeschichten, mit ihren Herz-Schmerz-Schreib-Spinnereien: Ich will keine andere Freundin. Ich kann das noch nicht mal begründen, es ist einfach so ein Gefühl, so wie ich Donnerstage lieber mag als Dienstage und Rot lieber als Grün.
»Und jetzt?«, frage ich. »Hast du gar keinen Freund?«
»Hm.« Felix dreht sich zu mir, streichelt meinen Arm. »Der alte Herbert aus dem Krankenhaus, er hat die Alzheimerkrankheit. Und Oberschwester Gundula und vielleicht Alex. Ja, Alex. Weißt du, wenn man zusammenwohnt, das verbindet, da redet man

viel miteinander. Obwohl Alex an Anfällen krankhafter Geschwätzigkeit leidet.«
Ich muss lachen. Alex, der Quatschkopf. Mir geht es mit Mama ähnlich. Auch wenn sie mir manchmal ihre Vorstellungen aufzwingen will – meine zweitbeste Freundin ist sie allemal.
»Vielleicht wirst du jetzt meine beste Freundin.« Felix zeigt ein beinahe dämliches Grinsen. »Kann doch sein. Ist eigentlich ziemlich sicher, oder?«
Ich rolle mich weg, lächle in mich hinein. Wie ein albernes Dummchen. Felix schafft es immer wieder, dass ich so einen dusseligen Gesichtsausdruck bekomme.
»Möchtest du noch was trinken?«
Ich schüttle den Kopf.
Felix vergräbt seine Nase in meinem Haar. »Es ist schon spät. Wollen wir schlafen gehen?«
»Ja.« Ich glaube, ich klinge heiser.
Ich stehe auf, gehe mit meiner Geheimnistüte ins Bad. Putze in aller Ausführlichkeit meine Zähne, wasche mich ausgiebig, das Eau de Toilette auf der Ablage riecht nach Felix. Komisch, wie ich an diesem Abend aussehe. Gar nicht nach »ich«, eher nach einer, die ich mal sein werde, nach der Erwachsenen, die hinter dieser und anderen Nächten auf mich lauert.
In dem Moment, in dem ich Felix' Zimmer betrete, habe ich meine Puddingknie. Mit einem Satz springe ich ins Bett, rutsche an die Wand. Tine und Felix als altes Ehepaar, Liebling, wo sind meine Lockenwickler, reichst du mir das »Güldene Blatt«?
»Steht dir gut, der Schlafanzug.«
Felix verschwindet Grimassen schneidend im Bad. Ich angle mir eins der Bücher, die auf Felix' Nachttisch liegen. Kurzgeschich-

ten, amerikanisch. Ich kann mich auf keinen einzigen Satz konzentrieren.
Wenn Felix nun nackt zu mir ins Bett steigt, wenn er nun doch »mehr« will ...
Werde ich überhaupt schlafen können? Wie ist es, wenn man morgens neben jemandem aufwacht, mit schlechtem Atem, was redet man da? Ich kann mir das alles nicht vorstellen. Hätte Angie mich nicht einweisen können? Angie, die ihre erste Nacht schon hinter sich hat.
Dann stolziert Felix ins Zimmer, lang und dünn, trotz der Boxershorts sieht er ohne Brille auf der Nase nackt aus.
»Was guckst du so?«
Felix lacht mich mit schönen Zähnen an.
»Tu ich gar nicht!« Ich kann ihm nicht sagen, dass er ohne Brille komisch aussieht. Wie ein Spiegelei ohne Eigelb.
Er legt sich neben mich ins Bett, gibt mir einen zahnpastafrischen Kuss. »Schön, dass du da bist.«
Felix sieht mich an. »Wie hast du's hingekriegt, dass deine Eltern dich losgelassen haben?«
Ich muss lachen. »Mama kann mir keinen Wunsch abschlagen, und Papa, also, erstens weiß er's gar nicht, und zweitens, wenn er es wüsste, wärs ihm viel zu peinlich, die Sache zum Thema zu machen.«
»Wunderbar!« Felix küsst mich wieder, irgendwie milder, dann liegt er auf mir.
»Ey!«, versuche ich mich zu wehren. »Das war aber nicht abgesprochen.«
»Wars auch nicht.« Felix kugelt sich von mir runter. »Gute Nacht. Schlaf schön.«

Er löscht das Licht. Dann liegen wir im Dunkeln, ich höre mein Herz klopfen, Felix' Atem, er rührt sich nicht mehr.

So ist das also, wenn man in einem Bett schläft, aber doch allein ist. So will ich es nicht. Will in seinen Arm.

Langsam drücke ich meinen Kopf an seinen Körper, da prustet er los. »Wollte nur mal sehen, wie es meinem Prinzesschen gefällt, wenn ich es vollkommen in Ruhe lasse.«

»Schuft!«

Felix nimmt mich in seinen Arm, sein Körper ist so warm, er riecht gut, nach Felix und ein bisschen nach Schweiß. Ich streichle seinen Bauch, versuche, nicht zu tief zu geraten, während er meinen Busen attackiert. So werde ich nie einschlafen können.

»Schluss jetzt«, sagt Felix, als habe er meine Gedanken erraten. Ich lasse meine Hand auf seinem Bauch liegen, versuche mich zu entspannen. Glück, denke ich, nur das eine Wort, während ich in den Schlaf kippe, diese Wärme macht, dass ich so müde bin.

Mitten in der Nacht wache ich von Felix' Händen auf. Ich habe mich zur Seite gedreht, er streichelt meine Hüften, verpasst mir einen heißen Kuss in den Nacken. Ich glaube, ich sterbe, so viel Lust habe ich plötzlich auf ihn.

Ich drehe meinen Kopf zu ihm, wir küssen uns, ziehen uns gegenseitig aus. Es ist alles so selbstverständlich, so schön, dass mir niemals der Gedanke käme, dieses in genau diesem Moment nicht zu tun.

»Nicht, dass du es morgen bereust.« Felix' Stimme klingt rau an meinem Ohr.

»Keine Angst ...«

Wir küssen uns wieder, lange und gierig, Felix zieht mit der rechten Hand die Nachttischschublade auf, wühlt darin herum, er hat wohl auch welche besorgt …

Dann dauert es nicht mehr lange, er drückt sich vorsichtig zwischen meine Beine, ein kleiner Schmerz, so ist das also, viel zu aufregend, als dass ich begreife, was da eigentlich vor sich geht. Wieder Felix' Mund auf meinem, vielleicht liegen wir fünf Minuten so, Felix, das Boot, das auf mir, der Welle, schaukelt, dann fällt er schweißnass auf mir zusammen. Ich könnte ihn auffressen vor so viel Liebe.

Die ganze Nacht kann ich nicht mehr schlafen. Felix knabbert an meinem Hals, küsst mich, ich streichle seine Stachelbeine – so geht es Stunde um Stunde. Erst als es hell wird, schlafen wir beide ein, für ein paar wirre Stunden.

Gegen neun wache ich auf. Felix ist nicht da. Ich recke mich, irgendwie habe ich Muskelkater. Meine Güte, dass man davon Muskelkater bekommen kann! Umständlich schäle ich mich aus dem Bett und tapse barfuß ins Badezimmer.

»Oh, 'tschuldigung.«

Ein fremder Junge posiert vor dem Spiegel, einen Rasierapparat in der Hand.

»Macht nichts, bin schon fertig.«

Dann stehe ich im Badezimmer, meine Lippen sind rot, rot vor lauter Küssen, und ärgere mich, dass ich mich nicht mal vorgestellt habe. So etwas sollte mir mal zu Hause passieren. Irgendeine Tussi von Erik oder Papa oder ein Typ von Mama meinetwegen, die würden einfach seelenruhig morgens in unser Bad spazieren. Andererseits – Felix hat mir nicht erzählt, dass sie zu dritt hier wohnen.

Ich putze meine Zähne, hüpfe unter die Dusche. Irgendwie brennt alles, die Spuren der Nacht, ob das Mama nach all den Jahren auch noch so geht? Ich trockne mich ab und tupfe mir ein bisschen von Felix' Eau de Toilette hinters Ohr. Und alles ist wieder da, die Gier in der Nacht und was danach kam.
Erst nach zwanzig langen Minuten traue ich mich aus dem Bad heraus. Den Schlafanzug habe ich wieder angezogen.
»Kommst du mal?«, ruft Felix aus der Küche. Die Plastiktüte vor dem Bauch, tapse ich den Flur entlang.
»Darf ich vorstellen?« Felix bepackt ein Tablett mit Croissants und zwei Milchkaffeeschalen. »Tine – Bernd.«
Ich glaube, ich werde rot wie ein Radieschen.
»Wir haben uns schon kennen gelernt«, sagt Bernd auch noch.
»Ja, dann ...« Ich drehe mich um, wanke zurück in Felix' Zimmer. Mein erster Tag als Nicht-mehr-Jungfrau hat ja wunderbar begonnen.
Kurz darauf erscheint Felix mit dem Tablett. »Warum hast du dich denn gleich verkrümelt? Bernd wohnt für eine Woche hier. Er ist ein Freund von Alex.« Felix stellt das Tablett ab. »Übrigens – er findet dich süß.«
»Ich mich aber nicht!«, sage ich zickig.
Dann frühstücken wir. Schweigend. Hin und wieder sieht Felix mich von der Seite an, als wolle er fragen: Wie geht es dir, wie fühlst du dich, war es schön für dich heute Nacht?
Glücklicherweise erspart er mir solche Reden. Obwohl ich wette, dass alle Männer dieser Welt hören wollen, was für geniale Liebhaber sie sind. Aber den Gefallen kann ich Felix nicht tun. Was weiß ich denn schon, was ein genialer Liebhaber ist, woher soll ich das wissen?

Nachdem ich mühsam ein halbes Croissant gegessen habe, drückt Felix mich sanft zurück aufs Bett.
»Sorry, ich muss jetzt los. Mama erwartet mich.«
»Mama!« Felix lacht mich an. »Also, für wen willst du dich entscheiden, für mich oder für deine Mama? Das wollen wir jetzt mal klären.«
»Blöder, du!« Ich verpasse ihm einen ordentlichen Kuss auf seine kitzligste Stelle am Hals.
Aus Rache hält Felix mich fest. »Also, bleibst du?«
»Gut, fünf Minuten.«
Felix sieht aus, als hätte er einen Sechser im Lotto.
Dann fängt alles von vorne an, die Küsse, Hände, die überall sind, die Lust und ein bisschen auch die Gier. Obwohl es Tag ist und Felix so anders aussieht als in der Nacht. Es dauert eine kleine Ewigkeit, bis wir ruhig daliegen.
Plötzlich höre ich Radiomusik aus der Küche, sogar das Ticken des Weckers auf der Apfelsinenkiste neben dem Bett. Ich schaue auf die Uhr. Von wegen fünf Minuten. Fast eine Stunde liegen wir hier schon. Ich habe Angst vor dem Moment, wo ich raus muss aus Felix' Armen.

Kurz vor eins schließe ich die Haustür auf.
Müde bin ich. Hundemüde, gealtert – so muss man sich fühlen, wenn man dreißig wird.
Mama und Erik sitzen gerade beim Mittagessen. Papa ist schon wieder im Büro.
»Kleines, isst du mit uns?«, ruft Mama aus der Küche. Sie hat ihn gut im Griff, diesen Tonfall, der weismachen will, dass alles wie immer ist.

»Was gibts denn?«, frage ich mit gleicher Harmlosigkeit.
»Überbackenen Broccoli.«
»Va bene!«
Ich ziehe meine Jacke aus – irgendwie riecht alles nach Sex und nach Felix – und gehe in die Küche.
»Na, wars schön, Kleines?« fragt Erik mit seiner piepsigen Mamanachahm-Stimme.
»Ja, war schön«, sage ich, während ich unseren Küchenschrank länger als nötig nach einem Teller durchforste.
Hoffentlich merkt Mama nichts. Ich denke, sie müsste es mir an der Nasenspitze ansehen, jedermann müsste es sehen, selbst dieser Depp von Erik.
»Angie hat angerufen.« Mama lädt mir eine ordentliche Portion auf. Ich weiß gar nicht, ob ich überhaupt einen Bissen runterkriege. »Du sollst sie unbedingt zurückrufen.«
»Hat sie was gesagt?«
»Irgendwas von einer Party heute Abend. Bei einem ihrer Freunde.«
Ich nicke, starre auf die Tischdecke, Plastik, geblümt, jetzt weiß ich endgültig, dass ich nichts essen kann.
»Vielleicht gehst du besser nicht zur Party«, höre ich Mama wie von weit weg.
»Quatsch. Ich kann doch am Wochenende ausschlafen.«
»Aber da ist wieder Sex angesagt«, lässt sich Erik unverschämterweise vernehmen.
Du Arsch, denke ich, während ich langsam rot anlaufe, sichtbar für Mama, für Erik, natürlich ist jetzt alles klar. Warum muss ich Idiot mich von meinem Bruder verunsichern lassen!
»Yeliz lässt dich wohl nicht an sich ran!«, fauche ich Erik an.

Weiß der Himmel, wie ich es schaffe, mich auf das gleiche Niveau herabzulassen. Jetzt wäre es an Erik, rot zu werden. Er tut es aber nicht, schaut mich nur hasserfüllt an.
Wahrscheinlich habe ich etwas Wahres gesagt, wahrscheinlich ärgert sich Erik zu Tode, weil ich davon weiß.
»Euer Privatleben geht mich vielleicht wenig an«, schaltet sich jetzt Mama ein, »aber ihr könntet mich mal darüber aufklären, wer Yeliz ist.«
»Yeliz geht in meine Klasse«, sage ich. Mehr nicht.
Schließlich ist sie nicht meine Freundin, und Mama braucht auch nicht zu wissen, dass sie diejenige ist, die zwischen Felix und mir herumfunkte.
»Ist das deine Freundin?«, fragt Mama Erik.
»Das geht euch beide nichts an!« Erik sieht wie ein hilfloser kleiner Junge aus, beinahe zum Liebhaben.
»Du hast vielleicht Recht.« Mama klingt ziemlich beleidigt. »Ich fänds aber trotzdem schön, wenn ich am Leben meiner Kinder Interesse zeigen dürfte.«
Erik starrt auf seinen Kartoffelbrei. »Was weiß ich, ob Yeliz meine Freundin ist …«
»Ist sie Türkin?«
»Ja, eben, das ist es ja gerade.«
»Schwierigkeiten mit der Familie?«
»Der Bruder.«
»Hätte ich dir gleich sagen können. Deine liebe Yeliz hat mir das alles mal erzählt«, sage ich.
»Tine, ist das etwa dieselbe …?«
»Ja, richtig geraten! Yeliz, Felix, Erik und ich – das tolle Quartett der Zukunft.«

Mit einem Satz springe ich auf und gehe zum Telefon. Im Grunde bin ich nur froh, dass ich von mir und meiner bunten Nacht ablenken konnte. Mama kriegt es womöglich noch fertig und fragt mich vor Erik, ob ich mit Felix geschlafen habe.
Angie ist nach zweimaligem Klingeln gleich dran.
»Was für eine Party ist denn das?«, frage ich, ohne ein Wort von meinem großen Abenteuer zu erwähnen.
»Bei einem Freund von Georg. Wär schön, wenn du mitkämst. Wird garantiert lustig.«
»Ich überlegs mir.«
»Am besten stylen wir uns vorher zusammen auf. Soll ich so gegen sechs kommen und meine Schminksachen mitbringen?«
»In Ordnung.«
Den Rest des Tages liege ich auf dem Bett und träume von Felix. Aus dem Vokabellernen wird nichts, hatte mir drei Lektionen für die Ferien vorgenommen. Da schwirrt nur Felix in meinem Kopf herum und das, was er mit mir gemacht hat.
Einmal kommt Mama in mein Zimmer, wirft Wäsche auf mein Bett. Sie sieht mich nur etwas verstört an, fragt nichts, ich hätte wetten können, sie würde mich nur zu gerne gnadenlos ausquetschen.
Am späten Nachmittag schleiche ich zum Telefon und wähle Felix' Nummer.
Bernd nimmt ab, zu dumm. »Felix ist aushäusig«, sagt er.
Mist, wo treibt der Kerl sich rum? Er hat doch heute frei, den lieben langen Tag frei.
Dann kommen die Zweifel. Wie das mit den Kondomen ist. Ich meine, wie sicher sind die eigentlich? Woher weiß ich, ob nicht eins gerissen ist? Woher weiß ich das?

Felix war zwar offensichtlich im Fortgeschrittenen-Kurs. Aber mit sechzehn ein Baby – das ist das Letzte, was ich will.
Als Angie um sechs klingelt, bin ich so hysterisch, dass ich meine, ein Ziehen in meinem Unterleib zu spüren. Wahrscheinlich wächst da bereits ein Baby mit affenartiger Geschwindigkeit, wahrscheinlich hats schon Augen und Ohren und hört jetzt mein verzweifeltes Herzrasen.
»Was ist denn mit dir los?«
Bestimmt sehe ich nach Regenwetter und drei verhauenen Klassenarbeiten aus.
»Komm.« Ich ziehe Angie in mein Zimmer, suche auf meinem Bett Zuflucht.
»Kann sein, dass ich schwanger bin«, sage ich leichthin.
»Waaas?« Angie lässt ihre Tüte mit den Schminksachen fallen. »Wie denn das?«
»Wie denn das? Ich denke, du weißt, wie das geht!«
»Ich muss mich erst mal setzen.« Angie plumpst neben mir aufs Bett, atmet dreimal tief durch. »Echt? Hast du mit Felix geschlafen?«
Ich nicke.
»Du spinnst.«
Ich schüttle den Kopf.
»Ich glaubs nicht. Glaub ich einfach nicht.«
»Dann lässt du's eben bleiben.«
»Wann denn? Wo? Warum? Ich dachte immer, du hättest Prinzipien. Entjungferung mit fünfundvierzig, frühestens! Danach ab ins Altersheim!«
Sehr komisch. Ich erkläre Angie die Lage, wie alles gekommen ist, die Chose von A bis Z, auch das Präser lasse ich nicht aus.

»Mannomann! Bist du sicher, dass du dir nicht alles bloß einbildest? Ich mein, vielleicht hast du das nur geträumt?«
»Quatsch. Warum sollte ich?«
»Weil dir das nicht mal der Osterhase zugetraut hätte!«
Ich muss zugeben, ein bisschen beleidigt bin ich schon.
»Und wo liegt das Problem?«, fragt Angie, nachdem sie ein paar Sekunden in sich gegangen ist.
»Die Kondome ...«
»Ist eins gerissen?«
»Woher weiß man das?«
Angie zuckt mit den Schultern. »Ich glaube, dass man das irgendwie merkt. Vielleicht gibts da einen Knall oder so.«
»Meinst du?«
»Keine Ahnung. Frag unseren Biomeister Hahnemann.«
»Sehr lustig.«
»Aber du brauchst doch keine Angst zu haben. Geh mal von der Wahrscheinlichkeit aus ... Warum sollte gerade dir das passieren? Und dann auch noch beim ersten Mal!«
»Vielleicht zur Strafe?«
»Wieso? Ist doch albern.«
»Weil ich Mama versprochen hatte, es nicht zu tun.«
»Weil ich Mama versprochen hatte, es nicht zu tun«, äfft Angie mich nach. »Was willst du deiner Mama denn noch alles versprechen? Dass du als Jungfrau ins Kloster gehst? Dass du immer lange Wollunterhosen trägst?«
»Aber es ist doch eine Art Vertrauensbruch.«
»Quatsch.« Angie packt entschlossen ihre Schminktüte auf den Tisch. »Und jetzt machen wir uns zurecht. Nachher stoßen wir auf deine Entjungferung an.«

»Wirklich geschmackvoll.«
Lustlos tusche ich meine Wimpern, die Lippen kriegen einen hellrosa Schimmer.
»Willst du etwa so gehen?«, fragt Angie, nachdem sie sich falsche Wimpern angeklebt hat. Manchmal übertreibt sie, meine Freundin. »In den Klamotten?«
»Wieso denn nicht?« Ich schaue an mir herab, schwarze Jeans, grüner Rolli, ganz passabel. »Was gibts daran auszusetzen?«
»Setz wenigstens eine witzige Mütze auf.« Angie zieht einen Elbsegler aus der Tüte.
»Wie du meinst.« Heute ist mir alles egal.
Kurz vor halb acht sind wir auf der Fete. Ein Partykeller in einem Einfamilienhaus, die Eltern unseres Gastgebers scheinen nicht da zu sein. Man spielt Rap und House, etwas zu laut für meinen Geschmack.
Georg drückt Angie einen Kuss auf den Mund. Er macht mich irgendwie verlegen, seine ganze Art, so vor Selbstsicherheit strotzend, nach dem Motto: Ich bin eben der Größte, hoffentlich kapierst du das, Kleines.
Ich habs kapiert, schon lange. Georg hat mich nie beachtet, das nehme ich ihm übel.
Dann begrüße ich den Gastgeber, einen dicken, kleinen und pickligen Jungen. »Ich bin Tine«, sage ich brav. »Vielen Dank für die Einladung.«
»Schön, dass du gekommen bist! Ich heiße Meik.« Er lacht. So ein Blick, der sagt, ich verlieb mich gleich in dich, wenn du nicht aufpasst. Ich mache mich schnell aus dem Staub, so weit will ich es wirklich nicht kommen lassen.
Angie flippt mit Georg durch die Gegend, beide verteilen Küss-

chen zum Nulltarif, das Traumpaar des Abends. Ich gehe am Büfett in Deckung. Trinke eine Cola, schaue mich um. Kaum jemand Bekanntes, nur ein paar Gesichter aus dem »Max«. Um mir die Zeit zu vertreiben, mische ich mich unter die Hopsenden. Angie umarmt mich stürmisch.
The show must go on.
»Nun zeig mal, was du kannst!«, ruft sie mir zu, bevor sie mit einer waghalsigen Pirouette durch den Raum wirbelt.
Mir liegt das wilde Tanzen nicht so. Ich bin eher für die verhaltenere Art, von einem Fuß auf den anderen, bloß die Hüften nicht so doll bewegen. Irgendwann habe ich Meik vor mir, der ist genauso verklemmt. Zwei dicke Verklemmte schwingen das Tanzbein, einfach super.
»Komm!« Angie erlöst mich und zieht mich auf ein altes Sofa, aus dem schon die Sprungfedern rausgucken. »Was ist eigentlich mit dir und Felix los?«
»Wieso?«
»Georg hat erzählt, dass er heute mit Yeliz durch die Gegend gelaufen ist – Arm in Arm.«
»Was?« Ich glaube, mein Herz setzt aus.
»Ein Freund hat es erzählt, dessen Freund sie gesehen hat.«
»Über drei Ecken also. Ganz toll.«
»Zufällig war dieser besagte Typ mit Felix in der Krankenpflegerausbildung. Verwechslung ist ausgeschlossen.«
Darauf kann ich nichts mehr sagen. Wie soll ich das auch verstehen? Erst die Wahnsinnsnacht – und dann?
Dieses Schwein! Niemals will ich ihn wiedersehen, das schwöre ich bei unserer Keimbox, die mir heilig ist.
Angie hält meine Hand, sieht mich mitleidig an.

»Ich hole dir was zu trinken, okay?«
Ich nicke. Ist doch eh alles egal. Vielleicht wollte er mich nur rumkriegen, zu schnell hat er sein Ziel erreicht. Jetzt kommt Yeliz an die Reihe, bei der wird es um einiges schwerer sein. Reizvolle Aufgabe.
Ich schütte mir ein Glas Cola-Rum rein, dann noch eins, bis es so richtig zu sausen anfängt im Kopf und in den Armen, überall. Angie sitzt wieder neben mir.
»Geh doch tanzen«, sage ich, aber sie hält stumm meine Hand. Ich trinke noch ein Glas, diesmal ist es Wein, nie hat mir Wein besser geschmeckt.
Angie sagt nichts mehr. Ich hätte es dir nicht erzählen sollen, denkt sie vielleicht.
Stimmt nicht, sie musste es mir erzählen.
Dann ist es so weit, dass ich explodiere. Wie eine Wahnsinnige springe ich auf der Tanzfläche herum, mein Körper ist aus Gummi, dehnbar in alle Richtungen, ich hüpfe hin und her, diese Arme gehören nicht zu mir, sie fliegen in die Luft, immer schneller dreht sich alles, Meik am Rand, Angie, die mitzieht, der kann mich mal, der Felix, ich bin frei, ich schwebe, immer höher hinauf, stoße mit dem Kopf durch die Decke.
Ich weiß nicht, wie lange ich diese Show abziehe, komme erst wieder zu mir, als ich über der Kloschüssel hänge und mein Kopf sich anfühlt, als habe er gerade das Vollwaschprogramm unserer Waschmaschine mitgemacht. Angies Füße stehen neben mir, eine Stimme, ob es mir besser geht.
»Ich will nach Hause ins Bett«, jammere ich.
»Komm, ich bring dich.«
»Ich kann allein fahren.«

»Ich rufe deine Mutter an, damit sie dich hier abholt.«
»Nein«, sage ich nur, aber da sind die Füße schon verschwunden. Ich ziehe ab und spüle meinen Mund aus. Im Spiegel blickt mir das fahle Gesicht einer Leiche entgegen. Komischerweise fallen mir in diesem Moment Mamas Keimlinge ein, und ich muss noch einmal spucken.
Als ich auf den Flur komme, fängt Hausherr Meik mich ab.
»Gehts denn?«, fragt er.
Ich lehne mich an ihn und fange an zu weinen. Das tut so gut, auch dass Meik mir sanft über den Kopf fährt.
»Deine Mutter holt dich gleich ab.« Angie zerrt mich von Meik weg. Sie hat wieder ein Gesicht und einen Körper. »Geh mal«, sagt sie zu Meik. »Ich habe was mit Tine zu besprechen.«
Dann sitzen wir auf der Treppe, schweigen, Angie hält nicht mal mehr meine Hand. Sie scheint sauer zu sein.
»Was ist denn?«, frage ich schließlich.
»Dass du dich an diesen Meik ranschmeißt! Das finde ich saublöd von dir.« Angie rupft einen Fussel vom Teppich. »Was meinst du, was der jetzt glaubt! Dass du verliebt in ihn bist – so wie du dich benommen hast.«
»Hab doch gar nichts gemacht«, sage ich kleinlaut.
»Gerade hingst du noch in seinen Armen, hast du das vergessen? Der hat doch noch nie 'ne Freundin gehabt, den fand noch nie jemand gut!«
Auch das noch. Hundeübel ist mir, mein Herz gebrochen. Und jetzt Meik. Alles ein bisschen viel. Bin heilfroh, als ich Mamas Auto höre. Als es kurz darauf an der Tür klingelt, gibt Angie mir ein Küsschen auf die Wange.
»Ich ruf dich an«, sagt sie wieder ganz lieb.

Mama ist da rabiater. »Musst du noch spucken?«, fragt sie reichlich kurz angebunden.
»Weiß nicht.«
»Sag rechtzeitig Bescheid.« Dann fährt sie los. In einem Höllentempo. Fragt nicht, schweigt mich übellaunig an. Immerhin überstehe ich die Fahrt ohne Zwischenfälle.
»Nächstes Mal trinkst du weniger«, sagt sie beim Aussteigen und packt mich gleich ins Bett. »Übrigens, Felix hat angerufen. Du sollst ihn morgen zurückrufen.«
Bäh, Felix. Gleich wird mir wieder übel. Nie wieder werde ich Felix anrufen. Nie im Leben.

Den ganzen nächsten Vormittag über ist mir schlecht. Ich liege im Bett und starre auf die Tapete, bis sie vor meinen Augen zu tanzen anfängt. Kreise erscheinen, immer wilder werden sie. Wenn ich die Augen schließe, werde ich seekrank.
Mama bringt mir eine Tasse Tee ans Bett, Pfefferminze, irgendwann geht wenigstens die Übelkeit weg.
Ich schlafe ein, träume von Felix. Dass er Mädchen aufreißt, eins nach dem anderen, und der Reihe nach mit ihnen schläft.
Als ich aufwache, ist es zwölf. Mama hat Hühnerbrühe gekocht, die schlürfe ich langsam, während mein Kater sich allmählich wegschleicht, millimeterweise. Irgendwann gebe ich ihm einen letzten Fußtritt, jaulend verzieht er sich unters Bett. Natürlich will Mama alles wissen. Ich fange stockend an zu erzählen. Von der Silvesternacht und was danach passiert ist.
»Habt ihr wenigstens ein Kondom benutzt?«, fragt Mama.
»Klar«, sage ich eine Spur zu aggressiv. »Das ist ja wohl selbstverständlich.«

Mama streicht mir liebevoll über den Kopf. Keine Vorhaltungen. Obwohl ich es gut verstehen könnte, wenn sie mir welche machte.
»Das hätte ich Felix nie zugetraut«, meint sie schließlich, als ich ihr auch noch den neuesten Felix-Yeliz-Tratsch berichte. »Komisch, dass man sich so in den Menschen täuschen kann.« Sie zögert. »Vielleicht ist alles nur ein Missverständnis. Immerhin hat er gestern angerufen. Er klang ganz fröhlich. Wollte sich mit dir verabreden.«
»Der Schuft!« Die Übelkeit geht, aber ich merke, wie der Schmerz zurückkehrt.
Am Nachmittag stehe ich auf. Nach einer heißen Dusche fühle ich mich fit genug, um den Rest der Menschheit mit meiner Anwesenheit zu beglücken.
Vielleicht sollte ich Erik was sagen. Auch wenn ich ihn nicht ausstehen kann – das bin ich ihm wohl schuldig. Will nicht, dass er in eine Liebesgeschichte mit Yeliz reinschlittert, von der er doch nichts hat. Ich klopfe, gehe rein. Die paar Male, die ich hier war, kann ich an einer Hand abzählen. Erik sitzt über seinen Computer gebeugt.
Wie anfangen? Vielleicht glaubt er, ich will ihn reinlegen.
»Erik, ich muss mit dir reden«, sage ich dann in Mamas Behördentonfall.
Er dreht sich um, sieht mich verwundert an. »Was denn?«
»Yeliz«, sage ich.
»Was weißt du denn schon von Yeliz!«, entgegnet er barsch.
»Nicht viel. Aber Tatsache ist, dass sie gestern mit Felix rumspaziert ist. Mit meinem Felix.«
»Na und?«

»Arm in Arm.«
Erik verzieht keine Miene. »Aber sie mag mich.«
»Ich dachte auch mal, dass Felix mich mag.« Wütend beiße ich an einem Fingernagel herum, werde noch wütender, weil ich eigentlich nicht beißen will. »Wir sind die Gelackmeierten.«
Erik nickt, kehrt mir einfach den Rücken zu und hämmert wie wild auf seine Computertastatur. Manchmal glaube ich, sein Computer ist ihm Ersatz für alles. Für Freund und Freundin und Mutter, und auch seine Aggressionen kann er bestens an ihm ablassen. Sollte mir überlegen, ob ich mir auch so ein Ding anschaffe. Vielleicht kann man auch mit ihm schmusen.
Als Felix am Nachmittag anruft, lasse ich mich von Mama verleugnen. Eine einzige Frechheit zu glauben, ich würde mit ihm reden wollen!
Ich lege mich auf mein Bett und heule Rotz und Wasser, bis eine ganze Packung Taschentücher verbraucht ist. Grüble darüber nach, was er wohl von mir wollte. Ob nicht doch alles nur ein Missverständnis ist. Vielleicht wollte sich einer wichtig machen und hat aus purer Langeweile Blödsinn herumposaunt.
Wie Felix mich angesehen hat, so was kann man doch nicht spielen, oder war es nur der Sex, den er wollte? Mist! Ich pfeffere mein Kopfkissen durchs Zimmer, beim Aufprall fegt es sämtlichen Krimskram vom Schreibtisch, ich könnte nur noch heulen. Tagelang, wochenlang, wahrscheinlich werde ich nie wieder aufhören. Was hat es überhaupt für einen Sinn zu leben, wenn die Menschen so grausam sind und die, die man liebt, am grausamsten?
Ich weiß nicht, wie Angie das aushält, ein paarmal hatte sie schon Liebeskummer, und immer wieder verliebt sie sich aufs

Neue. Ich kann mir nicht vorstellen, dass ich mich jemals wieder verliebe.
Am späten Nachmittag rufe ich Angie an, frage, ob wir uns nicht im »Max« treffen können. »Wir müssen die Kurzgeschichte ganz neu schreiben«, sage ich. »Wir müssen das Leben abbilden, wie es wirklich ist.«
»Und wie ist es denn deiner Ansicht nach?«
»B. B. Beschissen und brutal.«
»Meinst du das im Ernst?« Angie scheint mich und meine neue Lebensphilosophie irrsinnig lustig zu finden.
»Manchmal schon«, sage ich.
»Wenn man einen Kater hat, ists beschissen und brutal, da bin ich ganz deiner Meinung.«
»Verarsch mich nicht.«
»In einer Stunde bei ›Max‹? Hinterher gehen wir noch mit Georg Pizza essen.«
»Ich mit euch beiden?«
»Komm, stell dich nicht an. Ist unser letzter Ferientag.«
»Mal sehen«, sage ich lahm.
Als ich gegen sechs das Haus verlassen will, ist es totenstill. Eriks Tür verschlossen, kein Geräusch kommt von drinnen. Ich schaue im Wohnzimmer nach, da sitzt Mama schon wieder mit so einer Tragik-Trauer-Miene.
»Was ist los, Mama?«
Sie zieht schnell die Nase hoch, diese stolze Mama, die sich nie etwas anmerken lassen will.
»Komm nicht so spät nach Hause«, sagt sie nur, »du hast doch morgen Schule.«
»Versprochen.«

Ich stehe noch eine Weile unschlüssig in der Tür, Mama redet nicht, da gehe ich eben, will sie nicht bedrängen.
Im »Max« ist heute, einen Tag vor Schulbeginn, die Hölle los, so als wolle man sich auf den bevorstehenden Gang zum Ort der Verdammnis vorbereiten. Unbehelligt schaffe ich es, in den hinteren Teil des Raumes zu gelangen – keine Lust, mit jemandem zu quatschen.
Leider geht meine Rechnung nicht ganz auf. Gabi hat heute Dienst. Sie will wissen, was mein Liebesleben macht.
»Dem gehts bestens, danke«, sage ich, ohne auch nur mit der Wimper zu zucken.
»Freut mich.« Gabi grinst.
Tut es das? Wohl kaum. Ich ordere eine Cola, will nicht, dass sie mich noch weiter ausfragt. Bitte, Angie, erlöse mich!
Die kommt erst, als ich schon beim zweiten Glas bin. »Tut mir Leid, dass ich so spät bin«, entschuldigt sie sich. »Meine Oma hat angerufen, die konnte ich nicht abwimmeln.«
»Und ich konnte Gabi nicht abwimmeln. Doofe Pute. Wollte doch glatt die neueste Story über Felix und mich hören, um sie dann brühwarm weiterzuklatschen. Ich habe ihr nichts gesagt.«
Beinahe im gleichen Moment steht Gabi vor unserem Tisch, grinsend, zuckersüß und klebrig wie Birnensaft. »Was für ein seltener Gast in unseren heiligen Hallen!« Gabi lacht. »Wohl immer mit den Jungs unterwegs, was?«
»Nicht immer, aber immer öfter«, sagt Angie, ohne die Miene zu verziehen. »Ein Mineralwasser, bitte.«
»Vielleicht sollten wir uns ein neues Stammcafé suchen, wenn die Kuh hier weiterhin bedient«, sage ich, als Gabi außer Hörweite ist.

»Ach was. Ist doch egal, was die denkt und redet.« Angie holt einen ganzen Packen Papier aus ihrer Tasche, Arbeitsmaterial, ich habe keine Lust aufs Schreiben.
»Und?«, fordert Angie mich auf.
»Können wir nicht lieber über zwei Mädchen schreiben, die sich auf der Toilette treffen? Jede hockt in einer Kabine, und sie reden über ihr Leben.«
»Warum denn das auf einmal?«
»Weil ich mich in Männer nicht hineinversetzen kann. Weder in Papa noch in Erik, noch in Felix. Oder verstehst du etwa Georg immer?«
Angie schüttelt den Kopf. »Aber dann müssen wir doch alles umschreiben.«
»Na und? Die Geschichte soll gut werden, authentisch, wie Frau Schröpfel immer sagt.«
»Ja, authentisch.« Ich glaube, Angie passt es gar nicht, dass sie die Ergüsse ihres quellenden Herzens ein wenig zügeln muss.
»Und? Wie soll sie werden, unsere Geschichte?«
»Also, zwei Mädchen treffen sich auf dem Klo, sie kennen sich nicht, fangen trotzdem ein Gespräch durch die Trennwand ihrer Kabinen an. Meinetwegen fehlt der einen das Klopapier oder so. Nach und nach entwickelt sich ein philosophisches Gespräch über das Leben. Die eine erzählt, dass sie gerade von ihrem Freund verlassen worden ist, die andere bohrt nach, und schließlich stellt sich raus, dass ihre eigene Beziehung auch mehr als brüchig ist.« Ich verschnaufe kurz, schaue in Angies begeistertes Gesicht. »Oder die Pointe ist die, dass die andere die neue Freundin des Typen ist …«
»Also, du und Yeliz auf dem Klo.«

Angie muss grinsen, mir ist eher zum Heulen zumute.
»Wenn du so willst ...«
»Ist es nicht ein bisschen riskant, bei so was autobiographisch zu werden?«
»Wieso? Das ist eine ganz allgemeine Story. Die könnte überall passieren.«
Angie nippt an ihrem Mineralwasser, das vor ihr steht. »Langsam weiß ich gar nicht mehr, wie wir das schreiben wollen. Ich mein, jede hat 'ne andere Idee, jede schreibt anders, vielleicht solltest du deine und ich meine Story ...«
»Meinst du?« Ehrlich gesagt wäre ich traurig, wenn unser gemeinsames Projekt den Bach runtergehen würde. »Das mit den Mädchen war nur ein Vorschlag, ich besteh nicht drauf.«
»Wahrscheinlich hast du sogar Recht. Wenn mans genau nimmt, kenne ich mich in Männerbrüsten auch nicht so gut aus.«
Eher an Männerbrüsten, denke ich.
Angie schlägt mit dem Finger die Kohlensäure aus ihrem Mineralwasser. »Wie gehts dir ? Hab dich noch gar nicht gefragt.«
»Besser«, antworte ich. »Dieser Rum in der Cola hat mich einfach gekillt.«
»Und Felix-mäßig?«
»Felix? Der kann mich mal!« Wenn ich nur an ihn denke, wird mir ganz übel, und dieses Ziehen in der Herzgegend kommt dazu. »Ich habs Erik übrigens erzählt. Der hat sich erst mal mit seinem Computer getröstet. Wie üblich.«
»Morgen werde ich mir Yeliz vorknöpfen«, sagt Angie.
»Gar nichts wirst du! Ich tue so, als ob nichts weiter vorgefallen ist, meine Jungfräulichkeit muss mir geradezu im Gesicht geschrieben stehen.«

»Tut sie auch! Siehst aus wie das reinste Unschuldslamm.«
»Danke für die Blumen.« Wenn Fachfrau Angie so was sagt, muss es stimmen.
Um halb sieben kommt Georg. Ich habe es immer vermieden, Angie mit Georg zusammen zu treffen, schließlich fand ich ihn auch mal toll. Er ist für mich immer noch so ein Rot-werden-Auslöser, so ist es nun mal. Ganz schön peinlich. Angie sieht mich überrascht an.
»Hallo, Tine.« Georg hat ein irrsinnig smartes Lächeln. Felix ist dagegen ein Meik vom Grabbeltisch.
»Also, gehen wir jetzt was essen?«, fragt Angie.
Warum nicht? Hunger habe ich wie ein Wolf, zu Hause warten nur Ödnis und Einsamkeit auf mich.
»Ich will noch schnell was trinken«, mault Georg.
»Das kannst du auch beim Italiener tun.«
»Ach komm, es ist doch noch früh.«
Na gut. Wir bleiben sitzen, Georg trinkt einen Milchshake, streichelt Angies Hand, bald weiß ich gar nicht mehr, wo ich hinschauen soll.
Dann, auf einmal, sehe ich ihn: Meik, der sich im Zeitlupentempo auf unseren Tisch zubewegt. Ich kriege eine Gänsehaut vor lauter Peinlichkeit, möchte am liebsten verschwinden, aber da hat sich Meik schon an unseren Tisch gepflanzt.
»Tut mir Leid, dass ich zu spät bin.« So begrüßt er uns. »Aber der Bus ...«
Ich glaube, mir fallen die Ohren ab. Ist ja alles bestens eingefädelt! Ich stoße Angie unter dem Tisch an, die zuckt nur mit den Schultern. Wahrscheinlich hat Georg das arrangiert, prima Sache, jetzt soll ich auch noch verkuppelt werden.

»Mir ist der Appetit vergangen«, raune ich Angie beim Rausgehen zu.
»Sorry, ich wusste von nichts.« Sie lächelt mich an. »Wir amüsieren uns einfach, und dann ist die Sache gegessen, okay?«
»Hoffentlich verfalle ich nicht wieder dem Alkohol«, sage ich laut. Ist mir egal, ob Meik das hört. Ich habe ihn nicht gebeten, einen fidelen Viererabend mit uns zu verbringen. Schnell hake ich mich bei Angie unter, damit sie nicht mit Georg abdüst, Arm in Arm, und ich mit Meik hinterherschleichen muss.
»Keine Angst«, flüstert Angie, »du kriegst den Abend rum.«
Meik hat alles geplant. Die kleine Spießerpizzeria um die Ecke, sogar ein Tisch ist reserviert. Ich könnte heulen. Einzig die Aussicht auf eine Pizza mit Spinat und Käse hält mich aufrecht.
»Na, gehts dir besser?«, fragt Meik schüchtern, während der super aussehende italienische Ober die Speisekarten auf den Tisch legt.
»Danke ja.« Wenn er glaubt, ich würde mich für mein Verhalten und die Sauerei auf dem Klo gestern entschuldigen, hat er sich getäuscht.
Stumm durchforste ich die Karte, nichts mit Spinat, nur das Übliche. Vier Jahreszeiten, Prosciutto und so ein Zeug. Dabei spüre ich, wie Meik mich taxiert, Fleischbeschau. Was soll das, ich guck ihm auch nicht auf die Hose.
»Lass das!«, fahre ich ihn an, während ich mich gleichzeitig für eine Pizza »Sophia Loren« mit zwei Spiegeleiern plus Käse obendrauf entscheide.
»Was denn?« Meik sieht mich mit wasserblauen Augen an.
»Dein Geglotze.«
»Hör auf!« Angie sagt es überaus leise, sie haucht es eher,

während sich Meiks Gesicht sekundenschnell in einen roten Ball verwandelt.
Georg kriegt sich vor Lachen nicht mehr ein, anscheinend steht er jetzt auf meiner Seite.
»Ich hab aber nicht...«
»Hast du auch nicht. Schon in Ordnung.«
Wir ordern Pizza, warten dann und reden über Musik. Meik hört immer noch Madonna, wie langweilig! Ich mache mir einen Spaß daraus, ihn zu fixieren, zu sehen, wie er unsicher die Augen niederschlägt, kein Wort mehr rausbringt. Irgendwie kann ich heute nicht anders – obwohl es nicht die feine Art ist, seine miese Stimmung am Nächstschwächeren auszulassen.
Zur Strafe schmeckt mir die Pizza nicht. Das Eigelb zerfließt mit dem Käse zu einem unförmigen Matsch und kann sich nicht entscheiden, ob es in meinen Magen oder auf dem Teller kleben bleiben will.
Seis drum. Der Abend ist sowieso fast im Eimer – zumal ich Georg attraktiver finde, als mir und Angie lieb ist. Angie vor allem, vermute ich, und bald weiß ich nichts mehr zu reden. Bei Hip-Hop kenne ich mich nicht aus.
Als Angie und Georg auch noch anfangen, Händchen zu halten, ist bei mir der Ofen aus. Sitze diesem Milchbubi von Meik gegenüber, die Pizza kommt mir schon zu den Ohren raus, und sehne mich in Felix' Arme. Verrückt. Das Thema ist noch lange nicht abgehakt.
»Vielleicht können wir wieder mal zu viert essen gehen«, schlägt Meik vor. Seine Peperonipizza hat ihn offensichtlich moralisch gestärkt.
»Klar«, sage ich schwach. Mein ganzer Widerstand ist gebro-

chen, und wer weiß, vielleicht steht mir ein Meik – später im Altenheim – auch besser zu Gesicht. Beim Rausgehen streift er wie zufällig meine Hand, es stört mich fast gar nicht, der Junge hat nicht mal feuchte Hände.

Angie und Georg bilden die Vorhut. Arm in Arm schieben sie die Straße entlang, ich habe es so kommen sehen.

Meik klebt an mir wie ein Stück Leukoplast und fragt mich nach meiner Familie aus.

»Mutter, Vater und ein Ekel von älterem Bruder.«

Meik lacht. »Ich habe auch einen Ekelbruder. Genau genommen zwei. Die schnappen mir regelmäßig die Mädchen weg.«

Mein Gott, wie kann er sich nur so erniedrigen! Ich antworte nichts, verstecke mich hinter meinem Jackenkragen und hoffe, dass bald das blaue U-Bahn-Schild vor uns auftaucht. Seine Brüder schnappen ihm die Mädchen weg! Wie muss er sich fühlen, der Verlierer auf der ganzen Linie! Und ich sage ihm auch noch, er solle nicht so glotzen. Wie um es ein bisschen wieder gutzumachen, frage ich ihn nach seinen Hobbys. Das signalisiert Interesse, vermute ich.

»Och, ich gehe gerne angeln, und sonst . . ., Steine sammle ich, und dann habe ich einen Computer.«

Aha. Angeln, Steine und Computer. Wunderbar! Geradezu galaktisch. Warum gibt es nicht einen Jungen, der sich für Meeresbiologie, Frauen ab dreißig und Hollywood interessiert?

»Und du?« Ein schüchterner Blick von der Seite.

»Pizza, prickelnder Sekt und Pickel quetschen«, sage ich. Das bisschen Frechheit kann ich mir nicht verkneifen.

»Ach so.« Meik quält sich ein Lächeln ab. »Und liest du gerne? Gehst du ins Kino? Theater?«

»Klar!«
»Gehen wir mal zusammen?«
Heiliger Strohsack – so was musste ja kommen!
Ich will keinen Trick, um ihn loszuwerden, nicht das, diese üble Masche. Weißt du, ich habe keine Zeit, so viele Klassenarbeiten, und die Hausaufgaben, jeden Tag sitze ich bis nachts dran, und dann muss ich meiner Mutter helfen, Tante Elsbeth ist krank und überhaupt.
Ich fasse mir ein Herz und sage: »Wenn ich Lust habe, vielleicht, wenn nicht, dann nicht.«
»Okay. Wenn nicht, dann nicht!« Meik tapst neben mir her, ein verwegenes Lächeln auf seinem Kindergesicht, so übel ist er gar nicht, der Junge.
Als ich nach Hause komme, liegt ein Zettel im Flur.
»Wir sind bei Stephans, schlaf schön. Felix hat angerufen. Du sollst ihn noch heute Abend zurückrufen. Mama. PS: Ich wecke dich morgen um sieben.«
Felix zurückrufen. Das könnte ihm so passen! Ich kicke mit dem Fuß gegen die Garderobe. Ein Mantel fällt runter, Papas Mantel, ich trample auf ihm herum, meine ganze Wut lasse ich an dem armen Stück Stoff aus, meine Wut und meine Eifersucht.
»Scheiße!«, schreie ich, einmal, zweimal, noch ein wenig lauter. Da merke ich, wie sich etwas in mir löst, Tränen laufen über mein Gesicht, es ist, als ob ein ganzer Brocken von mir abfällt, der Felix-Hass-Brocken. Warum habe ich nur mit diesem Kerl geschlafen? Ich heule und heule, werfe noch einen zweiten Mantel zu Boden, eine Jacke, das tut gut, da steht plötzlich Erik neben mir und hält mir ein Taschentuch hin.
»Wird schon wieder«, sagt er. »Schnupf dich erst mal aus.«

Ich nehme das Taschentuch, schneuze mich kräftig, aber die Tränen wollen nicht aufhören zu fließen. Es ist nur noch ein selbstmitleidiges Wimmern, aber als Erik seinen Arm um mich legt, da kann ich nicht anders, da kommt all der Kummer nur so rausgepurzelt.

»Lass uns in mein Zimmer gehen.« Erik zieht mich mit sich fort, ich wundere mich, dass ich es geschehen lasse. Ganz wie ein Kavalier bietet er mir seinen Schreibtischstuhl an. Meine Hobbys sind Angeln, Steine und Computer, geht es mir durch den Kopf, und ich muss auf einmal lachen.

»Was denn?«

»Ach nichts.«

Erik räumt ein bisschen auf, ich pflücke einen Krümel von seinem Schreibtisch.

Kann mich nicht erinnern, hier schon mal gesessen zu haben. Vielleicht ist mein Bruder gar kein Monster.

»Was ist denn jetzt mit Felix?«, fragt er, während er sich zum Papierkorb hinunterbewegt.

»Weiß nicht.«

»Bist du noch verknallt?«

»Glaub schon. Sonst würde ich nicht immer heulen müssen.« Der Tränenkloß in meinem Hals wird schon wieder größer. Schnell denke ich an Salzgurken, da geht die Rührseligkeit sofort weg, denn die kann ich auf den Tod nicht ausstehen.

»Und du?«

Erik taucht wieder aus dem Papierkorb auf. Sein Kopf ist hochrot. »Ziemlich. Weißt du, ich versteh das einfach nicht. Ich hatte das Gefühl, ihr liegt was an mir, und jetzt auf einmal ... Sie könnte sich mal melden ...«

»Du glaubst doch nicht im Ernst, dass ein Mädchen vom Schlage Yeliz die Initiative ergreift. Zu Hause wird ihr noch ein Kopftuch aufgezwungen. Sie muss Billionen Jahre an Emanzipation nachholen.«
»Immerhin ist sie emanzipiert genug, um täglich die Jungs zu wechseln.«
Ich zucke nur mit den Schultern, vielleicht hat Erik Recht, und es ist alles nur Show, vielleicht hat Yeliz es faustdick hinter den Ohren.
»Ich geh jetzt schlafen«, sage ich und räume meinen Platz auf dem Schreibtischstuhl. »Bin hundemüde.«
Erik nickt, lächelt mir zu. Das hat er noch nie getan. Gemeinsamer Kummer verbindet.

Es ist die Hölle, am ersten Tag nach den Ferien in die Schule zu müssen, immer mit dem Gedanken, dass man einer Yeliz nicht ausweichen kann. Dass sie vor einem sitzt, den Rücken gerade, selbstbewusst, während man selber mehr und mehr in sich zusammensackt, zu dem Häufchen Elend wird, das man niemals werden wollte. Augen zu und durch. Irgendwie muss ich diese erste Begegnung mit Yeliz hinter mich bringen.
Auf dem Weg zum schwarzen Brett läuft mir Angie über den Weg. Sie ist schon wieder nach dem neuesten Schrei gekleidet – ich starre neidisch auf ihre drahtigen Beine.
»Hi!« Angie strahlt übers ganze Gesicht, einen neuen Lippenstift hat sie auch, die Glückliche. Selbst wenn Felix und Yeliz niemals in mein Leben getreten wären, brächte ich am ersten Schultag nicht so ein Happy-hour-Gesicht zustande. »Und? Hat Meik dir gestern Abend noch ordentlich zugesetzt?«

Ich schlage verzweifelt gegen meine Stirn. »Lass mich bloß mit dem in Ruhe.«
Angie lacht, der Lippenstift hat in ihren Mundwinkeln kleine Krümel gebildet.
»Er will mit mir ins Kino, stell dir vor!«
»Ja und?«
»In der Not frisst der Teufel Fliegen«, sage ich und muss beinahe selbst lachen. »Nein, im Ernst, er ist ganz nett, aber überhaupt nicht mein Typ.«
»Georg schwärmt von ihm. Der ist eine treue Seele.«
»Wenn man danach geht, verliebt man sich wohl immer in die Falschen.«
Angie zuckt mit den Schultern, als wolle sie sagen, sie habe den Richtigen an der Angel. Ich glaube, dass Georg zu schön ist, um der Richtige zu sein.
Es ist nun mal Tatsache, dass schöne Jungs sich so toll finden, dass man es ihnen ständig wieder bestätigen muss. Am besten, wenns jeden Tag ein anderes Mädchen tut.
Wir schauen auf den Plan, die ersten beiden Stunden Physik fallen aus. Jubel, zwei geschenkte Stunden Leben!
»Auf zu ›Max‹«, bestimmt Angie.
Ich füge mich gerne. Kaffee trinken, Yeliz, die Schule und alles, was damit zusammenhängt, noch ein bisschen wegschieben – das kann ich nur gut finden.
Heute Morgen ist es im »Max« leer. Nach und nach trudeln ein paar aus unserer Klasse ein. Keine Yeliz, Gott sei Dank, trotzdem schiele ich unentwegt zur Tür. Wir bestellen Cappuccino und dösen in den Vormittag hinein. Denken nicht an Kurzgeschichten, nicht an blöden Unterricht.

Leider müssen wir irgendwann aufbrechen. Meine Beine sind wieder mal Pudding. Sobald wir jedoch in die Klasse kommen und ich Yeliz vor mir habe, fühle ich mich plötzlich stark.
Die kann mich mal!, denke ich.
Prompt dreht sie sich um. »Hallo!«, sage ich in einer Lautstärke, die mir selbst fremd ist.
Yeliz nickt mir zu, freundlich, unverbindlich.
Als Frau Schröpfel die Klasse betritt und sich umständlich ihre Jacke auszieht, habe ich die seltene Gelegenheit, in aller Ausführlichkeit Yeliz' BH zu betrachten, der sich unter ihrer Bluse abzeichnet und kleine Rückenröllchen produziert. Ansonsten ist Einschlafen angesagt. Zum hundertsten Mal kauen wir »Effi Briest« durch. Mit diesem Langweilerroman habe ich schon vor Wochen abgeschlossen, aber Frau Schröpfel meint immer noch, uns was über Ehre und dieses ganze Blabla erzählen zu müssen. Ich wette, Fontane hat den Roman nur in der Absicht geschrieben, Schulklassen auf der ganzen Welt bis ins Jahr dreitausend zu quälen. Kein Wunder, dass meine Deutschnote langsam, aber sicher in den Keller rutscht.
In der vierten und fünften Stunde haben wir Sport. Da Frau Jürgs krank ist, kriegen wir Order, mit den Jungen Volleyball zu spielen. Großartig!
Ich hasse den Sportunterricht. Besonders Geräteturnen und Schwimmen. Man sollte verbieten, dass sich Schüler während des Unterrichts körperlich betätigen.
Entweder man fängt so an zu schwitzen, dass der Klassenraum für den Tag geruchsmäßig verseucht ist, oder die vom Duschen nassen Haare kleben einem am Kopf.
Während wir darauf warten, dass die Umkleidekabinen aufge-

schlossen werden, kriege ich mit, wie Yeliz mit Braun, dem Sportlehrer, redet. »Beim Jungensport darf ich nicht mitmachen«, höre ich sie sagen.
Braun nickt, bittet sie nur, eine Entschuldigung nachzureichen. Damit ist die Sache abgehakt.
Beim Jungensport darf ich nicht mitmachen, tralala! Dass ich nicht lache! Meinem Bruder schöne Augen machen, das darf sie, mit Felix Arm in Arm in der Gegend herumspazieren erst recht, aber beim Schulsport, da ist man wieder ganz Muslimin, da zählt sie wieder, die Tradition, da würde man notfalls auch mal zum Kopftuch greifen. Ganz schön ausgekocht, diese Yeliz, mal emanzipiert, mal in den Ketten ihrer Erziehung.
So wütend bin ich, so rasend wütend, dass ich Kai einen Ball in den Magen donnere, das war keine Absicht, ehrlich, aber Kai krümmt sich vor Schmerzen und darf sich setzen.
Zur Strafe muss ich auch ausscheiden, ich sei wohl nicht ganz dicht, meint Braun, den Ball so unkontrolliert in der Gegend herumzuwerfen.
So sitze ich für den Rest des Unterrichts mit Kai auf der Bank und schlage mich mit blöden Gedanken herum. Wie es überhaupt weitergehen soll ohne Felix, mit Yeliz, ganz allgemein?
Die blöde Schule geht mir mächtig auf die Nerven.
Kai neben mir murmelt alles Mögliche in sich hinein. Ich glaube, er wird es nie verwinden, dass ihn ein Mädchen außer Gefecht gesetzt hat. Ich bin froh, als ich diesen unseligen ersten Schultag überstanden habe.
Zu Hause liegt eine hässliche Blumenkarte von Felix im Briefkasten. »Was ist los? Warum hört man nichts von dir? Melde dich. Dein Felix.«

Dein Felix! Sehr komisch. Oberkomisch. Zum Weglachen.
Schwungvoll zerreiße ich die angekitschten Rosen und lasse die Schnipsel draußen in den Ascheimer rieseln. Das tut gut. Postkarten-Schändungen dieser Art gehören zu meinen liebsten Beschäftigungen.
Danach stelle ich mich in die Küche und bereite das Mittagessen vor. Ich koche Reis, würze ihn mit Curry, ein bisschen Wurst rein, Erbsen, fertig. Schmeckt »na ja«, meine Kochkünste sind nicht die besten.
Halb zwei. Mama noch nicht da, Erik auch nicht. Aus purer Langeweile hole ich das Telefonbuch, suche ziellos, bis ich bei »H« ankomme. Holting, Herbert. Wohnt immer noch in derselben Straße. Christian Holting ging mal auf unsere Schule, in den war ich ernsthaft verliebt, so von elf bis dreizehneinhalb, er wusste bloß nichts davon. Irgendwann habe ich ihn dann nicht mehr gesehen, ich dachte, er wäre weggezogen. Christian war der erste und einzige Junge, den ich hübsch fand, grüne Augen hatte er und pechschwarze Augenbrauen. Kurz spiele ich mit dem Gedanken, seine Nummer zu wählen, ach, was soll der Quatsch, ich würde kein Wort rausbringen.
Und Felix, den kriege ich so auch nicht wieder.
Als Erik nach Hause kommt, bin ich mit dem Telefonbuch vor der Nase beinahe eingeschlafen. Er grüßt, nimmt sich einen Teller mit Reissalat und verschwindet ohne ein weiteres Wort in seinem Zimmer. Ganz der Alte. Nur dass seine Haare frisch geföhnt aussehen.
Eine gute halbe Stunde später trudelt Mama ein.
»Oh, du hast Essen gemacht!« Mama lacht, als habe sie mit mir das große Los gezogen.

»Schmeckt nicht so toll«, warne ich sie und hole zwei Teller aus dem Schrank.
»Ach, Blödsinn«, sagt sie, bricht aber nach dem ersten Bissen nicht in Begeisterung aus. Während Mama einzelne Reiskörner mit der Gabel aufpikst, erzähle ich von meinem verkorksten Schultag, vom Knock-out-Versuch in der Sportstunde, aber Mama hört nicht mal richtig zu.
»Hör mal, Kleines, ich muss was mit dir besprechen.«
Mama sagt das so förmlich, dass mir ein Schreck durch die Glieder fährt.
»Du hast sicher mitbekommen, dass es mit Papa und mir nicht so gut läuft ...« Sie stockt und betrachtet ihre Fingernägel. »Dass wir uns fast immer streiten und eigentlich aneinander vorbeileben.«
Sie schaut hoch und sieht mich erwartungsvoll an, als sei ich ihr Therapeut und müsste irgendwas Schlaues sagen. Kann ich nicht. Weiß aber: Was jetzt kommt, das ist mir zu viel, heute und überhaupt.
»Scheidung?«, frage ich und wundere mich über meine coole Stimmlage.
Mama nickt wie ein artiges Schulmädchen. Ein paar Tränen schwimmen in ihren Augen.
»Klar. Wenns nicht anders geht«, sage ich ruhig, um auf dem Boden der Tatsachen zu bleiben. Was jetzt in mir vorgeht, muss ja niemand mitkriegen.
Mama setzt sich aufrecht hin, ich hasse ihre »Jetzt-wirds-ernst-Haltung«.
»Wir haben uns das so gedacht, dass du hier bei mir und Erik bei Papa ...«

Jetzt fängt sie richtig an zu heulen.
Ich kann das nicht sehen, merke, wie auch bei mir Tränen, Enttäuschung und Wut auf mich selbst hochkommen – weil ich vielleicht mit schuld bin, dass sie es miteinander nicht mehr aushalten.
Ich mit Mama alleine, klar, dass ich bei Mama bleibe, aber wie soll das gehen? Finanziell und überhaupt. Kein muffiger Erik mehr am Frühstückstisch, kein Papa, der in der Küche alles falsch macht, warum ist das so, dass man irgendwann beschließt, sich zu trennen, warum gibt es keinen Garantieschein auf dauerhaftes Glück?
Dann weine ich auch, ist mir egal, wie das aussieht, Mutter und Tochter heulend am Esstisch, was spielt das für eine Rolle, wenn es um unsere Zukunft geht. Ich weiß nicht, wie lange wir so dahocken, der Reis auf Mamas Teller setzt vermutlich schon Versteinerungen an.
»Du kannst selbstverständlich auch bei Papa wohnen«, sagt sie schließlich, »weißt du, wir wollen euch Kinder natürlich nicht übergehen.«
Wir Kinder! Übergehen!
Ist doch alles zum Heulen. Eine Familie sind wir, und ich will auch, dass es so bleibt, selbst wenn mir manches stinkt, so schlimm ist doch alles nicht.
»Könnt ihr euch das nicht noch mal überlegen?«, frage ich mit einer Stimme, die kurz vorm Abstürzen ist. »Ich meine, so 'n bisschen Streit …«
Mama blickt mich unendlich traurig an, sie nickt nicht, schüttelt nicht mit dem Kopf.
Es hat eh keinen Sinn mehr, denke ich. Alles ist entschieden,

und Erik und ich sind Statisten, die auf der Bühne hin und her geschoben werden. »Ist gut.« Ich stehe auf, will in mein Zimmer, allein weiterheulen.
Am liebsten möchte ich mich einbuddeln. Bis zum Frühjahr, zum Sommer. Bis alles überstanden ist. Die Scheidung und der Felix-Schmerz, der sich in mich reinfrisst.

F•E•B•R•U•A•R

Funkstille. Seit drei Wochen. Keine Anrufe, keine Post von Felix. Nicht auszuhalten. Wie alles, was um mich herum geschieht.
Zu Hause wird geschwiegen. Mama redet kaum noch mit mir, Papa schon gar nicht, Erik spielt wieder Maulwurf in seiner Computerhöhle. Und das Schlimmste: Ich kriege meine Tage nicht. Bin zehn Tage drüber und nicht das geringste Anzeichen, dass sie kommen könnten.
Am Samstagabend starte ich einen letzten Versuch, indem ich in die Badewanne steige – das Wasser so heiß wie nur möglich. So weiche ich eine halbe Stunde lang auf, lege mich danach ins Bett und male mir meine Zukunft aus: Ich mit Mama und einem Schrumpelbaby in einem Einzimmerappartement, hässliche Siedlung am Stadtrand. Die Schule habe ich aufgegeben, zweimal die Woche sitze ich an der Kasse im Supermarkt, backe nachmittags Kuchen. Felix und Yeliz kommen vorbei, Baby anschauen, als Vater interessiert man sich schließlich für den Nachwuchs.
Mann! Diese Ungewissheit! Hätte ich nur nicht ... Warum hab

ich mich hinreißen lassen? Um all das hier durchzumachen, diese schrecklichen Tage?
Ich renne ins Bad, schaue nach, immer noch kein bisschen Blut, ich halte das nicht mehr aus. Rufe Angie an. Dass sie kommen soll. Ganz schnell.
Angie findet mich in meinem zerwühlten Kissenberg – wahrscheinlich ist die Wimperntusche vom Heulen verschmiert.
»Was ist los?«, fragt sie und setzt sich auf mein Bett. Alles an ihr ist reizend, wie immer. Perfekte Frisur, Fingernägel tipptopp, warum seh ich nicht so aus?
»Ich krieg meine Regel nicht«, sage ich mit einer Katastrophenstimme.
»Reg dich bloß nicht auf! Das kann doch mal passieren.«
»Und wieso kommt sie nicht?«
»Weil du zu sehr darauf wartest, weil du im Stress bist. Felix – und das Theater hier zu Hause. Denk an was anderes. Geh ins Kino, mit Meik von mir aus, tu irgendwas, nur steigere dich da nicht so rein.«
Leicht gesagt, wenn man nicht betroffen ist, wenn man einen Georg hat, der zu einem hält, und eine Familie, die nicht gerade am Auseinanderbrechen ist.
»Morgen nach der Schule kaufen wir einen Schwangerschaftstest, den machst du dann gleich zu Hause ...«
Ich nicke brav, vergieße noch ein paar Tränen, um mich dann endgültig in mein Schicksal zu ergeben.
Die sechs Unterrichtsstunden am nächsten Tag sind kaum zu ertragen. Es will mir nicht mal gelingen, durch Yeliz hindurchzuschauen. Wo ich auch stehe und gehe, überall sehe ich sie, ihre schwarzen Haare, glänzend schön.

Als Angie und ich nach der sechsten das Schulgebäude verlassen, posiert Felix dick und fett auf dem Bürgersteig. Mein Herz setzt aus, mindestens für eine Sekunde.
»Tine, warte doch!«, höre ich ihn rufen, aber ich stürme an ihm vorbei, schließlich wartet er sowieso auf Yeliz, ist doch klar. Erst nach zehn Minuten ist mein Puls wieder einigermaßen normal. Wir stehen in der Apotheke, vor uns ein junger, smarter Mann. Der hat mir noch gefehlt.
»Was kann ich für Sie tun?«
Ich sage nichts, warte auf Angie, die sagt auch nichts, malträtiert nur meine Rippen mit ihrem Ellenbogen, während ich rot anlaufe. »Äh . . .«
»Bitte?«
»Einmal Aspirin.«
»Zum Kauen?«
Ich nicke. Lege zehn Mark auf den Tresen, bekomme nur ein paar mickrige Groschen zurück. Mist.
»Auf in die nächste Apotheke«, sagt Angie draußen lachend.
Mir ist nicht zum Lachen zumute. »Bitte, Angie, kannst du's nicht sagen?«
Sie zeigt mir einen Vogel. »Du musst das lernen. Ich hab das auch schon mal gemacht.«
In der nächsten Apotheke bedient uns glücklicherweise eine ältere Dame. Alles geht schnell und reibungslos. Ein paar Erklärungen, die ich vor Aufregung nicht kapiere, ein viel sagendes Lächeln. Erst als ich neunzehn Mark achtzig auf den Ladentisch legen muss, stockt mir der Atem.
Fast dreißig Mark weg – für nichts und wieder nichts. Ich könnte Felix erwürgen und mich dazu.

Zu Hause verschwinde ich mit zittrigen Knien im Bad, sitze erst mal fünf Minuten auf dem Klo, bevor ich meine Pinkelhemmung überwunden habe. Angie klopft alle naselang an die Tür, so klappt es schon gar nicht. Als ich endlich die paar Urintropfen auf das Testfeld bugsiert habe und Angie die Tür öffnet, bin ich so mit den Nerven fertig, dass mich das Ergebnis kaum noch interessiert.

»Negativ«, sagt Angie. »Du bist nicht schwanger.«

»Wie bitte?«

»Hier, das Testfeld hat sich nicht verfärbt.«

»Ach so«, sage ich nur. Denke, dass es auch anders sein könnte, dass der Test vielleicht nicht funktioniert.

»Du freust dich ja gar nicht.«

»Doch«, antworte ich müde.

»Hast du Angst, dass das Ergebnis nicht stimmt?«

Ich nicke.

»Warum bist du nicht gleich zum Arzt gegangen? Das wäre umsonst gewesen.«

»Hättest du doch auch nicht gemacht, oder?«

»Stimmt.«

Irgendwie ist der Nachmittag versaut. Angie versucht noch, mir ein paar Sätze aus ihrer neuen Kurzgeschichte unterzujubeln, aber mir ist nicht nach großen Kulturereignissen zumute. Eher nach Kuchen. Nach Schokolade, nach ein bisschen Trost. Ich stehe auf, plündere den Küchenschrank und merke auf einmal, wie sich mein Slip seltsam feucht anfühlt. Ich renne zurück ins Bad. Himmel noch mal, alles rot!

»Angie!«, kreische ich durch die Wohnung. »Ich hab sie!«

»Wen?« Angie kommt angelaufen.

»Meine Tage!«
Angie sieht mich an, fängt an zu lachen. Zu kreischen. Zu brüllen. Mir ist eher nach heulen zumute. Dreißig Mark zum Fenster rausgeworfen. Für nichts und wieder nichts.
»Hab doch gesagt, das ist psychisch.« Ihre blöde Besserwisserei kann Angie sich von mir aus sparen.
Ich rase zurück in die Küche. Auf diesen Schreck brauche ich wirklich ein paar Plätzchen.
Ich stopfe und stopfe, da klingelt das Telefon.
»Gehst du mal eben ran?«, murmle ich mit vollem Mund. »Ist bestimmt Mama.«
»Bei Wenk?«, meldet Angie sich brav. »Ja, sofort.«
Eine Zehntelsekunde lächelt sie in den Hörer, bevor sie ihn mir überreicht.
»Mama?« Ich schlucke gerade ein Plätzchen runter.
»Hier Felix.«
Felix!
Das Blut rauscht durch meinen Kopf, laut wie die Niagarafälle. Ich sage nichts, stehe nur mit dem Hörer in der Hand da. Vor lauter Schreck schaffe ich es nicht mal, einfach aufzulegen.
»Los! Rede mit ihm!«, schnauzt mich Angie an.
»Was ist denn mit dir los?«, höre ich Felix wie von ferne. »Warum können wir nicht miteinander sprechen? Ich versteh das alles nicht, auf einmal warst du so . . .«
Felix redet und redet, aber die Wörter ergeben keinen Sinn, ich fühle, wie sich mein Kopf aufbläht, größer und größer wird, vielleicht bin ich ohnmächtig oder tot oder habe mich gerade in einen Riesenkürbis verwandelt.
»Hallo? Bist du noch da?«

»Ja«, sage ich. Das erste Wort, heiser und wie von einer fremden Stimme gesprochen.
»Hör mal zu, Tine. Ich komm jetzt gleich zu dir. Wir müssen das alles klären.«
Schon stehe ich mit dem tutenden Hörer da, schaue an mir hinab, nein, ich bin kein Kürbis, Gott sei Dank, ich bin Tine Wenk mit Herzrasen und bescheuertem Grinsen im Gesicht. Was hat das bloß alles zu bedeuten?
»Und?«, fragt Angie.
»Er kommt gleich hierher.«
»Und?«
»Ich weiß nicht ...«
»Was hat er gesagt?«
Ich zucke mit den Schultern. »Dass er gleich hier vorbeikommt«, wiederhole ich.
»Okay, Tine.« Angie blickt mich mitleidig an. »Ich geh jetzt. Wenn er weg ist, rufst du mich sofort an, kapiert?«
Ich nicke.
»Oder soll ich doch lieber bleiben? Ich meine, bist du dir sicher, dass du allein bleiben kannst?«
»Klar.«
Angie geht. Ich sitze auf meinem Bett und starre aus dem Fenster. Der Hinterhof ist grau und düster, ich weiß nicht, was ich denken soll. Als es endlich klingelt, weiß ich kaum noch, wie ich den Summer der Tür bedienen muss.
Ich schaffe es, höre Schritte die Treppe hochkommen, schnell und klackend nähern sie sich.
Felix wirft sich mir so stürmisch entgegen, dass wir in den Flur taumeln, beinahe hinfallen. Er umarmt mich, küsst mich, alles

so salzig, er weint, ich auch. Irgendwie schaffen wir es in mein Zimmer, liegen Arm in Arm auf meinem Bett, sagen kein Wort, verbrauchen ein ganzes Päckchen Taschentücher. Noch weiß ich nichts, fühle mich trotzdem wie neugeboren, aufgestiegen in den Himmel, wo es warm ist und geborgen.

Erst als er zu sprechen beginnt, denke ich klarer, das alte Misstrauen kommt hoch und frisst sich in mein Bewusstsein.

»Was war denn los?«, fragt er.

»Was los war? Das solltest du mir vielleicht erzählen.«

»Ich weiß nicht, wovon du sprichst. Ehrlich. Ich hab dich tausendmal angerufen, dir geschrieben …«

»Und was ist mit Yeliz?«

»Yeliz? Wieso Yeliz?«

»Tu doch nicht so. Immerhin bist du mit ihr Arm in Arm gesehen worden.«

»Das meinst du!« Felix dreht sich auf den Bauch, fängt wie ein Verrückter an zu lachen. »Wir sind befreundet. Da ist doch nichts dabei, wenn ich sie mal in den Arm nehme.«

»Ach ja?« Ich finde die Sache nicht so lustig. »Mal in den Arm nehmen? Das hat man mir aber anders erzählt.«

»Dieses Getratsche! Das macht einen glatt wahnsinnig. Manchmal habe ich das Gefühl, die Leute hängen stundenlang aus dem Fenster, nur um irgendwas Spektakuläres zu entdecken oder um andere anschwärzen zu können.«

»Und was war?« Meine Stimme klingt kalt wie Eis.

»Nichts.« Felix taxiert mich ernst. »Ich erzähle dir jetzt mal eine Geschichte. Also, Yeliz kenne ich schon seit drei Jahren, kapiert? Drei Jahre. Ich habe sie über Erhan kennen gelernt, der bei uns in der Handballmannschaft mitgespielt hat. Yeliz war damals sauschlecht in Mathe, und ich sollte ihr Nachhilfe geben. Ihr gnädiger Herr Vater hats mir aber nur erlaubt, weil ich eine Freundin hatte ...«

»Ach ja?«

»Ja.«

Ich schaue weg, als Felix nach meiner Hand greift. »Yeliz hat Probleme.«

»Was für Probleme sind das, die sie ausgerechnet mit ihrem Nachhilfelehrer besprechen muss?« Alle guten Vorsätze sind vergessen. Ich zerfließe vor Eifersucht. Ich hasse mich dafür, kann aber nicht anders.

»Yeliz kriegt immer noch viel Druck von zu Hause ...«

»Weiß ich«, unterbreche ich ihn. »Du mit deinem Helfertick. Fühlst dich für alles und jeden verantwortlich!«

»Ich will sie nur schützen, nehme Erhan immer wieder ins Gebet. Der steht auch unter der Fuchtel seiner Eltern.«

Felix blickt mich mit Unschuldsmiene an. »Außerdem profitiert dein Bruder letztendlich davon.«

»Erik?«

»Volltreffer! Erik.«

»Mach dich nicht lustig.«

»Nein.« Felix kichert, sieht aus wie jemand, der sich gerade in seinen Telefonhörer verknallt hat. »Yeliz mag ihn sehr gern, ehrlich.« – Moment mal. Da komme ich nicht mehr mit. Yeliz mit Nachhilfelehrer Arm in Arm. Yeliz in Erik verliebt. Strenger Bruder, der sie auf Schritt und Tritt bewacht. Was will mir dieser Felix einreden?

»Ich hab mit Erhan ein Abkommen getroffen. Dass Yeliz deinen Bruder treffen darf und dass er zu Hause nicht petzt.«

»Wie bitte? Erik trifft sich nicht mit Yeliz, der hockt zu Hause und hält mit seinem Computer Händchen.«
»Logisch! Glaubst du, Yeliz würde die Initiative ergreifen und sich von allein bei ihm melden? Ein türkisches Mädchen tut so was bestimmt nicht.«
»Aber in der Schule hatte sie doch massenhaft Gelegenheiten, mit ihm zu reden.«
»Sie würde niemals einem Jungen signalisieren, dass sie Interesse an ihm hat. Das kriegen ja noch nicht mal die deutschen, angeblich emanzipierten Mädchen so einfach hin.«
Ein kleiner, gemeiner Seitenblick.
Kommt auf den Jungen drauf an, könnte ich sagen, tue es aber nicht, will nicht gleich wieder alles kaputtmachen.
Als Felix später geht, weiß ich nicht, was ich denken soll. Fühle mich nicht glücklich oder so, sondern einfach total ausgepowert, wie durch den Fleischwolf gedreht.
Tatsache ist wohl, dass ich wieder mit Felix zusammen bin. Aber wo bleibt das Jubelgefühl? Liegt irgendwo eingebuddelt in dem Kissenberg auf meinem Bett.
Kaum ist Felix weg, klopft es an meine Tür. Erik. Was Mamas Liebling wollte, fragt er, wieder fettige Haare.
Ich erzähle ihm alles, ein Lächeln huscht über sein Gesicht. Wenigstens einer, der sich freuen kann.
Am nächsten Tag sehe ich Yeliz mit anderen Augen. Stelle mir vor, wie es sein muss, in einer muslimischen Familie aufzuwachsen, wie sie sich fühlen muss als Zwitter der Kulturen. Nicht in Deutschland zu Hause, nicht in der Türkei. Keine deutsche Freundin hier, keine türkische dort. Hin- und hergerissen zwischen traditioneller Erziehung und dem Leben, das sie tag-

täglich an unserer Schule mitkriegt: Partys, Mädchen, die sich von den Jungs nichts sagen lassen, die Miniröcke tragen, die Freunde haben.

Ich hab mal einen Film über den Islam gesehen, darin wurde gesagt, dass die Männer nach dem Koran eine Stufe über den Frauen stehen, weil Gott einem Teil der Menschen den Vorzug vor dem anderen gegeben hat. Dass die Frauen sich verhüllen sollen, weil sie Unruhe stiften. Dass sie ins Haus gehören, als Mütter und Dienerinnen des Mannes. Dass im Iran Frauen sogar gesteinigt werden, wenn sie zum Beispiel Ehebruch begangen haben. Sonderbar, das alles. Und wer weiß, wie sehr Yeliz' Familie in diesem Glauben verhaftet ist.

Ich schiele auf Yeliz' kerzengeraden Rücken, während Angie mich von der Seite piesackt, ich hätte sie gestern gar nicht angerufen, warum denn nicht und was mit Felix gewesen sei.

»Später«, raune ich ihr zu, zeige nur mit dem Daumen nach oben. Einmal dreht Yeliz sich um, lächelt. Komisch, weil in der letzten Zeit nur Eiseskälte zwischen uns war.

In der Pause steckt sie mir einen notdürftig zusammengefalteten Zettel zu. »Gibst du den deinem Bruder?«

»Okay«, sage ich und verschwinde mit Angie auf dem Klo, um ihr Bericht zu erstatten. Auch darüber, dass ich mich gar nicht so richtig freuen kann, dass etwas in mir kaputtgegangen ist.

Nach der sechsten Stunde fahre ich gleich nach Hause. Papa sitzt zeitunglesend in der Küche, zwei Gedecke auf dem Tisch, Nudeln auf dem Herd.

»Wieso bist du schon da?«, frage ich. »Wo ist Mama?«

»Ich hab mir heute freigenommen. Mama ist in der Stadt, sie will einkaufen.«

Irgendwas ist an der Sache faul. Weiß bloß nicht, was.
»Und Erik?«, frage ich weiter.
»Der ist schon wieder weg. Eine Verabredung.«
Ich lege uns auf, ganz schön zerkocht die Nudeln, aber die Käsesoße schmeckt bestimmt Klasse.
Schweigend fangen wir an zu löffeln. Ziemlich merkwürdig, so allein mit Papa zu essen. Mir ist, als müsste ich eine Unterhaltung in Gang bringen. Aber mir fällt beim besten Willen nichts Gescheites ein. Papa auch nicht. Der will nur wissen, wie es in der Schule war. Unglaublich fantasievoll, diese Frage.
Ich bin kurz vorm Ausrasten, frage zurück, was diese Vorstellung zu bedeuten habe, schließlich sei ich nicht blöd und könne mir nicht denken, dass er sich rein zufällig kochtechnisch so ins Zeug gelegt habe.
»Mama hat ja schon mit dir gesprochen.«
»Du meinst die Scheidung«, sage ich kühl.
»Ja, genau ...« Mein Daddy wird rot. Dass auch Vätern so was passieren kann – alle Achtung.
»Wir wollten das nicht einfach so durchziehen, sondern euch vorher fragen ...«
Den Spruch kenn ich. Spar dir das Gelaber.
»... zu wem ihr wollt. Wenn du lieber zu Mama ...« Er blickt verlegen auf seinen Teller. »Aber du kannst auch zu mir ...«
Wie er das sagt! So abgeklärt. Alles schon millionenmal durchdiskutiert. Und hinterher groß auf Familienrat machen! Dass ich nicht lache! Warum haben sie denn nicht den Mut, gemeinsam mit uns zu sprechen? Jeder knöpft sich jeden einzeln vor.
»Danke, keinen Bedarf.« Ich finde es selbst schrecklich, wie ich das sage, aber was soll ich Papa vorspielen?

»Gut.« Er sieht mich traurig an, als erwarte er noch einen aufschlussreichen Kommentar.
Ich merke, wie ich immer wütender werde, knalle plötzlich die Gabel hin und schreie ihn an: »Wenn ihr es nicht mal schafft, eure blöde Beziehung in den Griff zu kriegen ...« Ich springe auf, renne in mein Zimmer. Die Tränen schießen mir in die Augen. Ich will das alles nicht. Ich will keine kaputte Familie.

Eine Woche später sitzt Yeliz bei uns im Wohnzimmer. Es ist ein besonderer Tag. Zeugnistag. Meine Noten sind passabel. Das war Grund genug, mit Angie im »Max« zu feiern. Zeugnisse, die nicht in negativer Weise aus dem Rahmen fallen, muss man einfach begießen. Mit zwei Tassen heißer Schokolade mindestens. Bei mir sind es heute drei gewesen, mein Magen schwappt über von all dem zuckrigen Zeug.
In diesem Zustand komme ich also nach Hause, will mich einfach nur faul aufs Sofa legen, ein bisschen die Fernsehkanäle rauf- und runterschalten.
Und dann das: Yeliz mit brav übereinandergeschlagenen Beinen auf dem Sofa. Sie nippt am Tee, während Erik ihr Händchen hält, meine Güte, wie im Mittelalter.
»Hallo!« Ich bleibe steif in der Tür stehen.
»Setz dich doch.«
Ich folge Yeliz' Aufforderung. Erik sieht zwar nicht begeistert aus, aber wann schaut der schon mal begeistert drein? Danach ist Schweigen angesagt.
Vor lauter Verlegenheit greife ich nach den Keksen, die auf einem Teller vor Yeliz liegen. Dabei ist mir sowieso schon übel. Ich mache den Fernseher an. MTV. Heavy-Metal-Musik dröhnt uns

entgegen. Erik bedeutet mir abzuschalten. Mache ich alles. Bin ja gar nicht so. Am besten verschwinde ich von der Bildfläche.

»Also dann!« Ich stolziere aus dem Zimmer, nur ein müdes Lächeln auf den Lippen.

Später schneit Erik bei mir rein. »Störe ich?«

»Nee.«

Wahrscheinlich will Erik mit mir über Mama und Papa reden. Das Thema ist längst fällig. Seit Wochen tun wir alles Erdenkliche, um das Wort Scheidung nicht in den Mund nehmen zu müssen.

»Ist dein Prinzesschen schon weg?«, frage ich locker.

»Ja.« Erik klingt leicht angesäuert.

»Warum habt ihr denn im Wohnzimmer gesessen?«

»Warum wohl! Weil der Anstand ihr das gebietet.«

»Anstand!« Ich lache laut. »Hat sie das so gesagt?«

»Genau so.« Erik macht eine bedeutungsvolle Pause. Dann: »Mensch, da hab ich mir was eingebrockt!«

»Wie meinst du das?«

Erik lässt sich auf mein Bett fallen. »Ich mag sie, wirklich, aber sie ist so anders. Jedes zweite Wort ist ›mein Vater‹. Das ist doch nicht normal. Sie hat Angst vor dem. Dies darf sie nicht und jenes darf sie nicht. Dabei sagt sie immer, dass sie sich hier in Deutschland zu Hause fühlt und so leben will wie wir auch.«

»Du wusstest ja vorher, worauf du dich einlässt.«

»Nicht so richtig.« Das kommt ganz kleinlaut aus seinem Mund. Mir fällt auf, dass er nicht so hässlich ist, wie ich immer dachte, dass sein Mund einen schönen Schwung hat – besonders, wenn er ernst ist. Irgendwie fühle ich mich geschmeichelt, dass er mit seinen Mädchenproblemen zu mir kommt, auch wenn ich ihm nicht helfen kann. Weiß noch nicht mal, ob

ich Yeliz für 'ne blöde Kuh halte oder nur neidisch bin, zum Beispiel auf ihren tollen Haaransatz, auf ihre Augen.
»Ich dachte immer, die richtig traditionsbewussten Türkinnen erkennt man am Kopftuch, und die Chose hat sich. Dann weiß man, dass die nicht zu haben sind.« Erik sieht mich beinahe verzweifelt an. »Aber Yeliz ...«
»Willst du jetzt einen Rückzieher machen?«
Erik schüttelt den Kopf. »Ich kann nicht ...«
Los, Junge, nun sag schon, dass du verschossen in sie bist. Aber das tut er nicht, mein Erik. Fragt stattdessen nach Felix und ob alles in Ordnung sei.
Ich nicke. Obwohl es nicht ganz stimmt. Ich kann mir nicht vorstellen, dass ich in nächster Zeit mit ihm schlafen werde oder bei ihm übernachten. Sex auf Kommando? Pah! Außerdem – bloß kein Risiko eingehen! Ich habe keine Lust, wieder Aspirin kaufen zu müssen.
Dann fallen mir Mama und Papa ein, ich will endlich wissen, was mein Bruder zu ihren Plänen sagt. »Haben sie mit dir gesprochen?«, frage ich. Er wird schon verstehen.
»Ja.«
»Und wie siehst du das?«
»Na ja, dann hat jeder von uns mehr Ruhe.«
Ich sehe ihn an, weiß, dass er es nicht so meint, kein Mensch kann das meinen, wenn eine Familie auseinander fällt.
»Zu wem würdest du gehen wollen?«
»Ich zieh eh bald aus. Nächstes Jahr vielleicht.«
»Und vorher?«
»Mit dir zu Mama. Ist doch klar.«
Ein leises Gefühl von Glück steigt in mir auf.

»Hast du es Papa gesagt?«
Erik nickt. »Papa und ich alleine – das gäbe eine Katastrophe.«
»Ja.«
»Die zwei sind feige ...«
»Ja.«
Ich könnte Erik küssen, weil er mich nicht im Stich lässt. Wer hätte vermutet, dass ich mal so denken würde. Und alles nur wegen Felix. Und wegen Yeliz.
Und wegen dieses blöden Missverständnisses.

M ◆ Ä ◆ R ◆ Z

Dann kommt der erste warme Tag des Jahres. Schon morgens beim Aufstehen merke ich, dass irgendetwas anders ist. Nicht nur das Wetter. In der Wohnung riecht es aprilfrisch, meisterproperlich wie in der Werbung. Mama strahlt beim Frühstück, das hat sie schon lange nicht mehr getan, während Morgenmuffel Erik in seinen Knusperflocken herumpanscht und immer wieder Zucker drüberstreut. Ich trinke nur eine Tasse Tee. Könnte mal wieder versuchen ein Pfund abzunehmen.
»Ich geh jetzt«, sage ich und stecke für die lange Pause nur einen Apfel ein.
Mama lächelt. »Wart mal einen Moment. Ich wollte euch noch etwas sagen.«
Erik blickt verschlafen hoch.
»Wir, also, euer Vater und ich, wir wollens noch mal miteinander versuchen.«

Mein Herz fängt wie wild an zu klopfen.
»Nächsten Dienstag muss er geschäftlich verreisen. Dann bekommen wir beide ein wenig Abstand voneinander und können in Ruhe über alles nachdenken.«
Was soll ich dazu sagen? Auch Erik starrt nur schweigend vor sich hin. Den Tag nicht vor dem Abend loben, mehr fällt mir dazu nicht ein. »Ich muss jetzt los«, wiederhole ich und versuche mich an Mama vorbeizudrücken.
Mama schaut mich bittend an. »Du sagst ja gar nichts.«
»Finde ich prima, ehrlich.« Mit diesen Worten verlasse ich die Wohnung. Ich denke, diesmal ist Erik an der Reihe, sich zu einem ausführlicheren Kommentar zu bequemen.
Als ich in der Schule ankomme, bin ich noch vollkommen durcheinander. Mama hätte nichts sagen sollen. Nicht bevor die Sache wirklich klar ist.
Ein langes Hin und Her ist schlimmer zu ertragen als eine klare Entscheidung – auch wenn sie noch so beschissen ist.

Yeliz kommt rein, fünf Minuten vor Unterrichtsbeginn. Sie ist außer Atem und in Tränen aufgelöst. Ich starre sie mit offenem Mund an. Die anderen scheinen nichts mitzubekommen. Ihr Blick wandert suchend in der Klasse umher, bis sich unsere Augen treffen.
Sie rennt auf mich zu wie eine Furie, was ist denn mit ihr los? Heulend wirft sie sich mir an den Hals. Inzwischen haben auch ein paar andere diese Vorstellung mitgekriegt, grinsen oder starren uns an.
Mir ist es unangenehm, Yeliz am Hals kleben zu haben, ich mag sie aber nicht wegstoßen.

»Was hat sie denn?«, ruft Ulf zu uns rüber.
Ich zucke mit den Schultern.
Yeliz kommt verheult aus meinem Arm gekrochen, ihre Wimperntusche ist verschmiert.
»He, was hast du?«, frage ich.
»Ich kann nicht«, stammelt Yeliz, »ich kann das nicht ...«
»Was denn?«
Yeliz schüttelt den Kopf, bringt kein Wort heraus.
»Ist was mit deinen Eltern?«
Sie nickt, fängt wieder an zu heulen. »Ich muss zurück in die Türkei. Sofort. Mein Vater nimmt mich aus der Schule, meldet mich ab ...«
Auf einmal ist es ganz still im Klassenraum. Alle hören zu, keiner lacht, wie es sonst immer der Fall ist, jeder starrt Yeliz an, dieses Häufchen Elend.
Sie tut mir Leid, aber was soll ich tun? Bin heilfroh, als Frau Schröpfel endlich auftaucht.
»Was ist los mit euch?«, fragt sie ohne das übliche Guten-Morgen-Blabla. Da entdeckt sie Yeliz, die den Kopf in den Armen vergräbt, und kommt zu uns an den Tisch.
»Yeliz?« Sie legt die Hand auf ihren Arm. »Magst du mir sagen, was mit dir los ist?«
Yeliz blickt hoch, nickt, Tränen laufen ihr übers Gesicht.
»Sie soll in die Türkei zurück«, sage ich leise. Ich denke an Erik. Ob der auch weint? Oder wieder mit seinem Computer Händchen halten wird?
»Ist das der Grund, Yeliz?«
»Ja.«
»Warum denn? Wann?«

Yeliz fängt stockend an zu sprechen. Erzählt, dass ihrem Vater die Rente bewilligt wurde, dass er zurück nach Antalya in seine Wohnung wolle. Ihr Bruder werde eine Lehre machen, sie selbst solle bei dem Onkel im Textilgeschäft arbeiten. Sie sagt das ganz tapfer – ohne Schluchzen.
Frau Schröpfel geht nach vorne, lässt ihre Tasche aufs Pult plumpsen. »Mit Effi Briest machen wir erst in der nächsten Stunde weiter. Überlegen wir jetzt mal, ob und wie wir Yeliz helfen können.«
»Mit ihren Eltern reden!«, ruft Katja.
»Das wäre eine Möglichkeit. Yeliz, soll ich mit deinem Vater einen Termin ausmachen?«
Yeliz schüttelt den Kopf. »Das hat keinen Sinn. Mein Vater lässt nicht mit sich reden. Was er sagt, wird auch getan.«
»Willst du denn später zurück in die Türkei?«
»Ich weiß nicht. Eigentlich nicht.« Sie nimmt sich ein Taschentuch und schneuzt sich ein paarmal kräftig. »Ich bin doch hier aufgewachsen. Ich will studieren und ... Lehrerin werden.«
Einige Jungen grinsen, Frau Schröpfel lächelt selig.
»Hat noch jemand eine Idee?« Kommt ziemlich selten vor, dass Frau Schröpfel mal nicht weiterweiß.
»Vielleicht könnten wir uns als Klasse zusammentun«, schlägt Iris vor. »Wir entwerfen einen Brief, unterschreiben alle und schicken ihn ihrem Vater.«
Frau Schröpfel nickt. »Aber was wollt ihr schreiben?«
»Wir fordern, dass Yeliz hier zunächst ihr Abitur machen darf. Dann können sie immer noch in die Türkei zurück.«
»Keine schlechte Idee.« Frau Schröpfel blickt Yeliz an. »Wenn du erst mal volljährig bist, sieht die Sache ganz anders aus.«

»Ich weiß nicht.« Yeliz' Stimme klingt brüchig. »Mein Vater lässt sich auf so einen Handel bestimmt nicht ein. Der meint, 'ne gute Ausbildung kostet nur Geld und dass ich später sowieso heiraten werde.«

Yeliz heiratet Erik, geht es mir durch den Kopf. Yeliz, meine Schwägerin. Schon komisch, solche Gedanken.

»Sollen wir es nicht wenigstens versuchen?«

»Können wir machen«, antwortet Yeliz leise.

Frau Schröpfel schlägt vor, auch unseren Direktor unterschreiben zu lassen. Das werde ihren Vater vielleicht beeindrucken. Alle finden den Vorschlag großartig. Den Rest der Stunde verbringen wir damit, den Brief zu entwerfen. Gar nicht so einfach, einerseits höflich und diplomatisch zu sein und andererseits einleuchtende Forderungen zu stellen.

In der Pause kommt Yeliz auf mich zu. »Bitte, sag Erik nichts«, fleht sie mich an. Verheult ist sie noch immer.

»Warum nicht?«

»Ich will es ihm lieber selbst sagen.« Armes Häufchen Elend. Ich stupse sie leicht an, unsicher, wie ich bin.

»Willst du einen Keks?« Yeliz hält mir eine Rolle Schokokekse vor die Nase, ich nehme einen.

»Ich bin gar nicht so, wie du denkst«, sagt Yeliz, während sie ein paar Krümel von ihrem Keks abklopft.

Ich sehe sie überrascht an. »Was glaubst du, was ich denke, wie du bist?«, holpert es mir aus dem Mund.

»Na, irgendwie komisch. Ein bisschen zickig, ein bisschen verschlossen, ein bisschen doof, eben merkwürdig.«

»Stimmt«, antworte ich und wundere mich, dass ich nicht anfange zu lügen, um ihre Annahme zu entkräften. Energisch

schiebe ich den ganzen Keks in den Mund und frage kauend: »Warum bist du denn so, wie du bist?«
»Warum?« Yeliz hat einen richtig bitteren Zug um den Mund. »Früher war ich nicht so, glaub ich. Alles fing erst in der siebten Klasse an, als ich plötzlich nicht mehr zu den Geburtstagsfeten durfte.«
»Warum denn nicht?«
»Wegen der Jungs und so.« Yeliz blickt sich um, ängstlich, als könnte ihr noch jemand zuhören. »Einen Grund haben meine Eltern nie genannt, aber mir war klar, dass es nur wegen der Jungs sein konnte.«
»Meine Eltern haben mich manchmal auch nicht zu einer Einladung gelassen ...«
»Manchmal!«, braust Yeliz auf. »Ich durfte zu keiner Party, und irgendwann hat mich auch niemand mehr eingeladen. Ich war ja diejenige, die sowieso nicht durfte.«
»Aber das kann doch nicht sein, das bildest du dir nur ein«, versuche ich einzulenken.
»Doch, so ist es!« Yeliz starrt auf ihre Schuhe. »Als ich zu euch in die Klasse kam, hab ich mich wie eine Aussätzige gefühlt«, fügt sie hinzu.
»Ist doch Quatsch«, sage ich und bekomme ein furchtbar schlechtes Gewissen.
Ich erinnere mich noch, wie alle sie links liegen ließen – einschließlich meiner Person.
»Jedenfalls hat mich keiner zu der Monsterparty eingeladen«, sagt Yeliz gekränkt. »Das war doch das Ereignis!«
Ich blicke sie stumm an. Niemand hat sie eingeladen. Ich war auf der Monsterparty. Ich vermisste sie nicht.

»Möchtest du noch einen Keks?« Yeliz hält mir wieder die Packung hin, wie um die peinliche Situation zu beenden.
»Nein, danke.«
Sie selbst nimmt sich ein Plätzchen, betrachtet es konzentriert und gesteht: »Ich hab mir sogar mal einen Fantasiefreund zugelegt.«
»Wirklich?« Das kommt mir bekannt vor, ich war auch mal nahe daran. Als Angie mir jeden Tag einen neuen Lover präsentierte, als ich beinahe das einzige Mädchen in der Klasse war, das sich noch für Zauberponys und Vampirbücher interessierte.
»Ja, klar! Und ich kann dir sagen, mein Freund war einfach super. Groß, stark, mit eismeerblauen Augen.«
Da klingelt es. Arme Yeliz! Vielleicht sind wir uns ähnlicher, als ich geglaubt habe.
Ich schlendere in die Klasse zurück. Ich will nicht, dass Yeliz in die Türkei zurückkehrt. Wegen Erik. Und meinetwegen. Weil ich jetzt erst einen Bruder habe. So richtig, meine ich. Wo ist die verdammte Eifersucht geblieben?
Nach der Schule gehen Angie und ich ins »Max«. Gabi ist glücklicherweise nicht da, stattdessen kommt ein Traum von einem Jungen an unseren Tisch und fragt nach unseren Wünschen. Angie verdreht die Augen, hoffentlich fallen wir nicht beide gleichzeitig in Ohnmacht.
Wir bestellen heiße Schokolade und Kuchen.
Immer rein in die Figur.
»Dein armer Bruder«, sagt Angie.
»Die arme Yeliz«, ergänze ich und schiebe mir eine Gabel voll Sahne in den Mund.
»Ach ja? So schnell Busenfreundinnen geworden?«

»Mensch, sie tut mir Leid! Stell dir vor, du müsstest in ein fremdes Land ziehen und dort mit Kopftuch auf der Birne Unterhosen verkaufen.«

»Kann ich mir nicht vorstellen.«

»Eben.«

»He!« Angies Augen kriegen so einen Glimmer. »Ich habe eine neue Idee für eine Kurzgeschichte. Deutsches Mädchen befreundet sich mit türkischem Mädchen. Beide verknallen sich in den gleichen Jungen, große Krise, der Junge kann sich nicht entscheiden – bis das türkische Mädchen in die Heimat zurück muss und weg ist.«

»Aha. Und wo ist die Pointe?«

»Das deutsche Mädchen will dann plötzlich nichts mehr von dem deutschen Jungen wissen.«

Hm. Erst das wortlose Wüten, die Klo-Arie in mehreren Versionen, und jetzt das? »Wozu denn alles umschmeißen?«, frage ich. »Wozu denn? Wir basteln jetzt schon bald ein halbes Jahr dran, und nichts ist dabei rausgekommen.«

Angie steckt ihren Finger in die Sahnehaube und schielt zu dem Schönen rüber. »Immerhin ist es eine aktuelle Geschichte. Mit zeitloser Aussage.«

Ich peile ebenfalls das Objekt unserer Begierde an, es hat fast so dunkle Augen wie Yeliz.

»Moment mal, Angie!«, kreische ich auf. »Ich habs! Natürlich machen wir die Geschichte, logisch!«

»Wie?« Angie lässt ihre Augen nicht von dem Magneten hinten an der Bar.

»Ja, los, wir schreiben sie jetzt gleich, zusätzlich zu dem Protestbrief, und schicken sie an Yeliz' Vater.«

»Meinst du?«
»Ja, logisch. Kunst kann Berge versetzen. Das war schon immer so, glaubs mir.«
»Kann der überhaupt Deutsch?«
»Es wird schon reichen, er muss ja nicht unbedingt jedes Wort verstehen …«
» … aber ob er's überhaupt liest …«
»Los! Wir müssen es versuchen. Wir schreiben Yeliz' Geschichte, mit allem Drum und Dran. Mädchen, hier geboren, hier aufgewachsen, verliebt sich, will hier studieren, soll zurück, meinetwegen erzählt sie die Story einer Klassenkameradin auf dem Klo. Mit ganz viel Herz und Schmerz, da kannst du dich voll ins Zeug legen.«
»Wahnsinn!«
Langsam scheint es auch Angie in den Ohren zu klingeln. Wir ordern erst mal Kaffee, den der Schöne lächelnd bringt. Sicher glaubt er, wir hätten seinetwegen rote Ohren.
»He, warte mal«, sagt Angie plötzlich. »Wir sollten die Liebesgeschichte besser rauslassen. Wenn auch noch Sex drin vorkommt, wird ihr Daddy erst recht ausflippen.«
»Stimmt. Mist.« Ich nage am Kugelschreiber. »Und wenn wir die Liebesgeschichte überhöhen, eine total platonische Story draus machen? Edle Seelenliebe und so?«
»Wir könnens ja probieren.«
Dann schreiben wir. Die Geschichte purzelt nur so aus unseren Köpfen, Wörter, Sätze, Gefühle, ein wahnwitziger Schreibrausch. Angie dreht voll auf, heute kommen mir ihre Ergüsse nur recht. Je tränenreicher, desto besser.
Irgendwann ist meine Hand lahm, der Schöne gegangen.

Fünfzehn handgeschriebene Seiten liegen vor uns.
»Pass auf«, ordne ich an. »Du kommst jetzt mit zu mir, rufst deine Eltern an, wir essen was und gehen an die Feinarbeit. Heute Abend muss das Ding fertig sein, klar?«
Angie nickt. Wir zahlen und düsen in einem Affentempo heim. Erik sitzt in der Küche und überschwemmt uns mit guter Laune, mit der wohl Yeliz etwas zu tun hat. Der Arme, er weiß noch nichts von seinem Unglück.
Ich gebe mich supernett, supergelaunt und brate uns ein paar Spiegeleier. Dazu Schwarzbrot, saure Gurken – sonst werden wir den Abend nicht überstehen.
»Warum seid ihr denn so aufgekratzt?«, fragt Erik.
»Sind wir gar nicht«, sage ich bemüht traurig. »Magst du auch ein Spiegelei?«
»Nee.« Damit verzieht er sich aus unserem Dunstkreis.
»Gott sei Dank«, sage ich und hole die Zettel raus. Beim Essen überfliegen wir den Text. Bloß keine Zeit verlieren!
Klingt ganz gut, was wir geschrieben haben. Ein bisschen gefühlsduselig ists schon, aber ich kann damit leben. Wir arbeiten wie die Besessenen. Hier ein Wort ändern, da einen ganzen Satz, der Vater der Türkin darf nicht zu negativ wirken, er muss sich zu einem richtig großherzigen Mann entwickeln, der für seine Tochter nur das Beste will.
Am nächsten Morgen kopieren wir in der Schule die Geschichte, stehen dann um acht vorm Lehrerzimmer und fangen Frau Schröpfel ab. »Schön«, sagt sie nur, als wir ihr die Sache mit der Kurzgeschichte erklären. »Die steck ich noch mit in den Umschlag.«
Später werfen wir die Kopie in den Briefkasten der Schüler-

redaktion. Unser erster literarisch-menschlich-aktueller Beitrag. Wir sind wahnsinnig stolz.
Die fünf Schulstunden ziehen sich endlos hin. Yeliz hat über Nacht wieder die Maske der Unnahbarkeit angelegt. Sie grüßt kaum, lächelt nicht, sitzt einfach nur da mit ihrem arroganten Gesichtsausdruck. Ich weiß nicht, ob ich Mitleid haben oder wütend werden soll.
Angie nimmts gelassener. »Reg dich nicht auf«, sagt sie. »Sie hat eben Probleme.«
Am Nachmittag schaue ich bei Felix vorbei, einfach so, ich weiß, dass Felix dienstags immer frei hat.
Alex öffnet mir die Tür. »Lange nicht gesehen«, meint er ironisch grinsend. Dafür könnte ich ihm eine kleben.
Felix taucht hinter ihm auf, unrasiert, in Sporthose. Weltuntergangsgesicht. »Tine, hallo!«
»Stör ich?«
»Quatsch! Ich freu mich.«
Es klingt nicht gerade überzeugend.
Er zieht mich an Alex vorbei in sein Zimmer und wirft mich aufs Bett. Pflastert mein Gesicht mit kleinen Küssen.
Brutal schubse ich ihn weg und bemerke dabei, dass er fast am Heulen ist.
»Was ist denn?«, frage ich erschrocken.
»Nichts.«
»Soll ich wieder gehen?«
»Nein, bleib.« Felix richtet sich auf. »Ich muss dir was sagen. Meine Eltern …«
Oh nein, bitte nicht wieder diese Arie. Alter, Tod und Alzheimer – das fehlt mir noch.

»Mein Vater ist in der Psychoklinik, durchgedreht ...«
»Was?« Ich glaube, ich habe nicht richtig verstanden.
»Er hat meine Mutter windelweich geschlagen.«
»Nein!«
»Doch. Früher hat er mich auch in dieser Art am Wickel gehabt. Hin und wieder.«
Ich schlucke. Das ist sie also, die Wahrheit. Deshalb redet Felix so von seinen Eltern. Diese Spannungen, all das.
Ich nehme ihn in den Arm, sage nichts. Felix fängt an zu weinen. Es dauert eine ganze Weile, bis er sich wieder beruhigt. Er steht auf, holt uns Cola.
»Ist nicht so schlimm, ist schon vorbei.«
»Ich wollte auch was mit dir bereden«, sage ich nach einer kleinen Ewigkeit. »Vielleicht ist es aber der total falsche Augenblick ...«
»Ist es nicht.« Felix sieht jetzt ganz süß verwuschelt aus. »Ich hatte eigentlich nicht vor, es dir zu sagen, nicht jetzt. Es ist nur, weil meine Mutter gerade angerufen hat.«
»Ich weiß nicht, ob ich ...«
»Erzähl schon, los!«
»Also.« Ich schlucke. »Yeliz soll zurück in die Türkei.«
»Ich weiß.«
Ach ja? Felix hats schon gehört? Ich will gar nicht erfahren, warum. Ob Yeliz sich gleich bei ihm ausgeheult hat? Nur Erik sagt sie es nicht.
Wie gut die Kommunikation zwischen Felix und ihr funktioniert! Felix kann nicht bei ihr anrufen, sonst flippt der Daddy aus. Ruft Yeliz also ihn an? Oder haben sie einen geheimen Treffpunkt, einmal täglich, wo man sich ewige Freundschaft

schwört? Vielleicht machen sie zusammen Lagerfeuer und tragen Geheimabzeichen an der Unterhose. Und vielleicht war da doch mal mehr. Vielleicht.
»Was hast du?«
»Nichts.« Ich rappele mich hoch, plötzlich schießen auch mir Tränen in die Augen.
»Du weinst ja.«
Da ist es aus mit der Selbstbeherrschung. Ich heule alles raus, mein Misstrauen und meine dämliche Eifersucht und die Empörung darüber, dass Felix als Kind verprügelt wurde.
Jetzt nimmt Felix mich in den Arm, streichelt mich. Er schweigt lange, bevor er mir zum tausendstenmal erklärt, dass zwischen ihm und Yeliz nichts ist. »Entweder du hast Vertrauen, oder du hast keins. Yeliz und ich sind gute Freunde, kannst du das nicht akzeptieren?«
Ich will es ja versuchen. Aber es ist so schwer. Dabei mag ich Yeliz, wirklich. Unser Gespräch vorhin, das ging doch über unser sonstiges Geplänkel hinaus.
Delphine ... Vielleicht war es kein Zufall, dass wir immer über Delphine redeten, wir, die sich beide als Außenseiter fühlen, Yeliz gefangen in ihrer Kultur, ich in meiner zickigen Verklemmtheit, in meiner Eifersucht, in tausend anderen Zwängen.
Ich beeile mich, mit Heulen aufzuhören. Schäme mich, so ein Theater zu veranstalten – ausgerechnet heute, nach dem Anruf von Felix' Mutter.

Dann kommt der Tag, an dem unsere Geschichte in der Schülerzeitung erscheint. Dienstag. Dienstag, der Fünfzehnte. Ich platze vor Stolz: Unsere Wörter und Sätze gedruckt.

Mit drei Exemplaren unter dem Arm komme ich etwas verspätet in die Klasse. Frau Schröpfel sitzt mit Leichenbittermiene an ihrem Pult. Yeliz' Platz ist leer. Ein Loch da vorne, wo sie immer saß und ihre schwarzen Haare hinter die Ohren klemmte, mindestens zweimal pro Minute.
Ich weiß Bescheid, niemand braucht mir was zu sagen, nicht Frau Schröpfel, Angie auch nicht. Der Brief hat nichts genützt, die Geschichte auch nicht.
Plötzlich fehlt er mir, der kerzengerade Rücken, was haben wir alles versäumt, nur weil wir uns nicht bemüht haben, uns kennen zu lernen.
»Yeliz' Vater hat auf unseren Brief nicht reagiert.« Frau Schröpfels Stimme bohrt sich regelrecht in meinen Kopf. »Schade . . . Allerdings hat Yeliz noch einmal angerufen. Sie meint, es sei so wahrscheinlich das Beste für die Familie. Das soll ich euch ausrichten.«
»Familie! Pah!« Evi aus der letzten Reihe hat einen puterroten Kopf bekommen. »Die Familie ist doch in diesem Fall bestimmt nur der Vater.«
Frau Schröpfel zuckt mit den Schultern. »Du hast Recht, aber wir können nichts machen. Wir müssen es akzeptieren.«
Den Rest der Stunde legen wir Effi Briest auf Eis und sprechen über den Islam. Über Mohammed, über die Rechte der Frauen, die meiner Ansicht nach keine sind, darüber, wie Frauen in türkischen Dörfern noch verheiratet werden. Zu Frau Schröpfels Freude laufe ich zur Hochform auf, kenne mich besser aus als alle anderen.
In der Pause werden wir von allen Seiten angesprochen. Die meisten finden die Geschichte toll, mutig. Dann tippt mir auf

einmal Erik auf die Schulter. »Wo ist Yeliz?«, fragt er und knüllt die Schülerzeitung in seiner Hand.

»Weißt du es noch nicht?«, frage ich zurück.

Er zeigt auf die Geschichte. »Ist das wahr?«

Ich nicke, ich ertrage es nicht, diejenige zu sein, die ihm die Nachricht überbringt. Erik holt aus, scheuert mir eine, dreht sich auf dem Absatz um und geht. Ich stehe da, mit brennender Wange, bin ihm nicht mal böse.

»Der Arme.« Angie legt den Arm um mich. »Hat Yeliz ihm gar nichts gesagt?«

»Komisch. Finde ich nicht sehr fair.«

Nach dem Unterricht gehen Angie und ich ins »Max«. Wir müssen Trauerminuten für Yeliz einlegen. Auf die Geschichte anstoßen. Nach dem Schönen Ausschau halten.

Er ist nicht da. Statt dessen Meik, der augenblicklich an unseren Tisch überwechselt, um mich mit bewundernden Blicken zu überhäufen. »Ihr könnt toll schreiben«, sagt er.

Armer Meik, hoffnungslos verknallt. Wenn ich ehrlich bin, genieße ich das Gefühl, einen Jungen allein durch meine Existenz in Verzückung zu bringen.

Gegen drei trödle ich langsam nach Hause. Mama ist da, gut gelaunt, lange habe ich sie nicht so munter gesehen.

»Was ist denn mit Erik los?«, will sie wissen.

»Frag ihn bitte selbst.« Ich will nicht immer für die Verbreitung von Klatsch und Tratsch zuständig sein.

»Papa hat angerufen.«

»Ach ja?«

Ich esse, nein ich stopfe. Die Figur ist mir egal. Vor Felix werde ich mich vorerst sowieso nicht mehr ausziehen.

»Er vermisst uns.«

»Ach ja?« Weiß auch nicht, warum meine Stimme so einen zickigen Unterton hat. Eigentlich freue ich mich, wenn unsere Familie nicht den Bach runtergeht.

Später klopfe ich bei Erik. Er öffnet sofort, legt sich dann aufs Bett, mit dem Gesicht nach unten. »Sorry für die Ohrfeige«, kommt es aus dem Kissen.

»Schon gut. Ich sollte dir nichts sagen …«

»Ich weiß.« Erik dreht sich um und sieht mich an. »Sie hat mir geschrieben. Kurz vor der Abfahrt. Ging alles holterdiepolter.«

Jetzt fängt Erik an zu weinen. Ich setze mich zu ihm aufs Bett, zögere, lege meine Hand auf seine Schulter.

Erst Felix, jetzt mein Bruder.

»Scheiße!«, heult er. »So was muss ausgerechnet mir passieren! Warum mir?«

Ich streichle ihn, was soll ich darauf sagen? Dass Liebeskummer vergeht? Dass er sich nicht lohnt? All diesen Blödsinn? Sicher, man stirbt nicht gleich dran, aber schlimm ists schon, das kenn ich nur zu gut. Man wirds im Leben wohl noch öfter durchmachen, schätze ich.

»Ich hab was für dich.« Erik blubbert in sein Taschentuch. »Hat Yeliz für dich beigelegt.«

»Einen Brief?«

»Sieht so aus.«

»Danke.« Ich stehe auf, will den Brief in meinem Zimmer lesen. Bevor ich die Tür zuziehe, drehe ich mich um. Irgendetwas könnte ich Erik doch mit auf den Weg geben. Kopf hoch, halt die Ohren steif, wird schon wieder – klingt mir alles zu abgedroschen. Also sage ich: »Weidmannsheil!«

Erik versucht ein Grinsen.
In meinem Zimmer drehe ich die Anlage voll auf, falte dann den Zettel auseinander. Eine kleine Schrift, etwas krakelig: »Liebe Tine«, steht da geschrieben. »Danke für alles, was du für mich getan hast, vielen Dank! In fünf Minuten fahren wir ab, ich heule immer noch, aber was soll ich tun? Ich komme wieder, bestimmt! Wenn ich achtzehn bin, vielleicht. Irgendwie schaffe ich's schon. Man darf nicht so schnell aufgeben, nie, lass dir das gesagt sein, immer den Kopf hoch. Man muss an sich glauben! Außerdem, du weißt schon, Erik und so. Wer weiß! Übrigens, ich wollte es dir schon lange sagen, ich war mal in Felix verknallt, ich gebs zu, aber bitte behalt es für dich, Felix soll es nicht wissen, und außerdem ist es schon so lange her ... Also, machs gut, und grüß mir den Felix, sag ihm, ich werde ihm aus der Türkei schreiben. Und deinem Bruder natürlich auch. Und dir, wenn ich was Neues über Delphine in Erfahrung bringe.
So long! Deine Yeliz.«